카르페디엠

2

vol.2

메르비스 지음
나 래 일러스트

카르페디엠

CARPEDIEM

나비노블

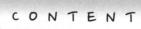

CONTENT

05. 멀고도 험한 아빠의 길

여전히 손님으로 정신없이 바쁜 제일 시장 내에서 언제부터인가 돌고 있는 소문이 있었다. 바로 어린 소녀 한 명의 이야기였다.

"그거 알아? 페니네 액세서리점에 새로 들어온 아이 말이야, 조그만 게 어찌나 야무지고 싹싹한지 손님들은 물론 점원들에게도 인기가 많더라고. 나도 한번 봤는데 제법이야."

"나도 들었어. 일 시작한 지 얼마 되지도 않았는데 이제는 아예 간판으로 내놓고 있다며?"

"눈치가 빠른 모양이야. 가르쳐주지 않아도 알아서 적정선을 지킨대."

"장사에 소질이 있네, 있어."

그 사실을 아는지 모르는지 정작 소문의 주인공은 근심 어린 표정으로 한숨을 푹 내쉬고 있을 뿐이었다.

"무슨 걱정이라도 있니?"

"아, 아뇨."

리리는 걱정스러운 표정으로 물어오는 가게 주인의 말에 급히 미소를 지었다.

리리는 현실에 있을 당시 편의점이나 PC방에서 아르바이트를 하며 장사나 손님을 접대하는 것에 익숙해져 있었기 때문에 시장일 또한 금방 적응할 수 있었다. 또 열심히 하는 모습과 애교를 보이며 가게 주인의 마음을 열기 위해 노력했다.

그 노력이 통했는지 얼마 되지 않아 그녀는 가게 주인은 물론이고 주위에 있는 시장 점원들의 마음까지 녹일 수 있었다.

고작 열 살 남짓 된 어린 소녀가 사랑스러운 미소를 지은 채 싹싹하게 구는데다가 일도 열심히 하니 얼마나 예쁘겠는가. 아르바이트를 시작한 지 얼마 되지 않아 시장 사람들 사이에서 아이돌이라도 된 듯 인기가 폭주하게 된 것도 무리는 아니었다.

그때 옆 가게의 점원들이 끼어들었다.

"아직 어린애를 그렇게 부려 먹으니 지칠 수밖에 없지. 리리, 좀 쉬엄쉬엄 하도록 해."

"그래, 맞아. 오늘은 제법 한산한 편이니까 들어가서 쉬라고."

"전 정말 괜찮아요. 걱정해줘서 감사해요."

리리는 최대한 밝게 웃었다. 그 미소에 잠시 멍하게 굳어있던 점원들이 귀여워 죽겠다는 표정을 감추지 않고 힘내라며 간식들을 건네주었다.

그녀는 점원들이 준 간식을 오물거리며 먹다가 지나가던 누군가의 시선이 가판대 위에 진열되어있는 목걸이를 향하는 것을 보고 급히 일어났다.

호객행위는 최대한 자제하고 싶었지만 이대로 두면 그냥 가버릴 것 같아 발랄한 목소리로 외쳤다.

"어서 오세요! 목걸이를 보고 계신 건가요? 지금 여기 있는 이 세 개가 가장 잘 나간답니다. 손님께는 우아하고 고급스러운 이 목걸이가 잘 어울릴 것 같은데……."

리리가 손님을 맞이하며 활기차게 떠들어대자 그 모습을 바라보던 점원들이 고개를 절레절레 흔들며 말했다.

"정말 대단하다니까. 아니, 어떻게 저런 꼬마애가 장사수완이 저렇게 좋은 건지."

"그러니까 말이야. 처음에는 무슨 일로 여기까지 와서 이러고 있나 싶었는데, 우리보다도 더 열심히 일하니 원. 페니가 예뻐할 수밖에 없지."

"주술사의 딸이라며? 그럼 저렇게 열심히 일할 필요가 없을 것 같은데, 집에 무슨 문제라도 있나?"

"그러게. 가족 얘기는 벙긋도 하지 않으니 도와주고 싶어도 그럴 수가 없네."

점원들은 연신 방긋거리며 손님에게 물건을 파는 리리를 바라보며 안타깝다는 표정을 지었다.

사실 그들이 주술사에 대해 아는 건 「특이한 능력을 사용하는 대단한 사람」이나 「귀족만큼 돈이 많고 대우를 받는 사람」 정도였다. 장사를 하다 보니 종종 주술사라는 사람을 보긴 했지만, 귀족과 달리 격식을 차리거나 대우받으려 하지 않아 어렵기는 해도 그다지 부담스럽지는 않는 존재였다.

굉장한 힘을 사용한다는 말은 들었어도 순간 이동 주술 외에는 거의 볼 일이 없었고, 주술이 걸린 물건 또한 사용할 기회가 없었기에 와 닿지가 않았다.

하지만 멀리서 바라보기만 해서 어렵지 않은 것과 함께 일을 하는 것은 달랐다. 주술로 이동하는 아이가 시장일을 하다니. 처음에는 그저 심심하거나 호기심이 생겨서 왔을 뿐이라고 여겼다. 당연히 곱게 볼 리가 없었다.

하지만 리리는 시장 사람들의 생각을 돌려놓았다.

그녀는 귀족가의 영애라고 해도 될만한 기품있는 겉모습과 달리 소탈하기 그지없었으며, 눈치도 어찌나 빠른지 시장 돌아가는 모습을 순식간에 파악해냈다. 가게 주인이 잠시 자리를 비워도 문제없이 손님을 맞이했으며 주변 가게까지 꼼꼼하게 챙겨주었다.

여기에 먼저 거리낌 없이 말을 걸고 살갑게 구니 그들도 차차 리리를 편안히 대하게 되었다.

그러니 정말 주술사가 그들이 생각하는 것처럼 잘 벌고 잘 살긴 하는 건지, 혹여 집안에 무슨 좋지 않은 일이라도 생겨 저렇게 작고 어린 딸마저 이런 시장에서 돈을 벌게 된 것인지 의아할 수밖에 없었다.

"어쨌든 예뻐. 사실 무슨 상관이야? 일만 잘하면 되지."

"맞아."

점원들은 햇빛에 반사되어 푸르게 빛나는 머리카락에서 눈을 떼지 못한 채 고개를 끄덕였다.

리리는 손님에게 물건을 성공적으로 팔았지만 곧 의자에 주저앉으며 한숨을 내쉬었다.

'또 호객행위를 하고 말았어. 게다가 바가지까지 씌웠다고.'

그녀의 안색이 하얗게 질렸다.

벌써부터 수치가 하락했다는 시스템창이 보이는 듯했다. 장사는 분명히 리리의 적성에 맞는 일이었고 시장 사람들과 관계도 괜찮은 편이었다.

시장 사람들하고 친분을 유지해두면 가격을 낮춰주거나 쓸만한 정보를 알려줄 테니까 두고두고 이익이 될 터였다. 또 앞으로도 새디아에서 이것저것 들고 올지도 모르는데 제대로 된 상점 하나 뚫어두는 것도 나쁘지 않았다.

이런저런 다양한 각도로 생각해봤을 때 확실히 시장 아르바이트는 현실적이고 유용했다.

다만 시끌벅적한 곳에서 어떻게든 사람들의 이목을 집중시켜야 하니 목소리가 커지고 행동이 거칠어진다는 점이 문제였다. 게다가 「손님은 왕이다」라는 자세로 굽실거리며 더 비싸게 팔기 위해 노력하다 보니 계속해서 기품과 도덕성이 하락했다.

오늘도 예외는 아니었다. 아르바이트가 끝날 시간이 되자 창이 떠올랐다.

'어억, 이럴 순 없어.'

리리는 간신히 올린 수치들이 하락하는 꼴을 두 눈 뜨고 볼 수 없었다.

호객 행위를 최대한 자제해서 하락 수치가 낮아졌다고는 하나 여전히 하락하는 건 마찬가지였고, 그렇다고 더 자제하면 일을 열심히 하지 않는 꼴이 될 터였다.

시장 아르바이트를 효율적으로 하면서 수치 또한 지킬 수 있는 방법을 찾아내야 했다.

'최소한 스킬이 생길 때까지는 버텨야 해. 시장 알바니까 장사와 관련된 스킬이 아닐까? 그러면 지금 일하는 곳과 관계없는 물건도 판매할 길이 생기겠지.'

리리는 계속 시장 아르바이트를 하다 보면 관련된 스킬이 생기리라는 것을 확신하고 있었다.

베니카 부인에게 포리 열매를 준 바로 그 날, 농장 아르바이트를 끝마치자 수치 증가 시스템창과 함께 「스킬이 등록되었습니다.」라는 창이 떠올랐기 때문이었다.

† 하급 농장 스킬

 :: 작물을 손쉽게 재배할 수 있으며, 가축 역시 잘 따른다.
한 번 심어본 작물은 스킬에 등록된다.「숙련도 11.85%」

그 아래엔 그녀가 재배해본 작물들이 주르륵 나열되어 있었다. 그리고 그 다음 날부터 포리 열매를 심는 방법을 배우기 시작하자 목록에 포리도 나타났다. 이제 이 스킬이 생긴 이상, 포리는 더 이상 까다로운 식물이 아니었다.

더구나 하급이라니. 숙련도가 있는 걸로 봐서는 중급이나 상급 등으로 스킬 등급을 높일 수 있다는 얘기가 된다. 굳이 관련 교육을 받거나 아르바이트를 하지 않아도 스스로 등급을 올릴 수 있지 않을까? 그러니 장사 관련 스킬은 반드시 얻어야만 했다.

문제는 어느 정도 배워야 스킬이 생기는지 알 수 없다는 점이었다. 농장일보다 더 많이 다녔던 무용은 아직도 관련 스킬이 생기지 않았다.

"어쨌건 스킬이 생길 때까지 버티려면 수치가 깎이지 않는 방법을 찾아야 해."

리리의 두 눈이 의욕으로 불타올랐다.

화요일, 리리는 검술 수업을 마치고 집으로 돌아와 점심 식사를 했다. 원래는 점심 식사 후 검술 순이었지만 검술 수업은 땀을 많이 흘리기 때문에 아무래도 찝찝했다. 결국 어제부터 시간표를 조정했고, 이제는 검술 수업 후 점심을 먹은 뒤 간단하게 씻고 옷을 갈아입을 수 있게 되었다.

리리는 거울을 보며 자신의 모습을 꼼꼼히 살폈다. 눈에 띄는 것을 싫어해 언제나 시장표 옷을 고집했던 그녀답지 않게 옷장 속에 있는 옷 중에서도 가장 화려한 비단옷으로 갈아입고, 머리장식 또한 크고 화려한 것으로 착용한 모습이었다. 머리카락도 최대한 단정하게 빗은 뒤 젤까지 발라 단단히 고정한 상태로, 이리저리 뻗쳐 말괄량이 느낌이었던 평소 모습은 온데간데없었다. 거울에 비치는 그녀는 손짓 하나 표정 하나까지도 우아했다.

누가 보면 연회나 사교 모임에라도 가는 귀족 영애로 보였겠지만 그녀는 단지 시장 아르바이트 위해 준비하고 있을 뿐이었다.

기품? 도덕성? 더는 단 0.1이라도 깎이는 것을 허용하지 않는다!

리리는 거울 앞에서 옷매무새를 한 번 더 점검한 뒤 방을 나섰다. 기다리고 있던 젤리가 그 모습을 보고 두 눈을 반짝이며 칭찬했다.

"아가씨, 오늘따라 더욱 고우십니다."

평소에는 싸구려 시장표 옷을 입은 모습만 보다가 화려한 옷과 장신구를 착용한 모습을 보니 내심 기분이 좋은 모양이었다. 하지만 곧 의아함을 감추지 못한 채 질문을 건넸다.

"그런데, 다음 일정은 무용 아닌가요? 그다음이 시장일이고요. 끝나고 무슨 약속이라도 있으십니까?"

"아니, 없어. 평소처럼 시장 알바 끝나자마자 바로 집으로 불러들이면 돼."

리리의 대답에 젤리는 의문이 가득 담긴 눈빛으로 그녀를 바라보았다. 하지만 시간이 시간인지라 더 이상 묻지 못하고 바로 학원으로 보낼 수밖에 없었다.

"그럼 수고하세요."

"응, 젤리도."

리리는 젤리의 도움을 받아 무용 학원으로 갔다. 그리고 조금은 익숙해진 수업을 끝낸 뒤 흡사 전쟁이라도 나가는 장군처럼 굳건한 표정을 지으며 시장으로 이동했다.

리리를 본 시장 사람들은 젤리와 크게 다르지 않은 표정으로 술렁였다. 한눈에 보기에도 시장에 어울리지 않는 고급스러운 옷일뿐더러 그런 복장의 리리가 갑자기 까마득하게 높은 곳에 있는 사람으로 느껴지기까지 했기에 그들은 섣불리 리리에게 말을 걸지 못했다.

무용 학원에선 별 반응이 없었는데 여기서는 확실히 눈에 띄었다.

"페니 아주머니. 오늘은 제가 원하는 방법으로 판매를 해봐도 괜찮을까요?"

"응?"

어쩔 줄 몰라 하는 페니의 모습에 리리는 배시시 웃으며 애교 있게 말했다.

"에이, 왜 그래요. 그냥 옷만 바꿔 입은 건데. 제가 손님들의 이목을 집중시킬만한 좋은 방법을 떠올렸거든요."

그녀의 말에 페니는 멍한 표정으로 고개를 끄덕였다. 확실히, 리리가 가만히 서 있는 것만으로도 이목이 쏠리고 있었다. 게다가 워낙 장사수완이 좋은 아이니 일단 두고 보는 것도 나쁘지 않을 듯했다.

"그래라, 그럼."

리리는 가게 주인의 허락이 떨어지자마자 판매하는 장신구들을 집어 착용했다. 지금의 옷차림과 제법 어울리는 목걸이와 팔찌, 작은 브로치였다. 그러고는 가판대 앞에 자리를 잡았고 손짓 하나, 표정 하나까지 신경을 쓰며 최대한 우아하게 물건들을 진열하기 시작했다.

자신이 생각한 방법이 제발 먹히기를 바랄 뿐이었다. 다행히 큰 목소리로 호객행위를 하는 것이 아님에도 지나다니던 사람들이 하나둘씩 모여들었다.

'일단 이목을 집중시키는 것은 성공이네.'

리리는 슬쩍 웃음을 지었다. 다 똑같은 가판대였지만 판매하는 이가 시장과는 어울리지 않는 소녀니 호기심이 생기리라.

왜 시장일을 하면 도덕성과 기품이 깎일까.

이유는 단순했다.

소란스러운 곳에서 사람들의 이목을 집중시켜야 하니 행동이 거칠어지고 목소리가 커진다. 게다가 조금이라도 더 이익을 보고 팔기 위해 거짓말까지 서슴없이 해야 했기 때문이었다.

그래서 그녀는 자신의 장점을 최대한 이용해보기로 했다. 리리는 매력이나 기품이 그럭저럭 높은 편인데다 화술 역시 낮은 수치가 아니었다. 그런데 왜 호들갑을 떨어야만 하는가. 애써 소란피우지 않아도 시선이 오게끔 유도하면 되지.

"어서 오세요."

"아, 네."

다가온 손님 하나가 자신보다 한참 어려 보이는 리리에게 저도 모르게 존댓말을 했다. 리리는 예쁘게 웃으며 나긋나긋한 목소리로 말했다.

"찾는 물건이 있으신가요."

"아, 저. 지금 하고 있는 목걸이는 어디서 사나요."

"여기 있답니다. 색상은 세 가지예요."

리리는 모델에 따라 물건의 가치가 얼마나 달라지는지 잘 알고 있었다. 그래서 그녀의 매력과 기품이라면 충분히 착용한 물건의 값어치가 더욱 높아 보일 수 있으리라 생각했다.

"이걸로 주세요."

"네, 2실버입니다."

"2실버요? 어유, 생각보다 엄청 싸네."

손님의 반응은 리리의 예상보다 더 좋았다. 그녀는 너무 비싸게 부르지 않고 적정선을 유지하며 이익을 남겼다. 설마 상인인데 이익 챙기는 것까지 비양심적이라고 하지 않을 터였다.

시간이 흐를수록 손님은 점차 늘어 갔다.

고급스러워 보이는 물건이 가격까지 저렴하니 당연한 일이었다. 그녀는 바쁜 와중에도 농장일에 무용을 접목한 것처럼 행동을 하나하나 신경 쓰며, 아무리 힘들어도 우아하고 친절한 미소를 잃지 않은 채 예의 바르게 손님들을 상대했다.

효과는 바로 나타났다. 그녀가 얽매여 있는 게임 시스템은 그녀의 노력을 절대 외면하지 않았다.

    † 지력이 2 증가했습니다.
    † 화술이 4 증가했습니다.

"됐다!"

아르바이트가 끝나고 수치 증감을 알려주는 시스템창에서 도덕성과 기품하락이 사라져 있었다. 리리는 활짝 웃었다. 노력한 보람이 느껴졌다.

"오늘 평소보다 손님이 더 많았어. 네 방법 괜찮은 것 같네."

페니 역시 만족스럽게 웃었다.

비록 가격을 평소 판매가보다 낮추었지만 손님이 많기도 했고 몇 개씩 사가는 손님도 있어 오히려 이익이 더 많이 남았다. 게다가 손님들이 만족하며 돌아갔으니 입소문을 기대할 수도 있었다.

'역시 방법을 찾아내면 된다니까.'

게임 시스템 안에 있다지만 행동에는 제약이 없다. 얻을 수 있는 이익은 그대로 유지하고 불이익은 해결하면 된다. 리리는 의욕이 절로 넘쳐흘렀다.

'아마 천자라고 불리는 황제조차도 나만큼 쉽고 편안하게 인생을 즐기지는 못할 거야.'

시장 아르바이트를 새로운 방식으로 시작한 지 며칠이 흘렀다. 오늘도 리리는 검술 학원으로 이동해온 뒤 수련복으로 갈아입었다. 베드로 사범은 다른 아이들을 봐주고 있었기에 일단 혼자서 몸을 풀었다. 전날 무리해서 운동했더니 온몸이 찌뿌듯했다.

'아, 시원하다.'

그녀는 몸의 반동을 이용해 허리를 뒤로 젖혔다.

운동이 적성에 맞는 건지 아니면 익숙해진 건지, 뼈마디 마디가 늘어나며 뻐근하기도 했지만 아프다기보다는 시원하게 느껴졌다.

그때 앞쪽에서 목소리가 들려 그쪽으로 고개를 돌렸다. 거기에는 그녀의 또래로 보이는 소년 셋이 역시 몸을 푸는 준비 운동을 하면서 대화를 나누고 있었다.

"야, 시장에 요정이 나타났대."

"요정?"

"되게 예쁘고 귀엽고 깜찍하고, 아무튼 말도 못할 정도래. 고급스러운 옷을 입고 장사를 한다던데."

리리는 뜨끔했다. 그 요정이라는 게 아무래도 자신 같았다.

'주목을 받긴 받았나 보네.'

주목받는 건 싫었지만 이번만큼은 어쩔 수가 없었다. 수치를 지켜야만 하니까.

더구나 입소문을 탔는지 찾아오는 손님도 늘어 덕분에 장사가 잘된다며 가게 주인이 무한한 애정을 보내고 있기까지 하니 그야말로 일석이조였다.

"에이, 설마 요정이라고 할 정도로 예쁘리라고? 과장된 거 아냐?"

"진짜 그 정도로 예쁘댔어! 이따 보러 갈래?"

"그러든가. 아, 그러고 보니 요정은 여기에도 있잖아."

소년들은 무심코 리리 쪽을 바라보았다가 그녀와 눈이 마주치자마자 얼굴을 확 붉히며 서둘러 자리를 벗어났다. 그녀 역시 멋쩍어서 괜히 더 열심히 준비 운동을 했다.

요정이라니 정말이지 낯간지러운 호칭이 아닐 수 없었다.

그리고 무용 수업까지 마친 뒤 이동해간 시장에서 리리는 그 낯간
지러운 호칭을 하나 더 얻고 말았다.

"어휴, 시장의 요정 왔어? 오늘도 잘 부탁해."

"네? 시장의 요정이요?"

리리는 미처 황당해할 틈도 없었다. 곧바로 시스템창이 떠올랐기
때문이었다.

† 호칭 「시장의 요정」이 등록되었습니다.
† 명성이 50 증가했습니다.

† 시장의 요정
:: 장사꾼은 어떻게든 더 많이 받으려고, 손님은 어떻게든
싸게 사려고 애쓰는 시끌벅적한 장소인 시장. 그런 곳에 우
아하고 예의 바르며 정직하기까지 한 소녀가 나타났다. 그렇
지 않아도 싹싹하고 똘망똘망해 시장 점원들 사이에서 애정
을 독차지하던 소녀의 인기는 입소문을 통해 시장 전체로 퍼
져 나갔다.
「호칭에 대해 알고 있는 사람들에게 호감과 호기심, 신뢰
감을 일으킨다. 소문이 널리 퍼질수록 판매하는 물건이 더욱

좋아 보이는 효과를 낳으며 상인들 사이에서 상술을 인정받을 수 있게 된다.」

'호칭이라니.'

여전히 낯 뜨겁긴 했으나 기분은 좋았다. 사실 이렇게까지 일이 잘 풀릴 거라곤 예상도 못 했다. 그저 도덕성과 기품을 조금이라도 지켜 내기 위해 생각한 방법이었는데.

'역시 살만한 세상이라니까.'

그녀가 노력하는 만큼 수치가 오르고, 수치가 높아질수록 사람들의 반응이 달라진다. 게다가 어느 정도 인정을 받으면 특수한 효과를 지닌 호칭까지 생긴다.

리리는 스스로를 확실히 육성하고 있었다.

페레로가의 집사 안젤리노는 거울 앞에서 옷매무새를 확인했다. 그는 여느 때처럼 깔끔하고 단정한 복장을 섬세하게 살폈다. 그의 하얀색 머리카락을 돋보이게 한다며 리리가 가장 좋아하는 검은색 옷이었다. 젤리는 마지막으로 하얀색 장갑을 낀 뒤 일정이 적혀있는 수첩을 챙겨 들고 방을 나섰다. 일과의 시작이었다.

그가 가장 먼저 하는 일은 식당과 이어져 있는 큰 주방에서 아침 식사를 준비하는 일이었다. 오늘 식사 메뉴는 해초류를 넣고 끓인 국과 흰 쌀밥, 생선튀김에 나물 반찬 몇 가지로 리리가 가장 좋아하는 식단이었다.

사실 그녀는 무얼 만들어 놓든지 맛있게 먹어주는·편이었다. 만약 그녀의 입맛이 까다로웠다면 그녀가 싫어하는 재료를 잘게 다져 넣는 다거나 갈아서 소스로 사용하는 등 복잡한 방법을 써야 했을지도 몰랐다. 다른 건 몰라도 편식만은 아가씨의 건강을 위해서 절대 용납할 수 없었다. 어쨌건 손이 더 가지는 않아서 다행이었다.

젤리는 국자로 국을 조금 떠 간을 보다가 이전에 요리까지 젤리가 하면 힘들어서 어떻게 하냐고 걱정하던 아가씨의 얼굴이 떠올라 슬쩍 미소 지었다.

'덕분에 고생 좀 했지만.'

그의 노고를 생각하는 모습은 굉장히 사랑스러웠고 감동적이었다. 하지만 그 뒤로 주인님께 어떻게 이 어린 소년을 그토록 부려 먹을 수 있냐며 정말로 따지는 바람에 문제가 커졌다.

주인님은 젤리가 대체 무슨 말을 어떻게 했기에 리리가 자신에게 그런 소리를 하냐며 하얗게 질린 얼굴로 그를 타박했다. 젤리 역시 주인님께 그런 말을 듣는 것은 처음이었기에 큰 충격을 받고 대혼란에 휩싸였다.

그 뒤로도 상처받은 주인님을 위로하랴, 단단히 오해하고 있는 아가씨를 설득하랴 정신이 없었다. 다행히 그 뒤로 아가씨가 주술을 배우기 시작하며 오해를 풀어갔기에 각 분야의 전문가들을 고용해 일을 시키는 건 피할 수 있었다. 사실 사람을 불러 일을 시키는 게 젤리에게는 더 힘들었다.

'정말 폭풍 같은 아가씨라니깐.'

젤리의 입가에 다시 한 번 유쾌한 웃음이 번졌다. 당시에는 꽤 곤란했는데 지금 생각해보니 또 하나의 추억이었다.

"젤리, 좋은 아침."

젤리가 생선을 튀기고 있는 사이, 언제 일어났는지 리리가 주방에 들어와 접시를 꺼내기 시작했다. 그는 다급하게 말렸다.

"아가씨, 식탁에 앉아 계세요. 제가 하겠습니다."

"어허, 내가 하고 싶다니까."

리리는 사뭇 단호한 말투로 대답하며 음식들을 정갈하게 옮겨 담았다. 사실 젤리도 반쯤은 포기한 상태였다. 언제부턴가 자꾸 일을 거드는데 열심히 말려도 도통 먹히질 않았다. 더구나 이전에는 젤리가 일어나라며 한참이나 귀찮게 굴어야 뾰로통한 표정으로 몸을 일으키곤 했는데 요즘에는 기상 시간이 되기도 전에 일어나 준비를 마치고 오히려 젤리의 일을 도우려고 했다. 체력이 좋아졌다나.

유모나 메이드를 구할 필요가 없어져 다행이었다. 그는 주인님과 아가씨, 자신까지 세 명이 지내는 시간이 매우 즐거웠기 때문에 굳이 다른 사람을 저택에 들이고 싶지 않았다.

'조금 아쉽기도 하지만.'

잠에서 막 깬 아가씨의 귀여운 모습은 이제 볼 수 없을 테니까.

식사 준비를 마친 뒤 리리와 젤리는 식탁에 마주 보고 앉았다. 집사가 아가씨와 같은 식탁에 앉는 것은 사실 말이 안 되는 일이었다. 하지만 어찌하리오, 아가씨께서 혼자 식사하는 것은 쓸쓸하다며 매달리는 것을. 결국 젤리는 함께 식사는 하지 않았지만 같은 식탁에 앉을 수밖에 없었다.

"젤리."

"네."

젤리는 리리의 부름에 고개를 들었다. 잠시 우물거리던 그녀가 말을 이었다.

"나 시장의 요정이라는 호칭이 생겼다?"

"수련장의 요정이라는 호칭에 이어 이번에는 시장의 요정이군요."

리리는 쑥스러운 모양인지 보일 듯 말 듯 고개를 끄덕였다. 이렇게 사랑스러우니 요정이라는 호칭이 당연히 생길 수밖에.

"일을 굉장히 잘하시나 봅니다. 시장의 요정이라는 호칭이 생겼다는 사실을 아신다면 주인님도 틀림없이 기뻐하실 거예요."

"그럴까?"

리리가 배시시 웃으며 음식을 뒤적거리는 바람에 젤리의 미소가 더욱 짙어졌다. 그녀는 활짝 피어오른 꽃처럼 고운 웃음을 지은 채 로쉐와 똑 닮은 색으로 변한 눈동자를 연신 반짝거렸다. 그런 그녀의 뽀얀 뺨이 살짝 불그스름해 사랑스러움을 더욱 돋보이게 하고 있었다.

그 모습이 지나치게 깜찍했다.

'이러니 주인님께서 걱정하시지요.'

젤리는 리리가 험한 일을 당할까, 나쁜 사람을 만날까 불안해하는 주인님의 마음을 백배 이해할 수 있었다. 요즘도 로쉐는 주말에만 집에 올 수 있을 정도로 바빠 젤리가 무슨 일이 생길 때마다 다련각으로 날아가 보고를 하고 있었는데, 그는 벌써부터 리리에 대한 보고를 들으며 희미한 미소를 짓는 주인님의 표정이 보이는 듯했다.

곧 리리는 시간이 다 되었다는 것을 깨닫고 자리에서 벌떡 일어났다.

"젤리, 빠이빠이. 오늘도 수고해!"

"네, 아가씨도 빠이빠이입니다."

그녀가 이동하자 혼자 남은 젤리는 여전히 어색한 빠이빠이라는 단어를 곱씹으며 뒷정리를 시작했다.

"빠이빠이. 빠─이, 빠, 이빠, 이. 어디서 배우신 걸까, 이런 단어는."

그 외에도 「오케이」나 「라잇나우」, 「굿나잇」 등등 몇 개가 더 있었다. 뜻은 외웠지만 발음이 꽤 어려웠다.

로쉐도 종종 연습하며 가끔 젤리에게 이 발음이 맞냐고 물어오기도 했다. 그만큼 생소하고 어려운 단어였다.

"그래도 아가씨가 알려주신 거니까."

특히 세 사람만 알고 있다는 사실이 젤리를 들뜨게 했다. 그 사소한 일이 왜 이렇게 기쁜지 자신조차도 알 수 없었다. 아가씨가 감정을 찾은 후 젤리 또한 세상이 조금 더 다채로워진 느낌이 들었다. 리리의 일로 기뻤다가 슬펐다가 속상했다가 감격했다가.

젤리는 단어 연습을 하며 설거지를 끝낸 후 청소를 시작했다. 그의 일 중 가장 쉬운 일이었다. 그의 주술 속성은 「풍(風)」이었기에 먼저 창문을 연 뒤 모든 먼지를 바깥으로 내보냈다. 물청소는 직접 해야 했지만 굳이 매일 할 필요는 없었다.

빨래 또한 무속성 주술을 이용해 비눗물 속에 잠겨 있는 빨랫감을 빙글빙글 돌린 뒤 깨끗이 헹궈 역시 바람을 이용해 말려주면 끝이었다.

청소와 빨래를 끝낸 뒤에는 집으로 식사를 하러 올 리리를 위해 점심을 준비했다. 최대한 정성스럽게 만들다 보니 가장 시간이 오래 걸리는 일이긴 했지만, 점심을 맛있게 먹으며 고맙다는 인사말을 건네는 그녀 덕분에 힘들다는 생각은 전혀 들지 않았다.

아가씨에게 점심을 차려준 후 무용 학원으로 이동시킨 다음의 일정은 비교적 한산했다. 내일 식사 재료를 사는 일과 저녁을 차리는 일, 그리고 리리의 주위를 살피는 일만 남았기 때문이었다. 리리의 주위를 살피는 일은 이번에 로쉐가 새로 맡긴 비밀 임무였다. 리리 또래의 여자아이들은 서로 어울리고 놀며 사교계에 들어설 준비를 미리 한다고 하는데 그녀는 도통 그런 낌새가 없었기 때문이었다.

젤리는 점심 설거지를 마친 후 바로 무용 학원으로 이동했다. 리리의 뒤를 몰래 쫓으며 혹 친해진 사람은 있는지, 조금이라도 가까운 사람은 있는지 확인해보려는 것이었다.

'없어. 전혀 없어. 아, 주인님께 뭐라고 보고를 드려야 할지.'

하지만 며칠이나 계속 쫓아다녔는데 결과는 늘 똑같았다. 오늘도 리리는 무용 학원에서 혼자 수업을 받고 있었다. 다른 여자아이들과

이야기를 나누는 기미도 없었다.

젤리는 속상한 마음에 한숨을 내쉬다가 리리가 고개를 돌리는 바람에 급히 몸을 숨겼다. 물론 들키지 않고 몰래 뒤를 따라다녀야 하니 「풍(風)」 속성 주술로 바람에 동화되어 모습을 감춘 상태였기에 보이지는 않겠지만, 반사적으로 하게 된 행동이었다. 그녀가 다시 수업에 집중하자 젤리는 안도의 한숨을 푹 내쉬었다.

들키면 굉장히 혼날 것이 분명했다. 친구 따위 필요 없으니 절대 이상한 생각하지 말라고 으름장까지 늘어놓은 아가씨였으니까.

리리는 무용 수업이 끝나자마자 바로 시장으로 이동했다. 무용 학원에 없는 친구가 시장에서 있을 린 없겠지만, 어차피 젤리도 식재료를 사야 했기에 겸사겸사 뒤를 쫓았다. 고운 옷을 한껏 차려입고 우아한 손짓과 나긋나긋한 말투로 일을 하는 그녀의 모습은 무척이나 고왔다. 젤리는 그 모습을 흐뭇한 표정으로 바라보았다.

'역시 우리 아가씨, 정말 어여쁘셔.'

시장의 요정이라는 호칭이 생길 만했다. 더구나 사람들의 이야기를 들어보면 역시 겉모습만으로 시장의 명물이 된 건 아닌 모양이었다. 리리가 판매하는 물건은 없어서 못 팔 정도였다.

상단에서 물건을 직접 가져오거나 따로 제작하는 것도 아닌, 원래 가게에 있던 물건인데도.

"아니, 도대체 어떻게 하길래 이렇게 멀리에서까지 찾아온대요?"

"말도 마. 어디서 저런 아이가 나타난 건지 신기하다니까? 저 아이가 한 장신구는 다 고급스러워 보여서 나까지 사고 싶어질 정도야."

"그래, 맞아. 나도 그래. 저것들이 원래 헐값이라는 걸 뻔히 알고 있는데도 돈 더 주고서라고 사고 싶어지더라고. 어쩐지 저 액세서리를 하면 나도 우아해질 것 같다니까? 그러니 모르는 사람 눈에는 얼마나 싸게 느껴지겠어."

"저 아이도 참 대단해. 이렇게 잘 팔려도 가격도 안 올리고 딱 정해진 가격만 받잖아."

가격은 싸게, 대신 많이 팔아서 이익을 남긴다. 말이 쉽지, 장사하는 사람들은 그게 얼마나 힘든 일인지 잘 알고 있었다.

인기를 얻으면 그만큼 욕심을 내게 된다. 하지만 리리는 자신의 장점을 이용해 인기를 얻고 물건을 판매하는데 가격까지 정직했다.

처음에는 못마땅하게 보던 사람들도 이젠 리리를 「시장의 요정」이라고 부르며 찬양했다. 그녀 덕분에 시장을 찾는 손님들이 많이 늘어 다른 가게들의 매출도 늘었기 때문이었다.

'암암. 리리 아가씨가 어떤 아가씨인데.'

젤리는 사람들의 대화를 엿들으며 뿌듯해했다. 하지만 언제까지 아가씨만 지켜볼 수는 없었기에 아쉽다는 듯 리리를 한 번 더 보고는 몸을 돌렸다.

이제 슬슬 장을 봐야 했다. 젤리는 후드를 깊게 눌러쓰고 사람들 틈에 파고든 뒤 주술을 해제해 모습을 드러냈다. 그렇게 막 리리의 곁에서 멀어지려는데 근처를 서성이고 있는 소년들이 보였다. 리리를 바라보며 얼굴을 붉히기도 하고 손에 편지나 선물 등을 들고 있는 모습이 어떤 목적인지는 뻔해 젤리는 그만 울컥했다. 감히 누구를!

물론 며칠 간 살펴본 결과 그녀의 주위에 가득 몰려있는 손님들과 같이 일하는 점원들 덕에 정작 그녀에게는 접근하지는 못하고 있었다. 그래도 앞으로 어떻게 될진 모르는 게 아닌가. 젤리의 안색이 흐려졌다.

　'혹시라도 누가 대대적으로 고백이라도 하면……. 그래서 아가씨가 그 사람에게 호감을 보인다면…….'

　생각만 해도 끔찍했다.

　"어?"

　젤리가 불안한 마음에 주위를 계속 서성이고 있는데 느닷없이 어디선가 나타난 건장한 청년들이 리리의 주변에서 서성이던 소년들을 순식간에 붙잡았다. 그리고 소년들이 비명을 지를 틈도 없이 어디론가 질질 끌고 가기 시작했다. 젤리는 당황하면서도 반사적으로 그 뒤를 쫓았다.

　리리의 주위에서 무슨 일이 벌어지고 있는 건지 정확하게 파악해둘 필요가 있었다.

　소년들을 끌려간 곳은 어둑어둑한 시장 뒷골목이었다. 그곳에 모여 있는 커다란 체격의 남자들은 목검을 어깨에 떡 걸친 채 얼굴을 구기고 있었다. 얼굴을 반쯤 가리고 있는 모자 때문에 누군지 알아볼 수 없었지만 한 가지는 분명했다.

　「말 한마디 잘못했다간 그대로 저 세상이다.」

　소년들은 겁에 질려 아무런 반항조차 하지 못했다.

　"너 지금 우리 요정한테 무슨 짓을 하려는 거냐? 앙?"

"아그야. 네 그 풋냄시나는 마음을 나무라는 것은 아닌디 말여, 우리 요정한테 가까이 다가가는 것은 용서할 수가 없단 말이지."

"털끝 하나만 건드려 봐, 아주 그냥 지옥을 보여줄 테니까."

나지막하게 속삭이는 협박에 소년들은 반쯤 정신을 놓고 고개도 끄덕이지 못한 채 새하얗게 질린 얼굴로 떨고 있었다.

그때 반대편에서 걸걸하고 우렁찬 목소리가 들렸다.

"이건 또 뭐야."

"또 걸려들었습니다."

"아, 정말 끝이 없네. 도대체 뭘 먹는지 하루가 다르게 예뻐지니, 원. 너희가 알아서 정리해라. 난 이놈 좀 데려다 주고 오마."

"넵."

커다란 남자가 기절한 듯 축 늘어져 있는 또 다른 소년 한 명을 어깨에 들쳐 맨 뒤 걸음을 옮겼다. 젤리는 그가 누군지 알아보았다.

'아가씨의 검술 사범!'

베드로 사범이었다. 그리고 보니 소년들을 협박하는 건장한 청년들도 제법 눈에 익었다.

"자, 형아들이랑 심도 깊은 대화를 나눠 볼까?"

"뭐, 우리가 너를 해칠까 봐 무서워하지 않아도 돼. 그냥 너는 너의 마음을 눈 딱 감고 접으면 되는 거야."

"두 다리가 요렇게 반대로 접히는 것보단 쉽겠지?"

청년은 들고 있던 나무토막을 뽀각 부러트렸다. 그것을 본 소년들의 다리가 사시나무 떨 듯 후들거렸다.

다행히 청년들은 겁에 질린 소년들에게 더 해를 끼치지 않고 얌전히 돌려보냈다. 젤리는 며칠 동안 계속 리리의 곁을 맴돌았지만 이런 상황은 처음이었기에 도무지 이해가 되질 않아 벽 뒤에 숨어 그들의 행동을 지켜보았다. 청년 중 두 명이 소년들을 돌려보내러 가고, 남은 이들이 짜증 섞인 목소리로 대화를 주고받았다.

"왜 이렇게 많은 거야? 보니까 아직 어린 녀석들뿐이라 다행이긴 한데……."

"내 말이! 수련장에서 시장의 요정이니 뭐니 하며 떠들 때부터 알아봤다지만 이건 너무 심한걸!"

"사범님도 말은 안 했지만 걱정이 크신 모양이야. 수련장의 요정에게 반해 그 주위를 서성이는 놈들이 많다는 이야기를 듣자마자 당장 야외수업 중단하고 우리까지 끌고 여길 오다니. 하, 사범님께 그런 면모가 있을 줄이야. 나 진짜 깜짝 놀랐다니까?"

"요정과 관련된 일이라면 입에 거품을 무시잖아. 수련할 때도 뒤늦게 손녀딸 재롱 보는 재미에 푹 빠진 할아버지 표정으로 보고 있더라니까. 그런 분이 왜 결혼을 안 하셨나 몰라."

그제야 젤리는 이게 어떻게 된 일인지 대강 눈치챌 수 있었다. 여기에 있는 이들은 모두 검술 학원의 사람들이었다.

베드로 사범과 수련장 청년들은 리리를 막내딸, 혹은 나이 차이 많이 나는 막냇동생이라도 되는 듯 예뻐했다. 그래서 수련장의 소년들에게조차 리리에게 다가가거나 딴짓을 하지 못하도록 막아서며 조금은 과하게 보호를 하고 있다는 걸 젤리도 알고 있었다.

덕분에 리리는 수련장의 요정이라는 호칭이 생겼을 정도로 인기가 많음에도 별문제나 소동 없이 검술 학원에 다닐 수 있었다. 그런데 그런 리리가 시장에서 일을 하다가 시장의 요정이라는 별명까지 얻었다는 말을 들으니 얼마나 불안하겠는가. 젤리도 그 심정을 누구보다도 잘 알고 있었기에 충분히 이해할 수 있었다.

'이 일이 소문으로 퍼진다면 확실히 접근하려는 소년들의 수가 지금보다 줄어들겠네.'

베드로 사범도 그렇고, 수련을 하는 청년들도 그렇고 각자의 생활이 있으니 실제로 계속해서 이런 식으로 보호를 해줄 수는 없겠지만, 소문만 퍼져도 분명히 도움이 될 터였다. 잘 된 일이었다.

젤리가 막 몸을 돌리려는데, 골목으로 들어서려던 청년 하나가 그를 발견하곤 성큼성큼 다가와 붙잡았다.

"넌 또 뭐지? 혹시 끌려왔던 소년 중 하난가?"

젤리는 잠시 당황하다가 푹 눌러쓰고 있던 후드를 내리며 얼굴에 가벼운 미소를 걸쳤다. 어딜 가나 눈에 띄는 모습이었기에 감추고 다니곤 했는데 어쩔 수가 없었다. 그는 미소를 유지하며 차분한 목소리로 대답했다.

"아뇨, 그저 잠시 지나가던 길이었습니다만."

청년은 넋이라도 잃은 듯 멍하니 그를 쳐다봤다. 붉어진 뺨과 벌어진 입을 보아하니 여자로 오해한 모양이었다. 한두 번 겪는 일이 아니었기에 젤리는 다시 한 번 싱긋 웃으며 고개를 끄덕였다.

"그럼 이만."

청년은 그를 붙잡았던 팔을 맥없이 떨어트렸고, 젤리는 그곳을 벗어났다. 주변 사람들을 이만큼이나 움직이다니, 역시 아가씨가 대단하다고 생각하면서.

정작 당사자인 리리는 아무것도 모른 채 도덕성과 기품을 유지하기 위해 노력하며 시장 아르바이트를 하고 있을 뿐이었다. 어쩐지 간지러운 귀를 긁적이며.

토요일 아침이 되었다. 리리는 주방으로 조심스레 걸어 들어갔다. 혹시라도 발소리가 날까 뒤꿈치까지 든 채 살금살금 걷는 모습은 마치 한 마리의 도둑고양이처럼 보였다.

워낙 이른 아침이라 리리의 예상대로 주방에는 아무도 없었다. 그녀는 미소를 지으며 냄비며 국자, 온갖 향신료와 재료들까지 다 꺼내 놓았다.

'내가 이래 봬도 요리 하난 자신 있단 말이지.'

혼자 산 경력이 얼만가. 게다가 그녀는 요리하는 것을 꽤 좋아하는 편이었기에 웬만한 음식은 다 만들 줄 알았다.

값비싼 요리라도 다른 재료로 대체하며 비슷하게 만들 수 있을 정도였다.

'이곳에선 재료비 걱정을 할 필요도 없고.'

그녀는 늘 하루 세끼를 준비하는 젤리를 쉬게 해줄 겸, 모처럼 집에서 식사하는 로쉐를 놀라게 해줄 겸, 그동안 참아왔던 욕구를 마음껏 분출시킬 겸 오랜만에 요리를 해보기로 했다.

리리가 정한 메뉴는 오징어 볶음과 계란말이, 콩나물밥이었다. 재료들의 모양새가 현실 세계와 똑같지 않다는 것이 문제라면 문제였지만 맛만 비슷하면 그만 아니던가. 마음 같아서는 한국의 대표 음식들을 맛보게 해주고 싶었지만 아침부터 김장을 할 수는 없으니 다음으로 미루기로 했다. 하지만 어째서인지 쉽지 않았다. 분명 재료들의 맛도 똑같고, 만드는 이도 똑같고, 만드는 방법도 똑같은데 왜 이리 버벅대는지. 그녀가 빙의한 몸의 나이가 열 살이어서 그런지 마음대로 움직여주지 않아 속상할 뿐이었다.

어쨌든 리리는 모든 식사 준비를 마치고 로쉐의 서재로 갔다. 여전히 살금살금, 사냥을 앞둔 야생동물처럼 조용한 발걸음이었다. 로쉐는 침실이 따로 있었지만 그저 예의상 만들어 놓은 것처럼 그냥 서재에서 잠을 잤다.

리리는 로쉐의 침실을 한 번 들여다본 적이 있었는데 생각보다 화사하고 깔끔해서 놀랐다. 로쉐의 이미지 그대로 꾸며놓은 서재처럼 침실도 검은색 암막 커튼으로 모든 빛을 차단하고 커다란 침대 하나 덩그러니 놓은, 마치 뱀파이어의 방같이 으스스한 걸 생각했는데 말이다.

다행히 집안은 아직 고요했다. 그녀의 발걸음이 더욱 빨라졌다. 혹시나 잠에서 막 일어나 흐트러져 있는 젤리와 로쉐의 모습을 볼 수 있지 않을까 하는 기대감이 생겼다.

언제나 리리보다 먼저 일어나 단정하게 앉아있는 두 사람이었기에 지금껏 그런 모습은 본 적이 없었다. 특히 잠에서 막 깨어난 로쉐의 모습은 상상만 해도 코피가 날 것 같았다. 만약 예전에 한 번 보았던 가운같이 헐렁하고 가벼운 옷을 걸친 채, 이제 막 잠에서 깨어 살짝 풀린 눈으로 그녀를 바라본다면…….

'그런 장면을 놓칠 수야 없지!'

그러나 서재에 가까이 다가서자 방 안에서 인기척이 느껴졌다. 아무래도 한발 늦은 듯했다. 그녀는 문 손잡이가 돌아가는 것을 보자마자 문을 벌컥 열며 소리를 질렀다.

"왓!"

"으악!"

문 앞에 있던 것은 다름 아닌 젤리였다.

그는 깜짝 놀란 듯 바닥에 주저앉았다. 그뿐만 아니라 놀란 가슴이 쉽사리 진정되지 않는 듯 흰 장갑을 낀 손으로 심장 부분을 꾹 누르며 심호흡을 하기까지 했다. 황금빛 눈동자가 겁에 질려 일렁이는 모습은 정말이지 사랑스럽기 그지없었다.

"아, 아가씨. 이게 무슨……."

리리는 최대한 참아보았지만 피식피식 웃음이 새어나오는 것까지는 어찌할 도리가 없었다.

"푸훗, 큼. 크흠. 젤리! 많이 놀랐어? 미안, 미안. 장난기가 발동해 서리."

젤리의 뒤로 소파에 앉아 있는 로쉐가 보였다. 평소와 다름없는 무표정한 얼굴이었지만 입가에 가져가던 찻잔을 그대로 든 채 얼어붙어 있었다. 티가 나지 않을 뿐, 상당히 놀란 모양이었다.

젤리는 바닥에서 일어나 옷을 툭툭 털며 투덜거렸다.

"아가씨, 너무하십니다."

"미안……. 풉. 아, 이렇게까지 놀라게 할 생각은 없었는데……. 푸흐흐."

리리는 결국 웃음을 터트리고 말았다.

'이러니 괴롭혀주고 싶지.'

그는 언제나 단정하고 딱딱한 집사의 모습을 유지하려 했지만, 조금만 뒤흔들어도 이렇게 순수하고 귀여운 모습을 보여주니 가만히 내버려둘 수가 없었다.

"화났어? 기분 풀어, 내가 잘못했어."

"화나지 않았습니다."

"아닌데? 표정이 영 나쁜데? 웃은 건 그냥 젤리의 놀란 모습이 귀여워서 그랬어. 기분 풀어, 응?"

"정말 너무하십니다, 아가씨."

젤리는 눈을 슬쩍 흘겼다. 하지만 곧 뺨을 붉게 물들이며 고개를 푹 숙였다. 부끄러웠다. 고작 이런 일로 놀라는 것도, 토라지는 것도, 달래주는 리리의 말에 사르르 녹는 것까지도 모두 다.

원래 집사의 입장에서 아가씨에게 이러면 안 된다는 사실을 잘 알고 있음에도 그는 그녀의 행동 하나, 말 한마디에 이리저리 흔들리곤 했다.

"난 젤리의 이런 모습이 참 좋은데. 진짜로 귀엽단 말이지."

"귀엽다니요."

젤리는 누가 누구에게 하는 말인지 모르겠다며 한숨을 삼켰다. 어쨌든 리리가 이토록 일찍 일어났으니 아침 식사 준비를 서둘러야 할 것 같았다. 그는 다급한 발걸음으로 식당에 들어섰다가 순간 자신의 눈을 의심했다. 두 사람의 대화를 흐뭇하게 들으며 뒤따라오던 로쉐도 놀라며 나지막하게 물었다.

"이게……? 젤리, 오늘은 식사 준비를 먼저 하고 왔었나."

"아, 아니요. 전 그런 적이 없는데……. 아가씨?"

"오늘은 내가 준비해봤어! 얼른 앉으세요! 식기 전에 드셔야지요. 너도 빨리 앉아!"

식탁 위에는 이미 식사가 준비되어 있었는데 빨간색 양념으로 뒤덮여 어떤 재료로 만든 요리인지 짐작조차 가지 않는 것이 있는가 하면 밥까지 웬 야채와 뒤섞여 있는 것도 있어 맛을 예상할 수조차 없었다. 겉으로 보기에는 수상하기 짝이 없었지만 젤리와 로쉐는 감동을 받아 깊이 생각할 겨를이 없었다.

언제 이런 것을 준비했을까. 혹, 식사 준비를 끝낸 뒤 얼른 자랑하고 싶어서 서재로 달려왔던 걸까. 그 모습을 상상하니 표현할 수 없는 뭉클한 감정이 솟구쳤다.

기쁘고 감동스럽고 즐겁고 행복하고 사랑스럽고 뿌듯하고 기특하고, 온갖 좋다는 감정은 전부 다 느껴져 붕 떠올라 날고 있다는 착각이 일 정도였다.

"이걸 네가 준비했다고?"

"네. 맛은 장담할 수 없지만……. 일단 드셔 보세요."

"하……."

로쉐는 짧은 숨을 내쉬며 희미한 미소를 얼굴에 걸쳤다. 젤리는 놀라움을 감추지 못했다.

'주인님께서 저런 표정을 지으시다니.'

여린 마음과는 달리 언제나 차갑기 그지없는 표정이던 그가 아니던가. 하지만 요즘에는 눈빛 자체가 많이 따스해져 있었다.

"뭐해요, 얼른 먹어보시지 않고."

젤리와 로쉐는 리리에게 이끌려 자리에 앉아놓고도 차마 음식에 손도 못 댄 채 그저 바라만 보았다.

"이걸 어떻게 먹나요. 평생 아껴두어야 할 것 같은데."

젤리가 울먹이며 그렇게 말하자 리리는 당황한 듯 대답했다.

"젤리, 또 울어? 기뻐서 우는 거지? 종종 해줄 테니까, 얼른 먹어."

젤리는 자신이 이토록 눈물이 많아졌다니 스스로도 이해할 수 없다고 생각하며 떨리는 손으로 숟가락을 들었다. 로쉐 역시 차마 먹을 수 없는 모양인지 한동안 머뭇거리다가 결국 평소엔 보기가 힘든 새빨간 음식을 집어 들어 한입 베어 물었다.

"맛있군."

"정말요?"

로쉐는 고개를 끄덕였다. 여전히 희미한 미소를 짓고 있는 모습이었다. 리리는 안도의 한숨을 내쉬었다. 잠에서 덜 깬 모습을 볼 수 있다는 생각에 마음이 급해져 마지막에 간 보는 것을 그만 깜빡하고 말았다. 게다가 그녀는 원래 꼼꼼하게 간을 보며 요리를 하는 것과는 거리가 멀었다. 그래도 처음으로 이 세계에서 요리한 음식이니 신경을 더 썼어야 한다며 뒤늦은 후회를 하고 있었지만, 다행히도 두 사람의 반응이 좋은 걸 보니 여느 때처럼 성공한 모양이었다.

'하긴. 비슷한 맛을 내는 재료를 찾으려고 얼마나 고생했는데. 요리하는 방법도 똑같았으니 그럭저럭 먹을만하겠지.'

리리는 맛있게 식사를 하는 두 사람을 바라보다가 마찬가지로 식사를 시작했다. 그리고 숟가락으로 밥을 퍼 입에 넣는 순간, 무언가 잘못되었다는 것을 느꼈다.

'엑!'

그녀는 속으로 비명을 내지르며 서둘러 도로 내뱉었다. 콩나물과는 다르게 생겼지만 어쨌든 비슷한 맛을 내는 나물을 섞어 지은 밥이건만 생각했던 그 맛이 아니었다.

그녀는 황급히 다른 음식들도 맛보고는 얼굴에서 핏기가 사라졌다. 끔찍할 정도로 맛이 없었다. 뭐라 형용할 수가 없는 식감에다가 간도, 향도 엉망진창이었다. 서둘러 로쉐와 젤리를 바라보았지만 두 사람은 여전히 맛있다는 듯 식사를 하고 있을 뿐이었다.

'내가 이상한 건가?'

결국 아이템 확인을 하자 충격적인 설명이 떠올랐다.

> ❧
>
> † 이상한 요리. 보기 좋은 떡이 맛도 좋은 법이다. 하지만 이 요리는 괴상한 겉모습을 가지고 있을 뿐 아니라 재료들의 궁합도 어울리지 않아 좋지 않은 식감을 선물한다. 맛이 없는 요리는 먹는 이로 하여금 불쾌감을 줄 수밖에 없다. 일시적으로 기력이 감소하고, 스트레스가 5 증가한다.

리리는 그제야 두 사람이 그저 그녀가 상처받을까 봐 선의의 거짓말을 했을 뿐이라는 사실을 알게 되었다. 자세히 보니 서로 눈치를 살피느라고 바쁜 두 사람의 반응에 울고 싶어졌다. 특히 로쉐는 다급한 손길로 물을 찾거나 붉은 음식을 들어 올려 꼼꼼히 살펴보는 등 낯선 모습을 보여주고 있었다.

'왜지? 분명 똑같은 레시피인데. 요리 하나는 자신 있었는데? 같은 맛을 내는 재료까지 찾아서 넣었는데 뭐지?'

결국 그녀는 울상을 지으며 숟가락을 내려놓았다. 이런 고문 아닌 고문이라니 두 사람에게 너무 미안했다. 더 이상 억지로 먹일 순 없었다.

"미안해요."

두 사람은 갑작스러운 리리의 사과에 당황스러움을 감추지 못하며 말했다.

"뭐가 미안한가."

"아가씨, 갑자기 왜 그러시나요?"

"맛있는 요리를 만들어주고 싶었는데……. 내가 뭘 잘못했나 봐. 억지로 먹지 말고 버려요. 이건 도저히 먹을 수 있는 음식이 아녜요."

로쉐는 의기소침해진 리리를 바라보다가 고개를 저으며 말했다.

"맛있다. 그럴 필요 없다."

"제가 먹어도 맛없는걸요. 애써 그러실 필요 없어……."

"정말 맛있어요, 아가씨. 걱정하지 마세요."

리리가 손수 준비해준 음식이 맛이 없을 리가 없었다. 애정과 따스함으로 간을 맞추신 듯 배뿐만 아니라 마음까지 든든하게 포만감으로 차오르는 느낌이었다. 지금까지 먹어온 그 어떤 것하고도 비교할 수 없을 정도로 귀한 음식이었다.

하지만 젤리는 앞으로 식사는 자신이 준비하는 편이 나을 것 같다고 생각했다. 절대 맛없어서가 아니었다. 집사가 어떻게 아가씨를 부려 먹을 수 있겠는가. 자신이 해야지.

'음. 그래도 아가씨께서 요리 정도는 배우시는 편이 좋으려나.'

그렇게 생각하는 것은 젤리뿐만이 아닌지 로쉐의 시선이 연신 그에게 닿았다.

비록 요리는 실패했지만 세 사람은 처음으로 다 같이 식사를 하며 나름대로 화기애애한 시간을 보냈다. 로쉐는 오랜만에 보는 리리를 흐뭇한 표정으로 바라보다가 말을 걸었다.

"시장 알바는 어떤가."

"재밌어요. 저 요즘 유명해졌어요. 젤리 통해 들으셨으려나? 시장의 요정이라는 호칭도 얻고 저 보겠다고 찾아오는 손님들도 생겼어요."

"재능이 많군. 자랑스럽다."

로쉐는 칭찬을 해놓고도 이 정도면 괜찮았는지 걱정되어 젤리의 눈치를 슬쩍 살폈다. 그의 눈빛을 읽은 젤리가 가벼운 미소를 지으며 고개를 끄덕이자 로쉐는 비로소 안도의 한숨을 내쉬며 리리에게 시선을 돌릴 수 있었다.

"……고마워요."

물론 그런 로쉐의 행동을 전혀 모르는 리리는 자랑스럽다는 로쉐의 칭찬에 쑥스러워져 살짝 웃으며 괜히 음식을 뒤적거렸다. 자신이 누군가에게 자랑스러워질 줄이야. 이 정도면 몸의 본래 주인에게 미안해하지 않아도 될 것 같았다. 잘 해내고 있으니까 말이다.

오늘은 로쉐의 개인 과외가 시작되는 날이었다. 식사를 마친 후 리리와 로쉐는 저택 내에 있는 어느 방에 들어갔다. 로쉐의 개인 과외는 다른 교육들과 다르게 네 시간이었고, 리리는 그게 더 좋았다.

'그만큼 수치가 빨리 증가할 테니까.'

방의 바닥에는 글자들이 상당히 정교하고 복잡하게 새겨져 있었다.

그녀가 읽을 수 없는 걸로 봐서는 주술어인 모양이었다.

'이왕 자동 해석 능력을 줄 거면 주술어 해석 능력도 주지. 그것만 읽고 쓸 수 있어도 상당한 능력일 텐데.'

그녀가 읽을 수 없는 글씨가 주술어라는 걸 주술각에서 배웠을 때는 좀 허망했다. 혹시 지력이 높으면 저절로 읽을 수 있지 않을까 기대했었는데 아닌 모양이었으니까. 주술어는 일반적인 언어를 주술을 쓰기 쉽도록 최대한 짧게 축소 시키는 걸로 시작했다는데, 지금 와서는 완전히 다른 언어나 마찬가지였다. 더구나 배우기도 굉장히 어려워서 대부분의 주술사들은 따로 공부를 하지 않고 필요한 주문만 외워서 사용했다. 원래는 주술각에서 주술어를 가르쳤었는데, 너무 비효율적이라는 말이 나와 지금은 원하는 사람만 따로 수업을 진행한다고 했다.

'언제 한 번 배워봐야지. 그럼 수치도 올라가고 관련 스킬도 생기지 않을까?'

여기까지 떨어져서 외국어를 배워야 한다니 참으로 기가 막혔다.

로쉐는 일단 기본적인 이론 공부부터 가르쳐준다고 했다. 리리는 혹시라도 놓칠까 재빠르게 필기할 준비를 했다. 그는 그 모습이 기특한 모양인지 희미한 미소를 떠올린 채 말을 이었다.

"신성계열 주술은 치료, 축복, 정화, 공격으로 나누어진다."

치료는 말 그대로 신성력을 이용한 내상과 외상 치료였고 축복은 받은 사람의 몸이 가벼워진다거나 기분이 좋아지는 등 일시적으로 효능이 적용되는 능력이었다. 게임 속 캐릭터에게 일정 시간 동안 특정 능력치를 높여주던 버프와 비슷한 듯했다.

그리고 정화는 말 그대로 신성력을 이용해 대상을 깨끗하게 만들 수 있는 능력인데 물건만이 아니라 물이나 공기 등에 사용하는 것도 가능하다고 했다. 마지막으로 공격은 신성계열 주술 중 가장 효율성이 떨어지는 기술로, 잠시 상대의 눈을 멀게 하거나 약한 화상을 입히는 정도였다.

"일단 자신이 가진 속성력을 느끼는 것이 시작이다."

지금까지는 그저 「기」를 느끼기 위해 노력했다면 속성 주술사는 자신이 가진 속성에 맞는 기운을 그 속에서 구별해내야 했다. 그래야 자신의 몸을 주구 삼아 기운을 이용할 수 있었다.

문제는 그녀가 가진 성력과 로쉐의 신성력이 같은 것이냐는 것이었다. 게다가 상태창에는 물음표로 표시되어있는데, 혹시 사용할 수 없는 게 아닐까.

하지만 그건 쓸데없는 기우였다. 리리는 얼마 지나지 않아 능숙하게 신성력을 느낄 수 있었었다. 무속성 주술력과 다르게 따스하고 평화로운 기운이 온몸으로 느껴졌다. 리리는 주문도 말하지 않았는데 원하는 대로 반응을 보이는 신성력에 당황스러움을 감추지 못했다. 아무리 로쉐의 가르침이 있었다고는 하나 신성력은 너무나 자연스럽게 그녀의 의지에 반응했다. 평소답지 않게 당황한 표정을 감추지 못하는 로쉐를 보니 그 역시 리리가 처음부터 알고 있었던 것처럼 자유자재로 신성력을 자연스럽게 다루는 모습을 이해할 수 없기는 마찬가지인 모양이었다.

"정말……."

로쉐는 차마 말을 잇지 못했다. 본능적으로 다루는 걸 보니 따로 가르쳐 줄 필요가 없었던 게 아닐까.

모처럼 아빠다운 모습을 보여줄 수 있다고 좋아했는데 이토록 알아서 잘하는 딸아이라니. 너무 잘해도 문제였다. 조금은 서투른 모습을 보여도 좋은데 말이다. 그는 한참을 머뭇거리다가 간신히 말을 꺼냈다.

"……다음 단계로 넘어가도 될 것 같군."

리리는 궁금한 것이 많았지만 조용히 고개를 끄덕였다. 아무래도 리리가 신성력을 다룰 수 있는 이유를 로쉐도 모르는 듯하니 질문을 해봐야 시간 낭비라고 생각했기 때문이었다.

'언젠가는 이 몸뚱이의 정체 좀 알게 되었으면 좋겠네.'

로쉐는 간신히 평소의 모습으로 돌아와 말문을 열었다.

"그럼 가장 먼저 뭘 가르쳐주면 좋을까."

"이동이요!"

"이동?"

로쉐는 의아하다는 듯 되물었다. 늘 젤리가 이동을 시켜주지 않는가. 하지만 리리는 젤리에게 알리지 않고 혼자서 돌아다니고 싶을 때도 있었다. 물론 그걸 그대로 말하면 로쉐가 섭섭할 것이 뻔했기에 조금 돌려서 설득하기로 했다.

"언제 어디서 무슨 일이 일어날지 모르니까요. 페가수스 인형을 빼앗길 수도 있는 거고, 미처 꺼내기도 전에 무섭고 험악한 남자들한테 둘러싸일 수도……."

"그건 안되지. 이동 주술부터 가르쳐주마."

로쉐는 리리의 말이 끝나기도 전에 다급하게 고개를 끄덕였다. 그녀는 얼굴에 가벼운 웃음을 걸쳤다. 계획대로였다.

† 주술이 16 증가했습니다.
† 주술력이 8 증가했습니다.

최상급 주술사에게 받는 개인 과외라서 그런지 수치 증가율 역시 일반 주술 교육의 두 배로 높았다. 리리는 나날이 증가하는 수치에 함박웃음을 지었다. 갈수록 능력자가 되어가는 기분이었다. 더구나 고작 한 번 수업을 받았을 뿐인데 이제는 신성력도 온몸으로 느낄 수 있었다.

'그런데 성력 수치에는 변동이 없네.'

상태창의 성력 뒤에는 여전히 물음표로 표시되어 있을 뿐이었다. 오늘은 신성계열 주술의 기본적인 이론과 신성력을 자유자재로 느끼고 다스리는 법, 이동 주술의 이론만 배워서 자세한 것은 알 수 없었지만 다음 시간부터는 신성 주술을 배우기 시작한다고 했으니 아마 변동이 있을지도 몰랐다.

"리리."

"네?"

본인이 지닌 힘에 대해 골똘히 생각하고 있던 리리는 갑작스러운 로쉐의 부름에 고개를 들었다.

그는 머뭇거리다가 큰 결심이라도 한 듯 리리와 같은 검푸른 색 눈동자에 힘을 주며 말을 이었다.

"혹시 약속이 있나."

"없어요. 다른 계획도 없고요."

"잘됐군."

리리는 밑도 끝도 없이 나온 로쉐의 말에 어리둥절했다.

'설마 저번처럼 어디 놀러 가자거나, 뭐 그런 말을 하려고 그러나. 내일은 농장 알바가 있는데. 물론 주술이 있으니 당일치기도 문제없겠지만.'

리리는 저번에 갑작스럽게 떠났던 가족 여행이 너무나 행복하고 즐거웠기에 내심 기대했다. 하지만 로쉐의 입에서 흘러나온 말은 그게 아니었다.

"같이 외출을 하고 싶다."

"외출이요?"

"중급주술사가 되었으니 선물을 사주고 싶은데."

리리는 로쉐를 멍하니 바라보았다. 그의 말이 계속 이어졌다.

"필요한 주술이 걸려 있는 물건이라든가, 장신구라든가."

그녀의 머릿속에서 주술각에서 봤던 물건들이 떠올랐다. 하나같이 뛰어난 능력과 화려한 외향을 지니고 있었지만 문제는 가격이었다.

'집 한 채짜리 가격의 그 물건들을 얘기하는 거지?'

리리가 급히 고개를 저었다. 그렇지 않아도 받는 것이 너무 많아 미안하고 고마운 복잡한 심경인데 주술이 걸린 물건이라니 당치도 않은 소리였다. 그녀는 예의 바르게 거절하기 위해 노력하며 대답을 했다.

"전 괜찮아요. 필요한 물건이 있으면 알아서 살게요. 마음만 감사히 받겠⋯⋯."

"어허!"

하지만 로쉐는 그녀의 말이 끝나기도 전에 호통을 쳤다. 리리는 갑작스러운 그의 큰 목소리에 깜짝 놀라 굳어버렸다. 지금 로쉐가 호통을 친 거야? 큰 목소리로? 지금까지 감정도 잘 드러내지 않던 그 로쉐가?

"내가 주고 싶다, 받거라! 자, 사러 가자!"

"⋯⋯네? 네?"

그녀는 너무나 낯선 로쉐의 모습에 제정신을 차릴 수가 없었다. 로쉐는 그런 틈을 타 그녀의 팔을 붙잡은 뒤 광장으로 이동해버렸다. 젤리의 따스하고 부드러운 바람이 아닌 새하얀 빛이 둘을 감싸 안았다.

환한 빛 때문에 눈을 꼭 감았다가 뜬 리리는 어느새 광장에 도착했다는 사실을 깨닫고 혼란스러운 마음을 다스리기 위해 애써야 했다. 로쉐 맞아? 언제나 다정다감하고 조심스러운 그답지 않게 오늘따라 제멋대로였다.

"아⋯⋯. 저기⋯⋯."

무슨 말이라도 해야 할 것 같은데 머릿속이 온통 뒤죽박죽이었다. 로쉐는 그런 그녀에게 생각을 정리할 틈도 주지 않았다.

"아빠가 딸에게 선물을 사주겠다는데 그게 그리도 잘못된 일인가!"

"아니……. 그게 아니고요……."

"자, 가지."

리리는 또다시 로쉐에게 팔목을 붙잡혔다. 그 상태로 그가 이끄는 대로 이리저리 끌려가다 보니 달아났던 정신이 슬슬 돌아오기 시작했다. 그러고는 어쩐지 웃음이 터져 나올 것 같아 입술을 꾹 깨물었다.

'지금 이게 뭐야. 선물 사주겠다고 강제로 끌고 가는 거야?'

로쉐는 그야말로 어색한 표정과 말투로 혼을 내듯이 "선물을 주고 싶으니 당장 따라오너라!"를 외치고 있었다. 생각하면 할수록 웃기고 귀여워서 결국 붙잡히지 않은 손으로 입을 꾹 막아야만 했다. 그렇지 않으면 크게 웃어 버릴 것 같았다.

그런 리리의 반응을 알 리 없는 로쉐는 스스로 만족스러워하고 있었다. 나니에에게 배운 대로 아빠답게 잘 이끌었다고 생각하고 있기 때문이었다. 이전 나니에에게 리리의 사춘기에 대해 의논을 했을 때, 그녀는 일단 예민할 때니까 괜찮아질 때까지 조심스럽게 대한 뒤 어느 정도 적응을 했다 싶으면 아빠다운 모습을 마구마구 보여주라고 충고해주었다. 아빠답게 딸을 리드하고 위엄을 보여야 한다는 소리였다. 그래서 로쉐는 이제까지 최대한 말 한마디 한마디를 조심하다 슬슬 괜찮을 거라는 생각이 들어, 수업을 끝나는 걸 기점으로 리리를 다짜고짜 거리로 끌고 나온 것이다. 물론 나니에 역시 여자의 몸으로 혼자서 딸을 키우느라 아빠에 대한 환상을 품고 있었기에 사실 제대로 된 충고는 아니었다.

하지만 로쉐가 당장 의논할만한 사람은 나니에 밖에 없었고, 그녀 또한 혼자서 엄마와 아빠, 둘 노릇을 해왔기에 마냥 쓸모없는 이야기는 아니었다.

로쉐는 아빠다운 모습을 보였다며 만족하면서도 원래 성격이 성격이다 보니 혹시 리리가 이런 행동에 상처받거나 기분이 상한 것은 아닌가 싶었다. 그래서 슬쩍 뒤돌아보며 자신이 이끄는 대로 따라오는 딸아이의 표정을 살폈다. 다행히 썩 나쁘지는 않아 보여, 그는 안도의 한숨을 내쉬었다.

그러나 안타깝게도 로쉐의 「아빠」의 위엄을 보여주기 위한 작전은 실패로 돌아갔다.

'아, 이 박력. 멋져, 멋져. 상남자잖아?'

리리의 실제 나이 스물네 살이었기에, 로쉐의 행동은 아빠라기보다는 오히려 더 이성으로 느끼게 만들었다.

'여자를 강하게 리드하는 남자의 뒷모습이란, 하.'

리리는 황홀한 눈빛으로 로쉐의 넓은 등을 바라보았다. 오늘따라 더욱 멋졌다.

그 상태로 얼마나 걸었을까. 다련각 호수를 건너는 다리에 도착하자 리리는 급히 걸음을 멈추었다. 그의 박력에 밀려 휘둘리고 말았지만, 아무리 그래도 주술이 걸린 물건은 너무 부담스러웠다. 또 로쉐와 함께 다련각에 들어서게 된다면 발칵 뒤집힐 것이 분명했다. 생각만으로도 끔찍했다.

"저, 사실 가지고 싶은 게 있어요!"

"뭐지?"

"여기엔 없는 물건이에요."

어떻게든 선물을 주고 싶어 하니 차라리 필요한 물건을 받아내는 것이 나을 듯했다. 리리는 의아하게 바라보는 로쉐를 이끌고 시장으로 향했다.

'그렇지 않아도 사야지 사야지 생각했던 물건이 있으니 이참에 거기로 가자.'

다련각에서 가장 가까운 시장까지는 거리가 꽤 됐다. 처음에는 주술로 이동할까도 생각했지만, 모처럼 같이 나왔으니 산책도 할 겸 주위도 구경할 겸 천천히 걷는 것도 괜찮을 것 같았다. 하지만 그게 그다지 좋은 결정이 아니었다는 것은 얼마 안 가 깨달을 수 있었다.

"이거 어떤가, 리리. 음. 이것도 괜찮군."

리리는 그녀에게 어울릴 것 같은 물건들을 고르는 로쉐의 모습에 골치가 아팠다. 심지어 여기는 다련각 근처가 아니던가. 이 주변은 귀족들을 태운 마차와 가마가 돌아다니는 곳이고, 그녀에게 이 세계의 물가에 대한 의구심을 가지게 만들었던 고급 상점들이 널려있는 곳이었다. 당연히 물건값도 어마어마할 수밖에 없었다.

리리는 만족스러운 표정으로 옷을 몇 개 집어든 로쉐를 어떻게 말려야 할지 막막했다. 오늘따라 사람이 달라 보였다. 어쩐지 들떠 보이기도 했다. 그는 손에 든 옷과 리리가 입고 있는 옷을 번갈아가며 살피다가 말했다.

"이게 더 예쁘군."

사실 그는 리리가 무슨 옷을 입든 귀엽고 깜찍한 딸로 보였기에 이 제까지 그녀의 옷차림에 별로 신경 쓰지 않았다. 하지만 정작 장인이 만든 비단옷과 비교하니 현재 리리가 입고 있는 옷이 너무 볼품없게 느껴졌다. 그녀에게는 조금 더 화려한 것이 어울릴 것 같았다.

"이거 다 주……."

"됐어요! 전 이게 더 마음에 들어요!"

리리는 다급하게 말리며 혹시라도 옷감이 상할까 조심스레 로쉐에 게서 옷을 빼앗아 내려놓았다. 그리고 로쉐를 끌어당겼다. 그는 가게 주인과 리리를 번갈아가며 바라보다가 결국 그녀가 가자는 데로 갈 수밖에 없었다.

"왜 그러지."

"저 진짜, 진짜진짜 옷은 아무것도 필요 없어요. 제가 가지고 싶은 건 따로 있다니까요?"

"그것도 사고 다른 것도 사면 되지 않나."

리리는 뭘 그리 대수롭지 않은 걸로 난리냐는 듯 멀뚱히 바라보는 로쉐를 보며 소리 없는 비명을 질렀다. 이게 바로 원래 부자인 사람과 아닌 사람의 차이인가 싶었다. 만약 그녀가 아무리 돈이 많다고 해도 웬만한 사람들의 몇 달 벌이를 한 번에 써버리지 못할 것 같았다.

그녀는 일단 상점가를 벗어나는 것이 우선이겠다 싶어서 그의 팔을 붙잡은 채 거리를 벗어나기 시작했다. 로쉐는 어쩔 수 없이 그녀를 따라오면서도 아쉽다는 기색을 지우지 못했다.

"아빠가 딸에게 선물을 해주고 싶다는데 그걸 말리다니."

"그렇게 너무 오냐 오냐 키우면 안 돼요. 그러다가 돈의 소중함을 모르게 된다고요."

"그건……. 음. 네게서 들을만한 말이 아닌 것 같군."

리리는 로쉐의 말에 어색한 웃음을 터트렸다. 하긴 고작 열 살밖에 되지 않은 아이의, 그것도 당사자의 입에서 나올만한 대사가 아니기는 했다.

"원하는 것이 있다면 사달라고 말하면 되는데. 어차피 돈이야 차고 넘치니 부담가질 필요도 없고."

그녀는 뒤따라오면서도 연신 투덜거리는 로쉐를 슬쩍 쳐다보았다. 그는 계속 날카로운 눈빛으로 주위 가게를 훑고 있었다. 어둠과 닮은 색상의 머리카락과 눈동자, 마찬가지로 어두운 색상의 주술사 로브, 차가운 표정과 감정이 없는 목소리까지.

여전히 냉정하고 오만해 보이는 인상이었지만 리리는 저도 모르게 입가에 웃음을 머금었다. 정말이지, 이 몸의 가족들은 왜 이렇게 하나같이 귀여운 거야.

그녀는 최대한 상가가 없고 인적이 드문 곳으로 갔다. 그러다 보니 곧 주택가와 꽃나무들이 길게 늘어져 있는 거리를 지나 특이한 식물들을 잔뜩 심어 놓은 작은 공원까지 오게 됐다.

"이런 곳이 있었군."

로쉐도 여기까지 와본 것은 처음인지 꽤 신기한 듯 주변을 둘러보았다.

"여기가 시장으로 가는 지름길이에요. 그리고 이건 말이죠……."

리리는 바람을 타고 흩날리고 있는 가늘고 긴 모양의 나뭇잎을 낚아챘다. 바닥에도 떨어진 잎이 한가득 널려있었다. 잎을 자세히 들여다보면 새끼손톱만한 공기주머니가 잔뜩 있는 살짝 징그러운 모습이었지만 리리는 이 이파리가 마음에 들었다.

뽁- 뽁뽁-

그녀가 잎을 손가락으로 꾹 누르니 경쾌한 소리와 함께 터졌다.

'어휴, 이 손맛.'

리리는 만족스럽다는 듯 웃었다. 이곳을 지나치다가 우연히 발견한 나뭇잎이었는데, 이걸 터트리면 마치 현실 세계에 있던 에어캡의 느낌과 비슷했다. 일명 뽁뽁이. 손가락으로 공기주머니를 뽁뽁 터트리는 맛은 최고였다.

로쉐는 그런 리리의 모습을 가만히 보다가 바닥에 떨어져 있는 잎을 하나 주워들었다. 그러고는 엄지와 검지로 꾹 누르자 뽁하고 공기주머니가 하나 터졌다.

"특이하군."

"이게 중독이에요. 중독. 계속 하게 된다니까."

리리는 잎을 쓸어 담으며 콧노래를 흥얼거렸다. 좀 챙겨서 심심할 때마다 하나씩 터트리는 것도 괜찮을 듯싶었다. 잎을 꽤 쓸어담은 리리는 로쉐에게 이제 그만 가자고 말하기 위해 고개를 돌렸다.

뽁- 뽁-

그는 이 행위가 은근히 재밌는 모양인지 가만히 서서 나뭇잎을 계속 터트리고 있었다. 리리가 웃음을 터트렸다.

그녀의 웃음소리에 정신을 차린 로쉐는 잎을 버리고 손을 탁탁 털며 말했다.

"가지."

어쩐지 멋쩍어 보이는 건 리리의 착각이 아니리라. 그녀는 잎을 들고 있지 않은 손을 뻗어 차분하게 흔들리는 로쉐의 손을 슬쩍 쥐었다. 내리쬐는 햇볕만큼이나 따스한 무언가가 가슴 속에 차올랐다.

로쉐 또한 그의 손을 잡은 작은 손의 따스함을 느꼈다. 그는 그녀의 손을 마주 잡으며 희미하게 웃었다. 리리의 밝은 표정을 보니 자신까지 즐거워지는 기분이었다. 꿈에 그리던 딸아이와의 외출은 생각보다 훌륭했다.

검푸른 색 머리카락과 눈동자를 지닌 부녀는 행복한 미소를 한가득 떠올렸다.

결국 두 사람은 원하는 물건을 산 뒤, 가까운 음식점에서 식사까지 마치고 돌아왔다.

"재밌게 놀다 오셨나 봅니다. 즐거워 보여요."

젤리는 사전에 미리 이야기를 들었던 모양인지 별다른 질문 없이 환영해주었다. 리리는 말없이 미소를 지었다.

'자꾸 이것저것 사주려고 애쓰는 로쉐 때문에 살짝 고생했지만 재밌었지.'

리리는 방으로 돌아와 주변을 휙 둘러보았다. 여전히 가구 몇 개만 덜렁 놓여있을 뿐인 커다랗고 썰렁한 방이 보였다.

리리는 아이템창에 들어있던 조개껍데기와 모래들을 꺼내 깨끗이 씻은 뒤 햇빛이 드는 곳에 놓았다. 그리고 역시 아이템창에서 커다란 어항을 꺼내 역시 끙끙거리며 닦기 시작했다. 바로 로쉐가 사준 어항이었다.

남쪽 바닷가에 다녀왔던 날, 리리는 젤리와 로쉐가 준 조개껍데기들을 어떻게 장식할까 고민하다가 이왕이면 그날 일을 가장 잘 떠올릴 수 있게 꾸미는 편이 좋겠다고 결정했다. 하지만 그 뒤로 어항을 사는 걸 계속 미뤄왔는데, 마침 말이 나온 김에 로쉐에게 사달라고 했던 것이다.

"어디 보자……."

그녀는 잠시 고민하다가 화장실 문 옆, 텅 비어 있는 곳에 어항을 놓기로 했다. 침대에서 돌아눕거나 화장실에 갈 때마다 볼 수 있을 테니까. 리리는 다 닦은 어항을 아이템창을 이용해 그곳으로 옮겨 놓았다. 그 사이 조개껍데기와 모래가 모두 말라 있었다. 그녀는 먼저 어항에 모래를 쏟아넣은 후 그 위를 조개껍데기로 장식했다.

"다 됐다!"

한참을 끙끙거리던 리리가 허리를 폈다. 창문 틈새로 들어오는 햇빛이 어항을 환하게 비춰주었다. 반짝거리는 모래와 조개들이 너무나 예뻐 저절로 미소가 떠올랐다. 묘한 기분이었다. 고작 물건 하나로 「내 방」이라는 느낌이 들게 되다니.

어항을 감상하던 그녀는 문득 현실 세계에서 키우던 물고기들이 생각났다.

'어떻게 되었을까, 굶어 죽었겠지? 미안하네.'

그동안 완전히 잊고 있었다. 혼자 사는 그녀에게 그나마 위안이 되어 주었던 작고 예쁜 네 마리의 열대어였다. 물고기들은 어항 물을 갈아주고 밥을 주는 리리 덕분에 살아갔고, 그녀는 그런 물고기들 때문에 살아야 한다는 의욕을 얻었다.

'밥 한번 굶기면 큰일 나는 줄 알고 아무리 바빠도 제시간에 먹이를 꼬박꼬박 챙겨줬었는데, 그걸 까마득하게 잊고 있었다니.'

리리는 자신이 이 세계로 와서 그 정도로 정신이 없었나 생각하다가 실소를 흘렸다.

'아니. 그런 작은 물고기들에게 애정을 쏟아 붓지 않아도 되니까 잊어버렸겠지.'

현실에서의 리리는 살아야 할 의미를 찾지 못할 정도로 무기력했다. 그저 하루 벌어 하루 사는 하루살이 인생. 그 안에서 자신의 손에 달린 작은 생명들이 그녀가 살아가는 유일한 이유였다.

하지만 지금은 모든 게 달라졌다. 행복했다. 너무 행복해서 처음으로 죽기가 싫어졌다. 죽는 것이 무서워졌다. 이런 행복을 두고 떠나는 것이 두려워졌다. 갑작스레 이 몸에 빙의했듯이 순식간에 떠나게 될지도 모르는데.

"나 여기에 계속 있고 싶어."

가슴이 쓰렸다. 너무 아파 가만히 서 있기가 힘들 정도였다. 노력하는 만큼 보상을 받을 수 있는 게임 시스템 덕분에 사람들에게 인정도 받았고, 소중한 가족도 생겼다. 그러면서도 언제든 돌아갈 수 있도록 마음을 다잡으려 애썼지만 실패했다. 많은 사람에게 인정받으며 스스로가 대견스러워질수록, 두 사람하고 함께하는 시간이 길어질수록 행복했지만 동시에 불안했다. 애써 무시하고 있지만 그녀는 이미 알고 있었다. 이대로 돌아간다면 잠시나마 손에 넣었던 행복을 잊지 못해 더 이상 그곳에서 살아가지 못하리라.

"그냥 이대로 살고 싶어."

리리는 떨리는 입술을 꾹 깨물었다. 어항 속의 모래가 더욱 반짝이는 듯했다. 어느새 차오른 눈물 때문이었다. 그녀는 혹시라도 흐느낌이 새어나올까 울음을 꾸역꾸역 삼키며 참았다. 슬퍼할 일이 아니었다. 이런 행복을 조금이나마 맛본 것이 어디인가.

그녀는 눈물을 급히 닦아내며 입을 열었다.

"이제야 떠올려서 미안해. 그동안 고마웠어."

그녀는 그동안 그나마 의지가 되어준 물고기들에게 미안함과 고마움을 전했다. 아무래도 한동안 물고기는 다시 못 키울 것 같았다.

한참이나 가만히 서서 복잡한 심경을 정리하던 그녀는 어항을 꾸미느라고 어질러진 방을 대강 치운 후 아이템창에서 일기장을 꺼냈다.

역시 로쉐가 사준 것이었다. 겨우 원하는 게 어항 하나냐며, 가지고 싶은 걸 더 고르라는 말에 집어든 수첩이었다.

인간은 망각의 동물이었다. 아무리 지금이 행복하고 죽을 때까지 잊지 못할 나날이라고 해도 언젠가는 희미해질 것이 분명했다. 그건 너무나 속상한 일이었다. 만약 돌아가게 된다면 추억만이라도 남아 있어야 하지 않겠는가. 물론 일기장을 가져갈 수는 없겠지만 기록하고, 가끔 읽어보기만 해도 더 생생하게 머릿속에 남을 터였다.

"내가 일기를 쓰게 되다니, 참……. 사람이 이렇게 달라지나."

생각보다 일기는 술술 써졌다. 일기는 한글로 작성했는데, 두 개의 언어를 하게 된 김에 그 호사를 마음껏 누리고 싶은 마음이 반, 혹시 누가 읽을지도 모른다는 생각이 반이었다.

얼마나 일기를 적어 내려갔을까. 이제까지 있던 일을 꼼꼼히 기록하던 리리는 일기장을 덮고 한 번 기지개를 켰다. 슬슬 저녁 식사 시간이었다. 이 시간이면 젤리가 주방에서 요리를 하고 있을 터였다. 모처럼 집에 있는 날이니 식사 준비하는 모습을 구경하거나 도와주고 싶었다.

리리는 제 일이니 아가씨는 쉬시라고 안절부절못할 젤리의 표정을 떠올리며 웃으며 방을 나섰다.

리리는 퉁명한 표정을 지었다.

"정말 도와주시지 않아도 괜찮습니다!"

젤리는 리리의 도움을 단호하게 거절하는 것으로도 모자라 조리되고 있는 음식 근처에 얼씬도 못 하게 막아섰다. 그 모습이 단순히 아가씨는 편히 쉬시라는 뜻 같지 않았다.

"혹시 또 요리 망칠까 봐 그러지."

"그, 그럴 리가요."

아니라고는 하지만 젤리의 얼굴에는 당황한 기색이 넘쳐흘렀다. 리리의 표정이 더욱 험악해지자 젤리는 새하얗게 질린 안색으로 다급하게 말했다.

"정말입니다! 아가씨 요리가 얼마나 맛있는데요!"

"근데 왜 말려, 말리기는."

젤리는 어쩔 줄 몰라 했다. 리리는 그 틈을 타 바구니에 담겨 있는 파 비슷한 풀을 집어들었다. 모양도 향도 딱 대파 썰어놓은 것과 비슷했다. 그녀는 그걸 곧바로 바글바글 끓고 있는 국에 집어넣었다.

"아가씨! 안 돼요!"

뒤늦게 알아차린 그가 막아섰지만 이미 늦었다. 냄비 속에서 맛있는 냄새를 풍기면서 끓고 있던 국이 이상한 색으로 변해가기 시작했다. 젤리가 허망한 눈빛으로 냄비를 바라보았다.

"어? 이거 색이 왜 이래?"

리리는 한눈에 보기에도 괴상해 보이는 국을 노려보다가 입술을 잘근잘근 씹었다. 굳이 아이템 확인을 하지 않아도 실패한 요리라고 뜰 것이 분명했다. 그녀는 이내 발을 동동 구르며 화를 냈다.

"아니, 뭐야! 고작 풀떼기 하나 넣었다고 이렇게 되는 게 어딨어!"

"당연하지요! 재료에도 서로 어울리는 궁합이라는 것이 존재합니다. 그렇게 아무거나 막 넣으시면!"

"나도 그 정도는 알거든? 여기 요리가 이상한 거야! 아니, 무슨, 재료 하나 넣었다고 색이 바뀌어?"

"방금 넣으신 「수티」라는 야채는 끓여 먹는 것이 아닙니다. 끓이면 색과 향이 변하거든요."

"아……. 그래?"

리리는 젤리의 말에 어색하게 웃으며 입을 다물었다.

"진작 얘기해주지 그랬어."

변명해보는 것도 잊지 않았다. 그녀는 그저 대파처럼 생겼으니 국의 마무리로 딱이라고 생각했을 뿐이었다.

"이런 국에는 수티 대신 이걸 넣어야 합니다. 「재」라는 식물의 뿌리지요. 그래야 깊은 향을 더할 수 있거든요. 비릿한 맛도 잡아주고 말입니다.”

“생긴 건 꼭 칡뿌리처럼 생겨서는.”

리리는 구시렁거리면서도 아이템창에서 수첩을 꺼내 메모하는 것을 잊지 않았다. 언젠가는 김치찌개나 불고기 등 그녀가 좋아했던 음식을 제대로 완성해 진심으로 맛있어하는 두 사람의 모습을 보고 싶었기 때문이었다.

그 모습을 바라보던 젤리의 입가에 미소가 떠올랐다. 하지만 그는 혹시라도 웃는 모습을 들킬세라 급히 몸을 돌리며 엄한 목소리로 말을 이었다. 양손은 실패한 음식을 처리하느라 바쁜 상태였다.

“다시 만들어야겠네요. 그러니 얼른 나가주세요. 아가씨는 제가 만들어드리는 요리를 맛있게 드셔 주시기만 하면 됩니다.”

“그, 그래도.”

“어서요.”

리리는 주방에서 쫓겨나다시피 나올 수밖에 없었다. 그녀의 뺨이 불만으로 퉁퉁 부어올랐다. 아가씨를 이렇게 쫓아내는 집사라니 하극상이 따로 없다. 하지만 그녀 때문에 열심히 만든 요리를 버리게 된 데다가 다시 만들어야 할 테니 입이 열 개라도 할 말이 없었다.

‘두고 봐. 반드시 맛있는 요리를 만들고 말 테니까.’

리리는 주먹을 꽉 쥐었다.

오늘도 이른 시간이었지만 페레로가 저택 내 주방에서는 한바탕 힘 겨루기가 벌어지고 있었다. 요리를 도와주겠다고 나서는 리리와 온몸을 날려 음식을 지켜내는 젤리로 인해 며칠째 계속 반복되는 광경이었다.

"아가씨, 이러시면 곤란합니다."

"내가 원한다는데, 감히 반항하는 거야? 난 주인, 넌 집사! 잊은 건 아니겠지?"

"죄, 죄송합니다. 그렇지만……. 웃, 아가씨……. 제발요."

"가만히 있어!"

젤리의 황금색 눈동자는 눈물로 일렁였고 두 뺨은 붉게 달아올라 있었다. 리리는 그러한 젤리의 모습에 잠시 미안함을 느꼈지만, 끝끝내 그의 손을 꼭 붙잡은 채 다가섰다. 리리의 눈동자에는 막아서지 말라는 강한 의지가 깃들어 있었다.

젤리는 리리의 약점이라면 약점이라고 할 수 있는 눈물까지 비추었건만 그만둘 생각을 하지 않는 아가씨 때문에 당황했다.

'이대로는 안 돼!'

젤리는 리리에게 붙잡힌 손에 힘을 꽉 준 채 몸을 빙글 돌렸다. 아가씨를 밀쳐낼 수는 없으니 차라리 자리를 바꿔 당기려는 생각이었다. 하지만 그 순간, 리리 역시 앞으로 돌진해왔고 발이 꼬여버린 그는 그대로 뒤로 넘어지고 말았다.

"으앗!"

"엇!"

동시에 재료를 올려놓는 이동식 선반에 머리를 부딪쳤다. 하지만 미처 아파할 틈도 없었다. 그 충격으로 바구니 하나가 떨어졌기 때문이었다. 그는 자신에게 쏟아지는 향긋한 나물 더미에 두 눈을 꼭 감았다.

리리 역시 젤리에게 붙잡힌 손 때문에 앞으로 고꾸라졌다. 하지만 무언가 푹신한 것 위에 떨어졌는지 전혀 아프지 않았다. 그 푹신한 것이 뭔지는 뻔했기에 리리는 급히 고개를 들어 올리며 물었다.

"젤리, 괜찮……."

그리고 앞에 펼쳐진 광경에 잠시 할 말을 잃었다.

새하얀 단발머리가 주방 바닥에 어지러이 흐트러져 있었고 늘 단정하던 앞머리 또한 흘러내려 고운 이마를 고스란히 드러내고 있었다. 덕분에 신비로움의 극치인 새하얀 눈썹과 속눈썹이 아무런 방해꾼 없이 자태를 뽐냈다. 방금 전 쏟아진 초록색 나물이 그 얼굴에 뿌려져 있었는데, 그마저도 마치 숲의 요정이라는 착각을 일게 할 정도였다. 크게 일렁이는 황금색 눈동자는 리리의 얼굴을 담아내다 촉촉하게 젖어, 곧 투명한 눈물이 속눈썹에 매달렸다.

그걸 보고 리리는 간신히 정신을 차렸다.

"미, 미안. 괜찮아, 젤리?"

리리는 여전히 젤리의 몸 위에 앉아있었다는 사실을 깨닫고 서둘러 일어났다. 그리고 붙어있는 나물들을 떼어내 나뒹굴고 있던 바구니에 담기 시작했다. 그때 젤리가 훌쩍거리는 소리가 들렸다.

"아파? 어디 다쳤어?"

그녀는 손을 뻗어 젤리의 눈물을 닦아냈다. 그의 뺨이 붉게 달아올라 있었다. 굉장히 안타까웠지만 한편으로는 아름다운 모습이기도 했다. 젤리는 울음을 꾸역꾸역 삼켜내더니 기분이 상한 모양인지 뚱한 목소리로 말했다.

"아가씨. 제게 왜 이러시는 겁니까."

"내가 뭘……."

리리는 입을 다물었다. 뭐라 할 말이 많았지만 정리가 되지 않았다. 일단 자신 때문에 젤리가 넘어진데다 우는 거였으니 사과부터 해야 했다.

"미안해. 그치만, 난 그저 요리를 하고 싶을 뿐인데."

말을 하다 보니 감정이 북받쳤다. 그래, 단지 요리를 하고 싶었을 뿐인데 왜 이렇게까지 해야 하는 거지? 여기는 그녀의 집이라며? 하고 싶은 건 다 해보라며?

"아니, 요리를 하겠다는데 왜 말려? 내 음식 맛있다며! 정말 이러기야?"

"무, 물론 맛있습니다."

"됐거든? 이미 늦었거든?"

리리는 그녀가 있던 세계의 요리가 얼마나 맛있는지 두 사람에게 알려주고 싶을 뿐이었다. 그런데 실패, 또 실패. 매번 실패! 사실 가장 속상한 건 그녀였다.

"아, 아가씨."

리리는 입술을 비죽거리며 고개를 돌렸다. 그 모습에 젤리의 안색이 하얗게 질렸다. 요리를 지키는 것에만 신경 쓰느라고 아가씨의 심정을 헤아리지 못한 죄를 뒤늦게 깨달은 것이다.

물론 리리는 진짜 화가 난 건 아니었다. 솔직히 말해서 리리는 아침마다 옥신각신하는 것도 나름 재미있었다.

안된다고 매달리고 막아서는 젤리를 피해가며 요리를 하는 것도 나쁘지 않았다. 아기들을 꼬집어 일부러 울리는 어른 같이 괴롭히는 느낌이 든달까.

지금도 좀 울컥하긴 했어도 젤리가 자신을 생각해서 막았다는 건 알고 있었다. 사실 매번 망친 요리는 음식을 버릴 수 없다는 일념으로 그녀가 아침으로 먹었기 때문이었다.

당연히 맛이 있을 리가 없었고, 젤리는 그런 그녀를 안타깝게 보면서 더욱 요리에 접근하지 못하게 막아선 것뿐이었다. 단지 지금은 울컥한 김에 억지로 토라진 척을 하며 젤리의 반응을 살피는 중이었다. 앞으로도 계속 방해만 한다면 확실히 문제가 있으니까.

젤리는 자리에서 일어나 옷매무새를 점검한 다음 여전히 붙어있는 나물들을 떼어냈다. 엉망이 되어버린 머리카락도 대강 정리했다.

그리고 뚱한 표정으로 만들다가 만 요리를 내려다보고 있는 리리에게 조심스럽게 입을 열었다.

"아가씨, 요리를 배워보시는 건 어떻습니까?"

"아, 나 요리 잘한다니까? 돈 주고 배울 필요가 없다고."

거짓말이 아니었다. 그녀의 머릿속엔 현실에 있을 당시 해먹었던 음식의 레시피들이 고스란히 남아있었다. 하지만 재료가 문제였다. 도통 알 수가 없었다. 무슨 재료가 어떤 맛을 내는지, 향신료는 어떻게 사용해야 하는지, 재료들을 어느 순서에 맞추어 넣어야 하는지 등등.

"그렇다고 매일 아침마다 이런 일을 반복할 수는 없잖습니까?"

젤리도 어떤 생각으로 리리가 자꾸 주방에 오는지 알고 있었고, 그 마음이 기쁘기도 했다. 자그마한 꼬마 아가씨가 주방에서 이리저리 서성이는 모습도 무척 귀여웠다. 문제는 자꾸 요리를 망친다는 거였는데……. 처음에는 안 그래도 바쁜 아가씨가 굳이 요리로 힘을 빼는 게 싫어서 말린 거였는데, 이렇게까지 의지가 굳건하실 줄은 몰랐다.

'그냥 조금 가르쳐드려야겠어.'

결국 젤리는 다시 국물을 낼 재료들을 리리에게 보여주며 말했다.

"국을 더욱 맛있게 하려면 맨 처음에 이 재료들을 넣고 푹 끓여주시는 것이 좋습니다."

"육수를 만드는 거구나."

리리의 말에 젤리는 고개를 끄덕였다. 그녀도 원래 살던 곳에서 멸치와 다시마, 무 등을 넣고 푹 끓여 육수를 만들곤 했다. 방금 전 젤리가 보여준 재료가 그와 비슷한 역할을 하는 모양이었다.

리리의 눈이 반짝인 건 바로 그때였다.

"그래! 그러면 되겠네. 앞으로 나에게 요리를 가르쳐 줘, 젤리."

"네? 아가씨, 그게 무슨 말씀이신지……."

"왜? 아침마다 주방에서 전쟁을 치르느니 젤리에게도 그편이 낫지 않아? 그냥 옆에서 구경하며 조금씩 도와줄게. 이건 이렇게 해라, 저건 저렇게 해라 막 시켜도 돼."

"제가 어떻게 아가씨를 부립니까. 아가씨이, 그냥 요리는 제게 맡겨 주시는 것이……."

"앞으로도 계속 방해해줄까? 그것도 난 좋아. 난 계속 내가 망친 요리를 먹고 하루 종일 비실거리지 뭐."

젤리의 안색이 새하얗게 질렸다.

'앞으로도 계속?'

그는 결국 눈물을 삼키며 고개를 끄덕였다. 그야말로 협박 아닌 협박에 수긍하고 만 것이다. 그 순간 리리의 눈앞에 시스템창이 떠올랐다.

† 새로운 교육이 등록되었습니다.

교육 창을 열어보니 「젤리의 요리 과외」가 반짝거리며 그 자태를 뽐내고 있었다. 물론 교육비는 0원이었다.

'역시!'

그녀가 예상한 대로 교육으로 등록되었다.

그렇다는 건 요리 스킬 역시 있다는 뜻! 스킬만 생긴다면 그녀가 한 번이라도 다뤄 본 재료들이 모두 등록될 테고 요리 역시 손쉽게 만들 수 있을 터였다. 그뿐이냐. 아침에 한 시간씩 배우는 것만으로 수치까지 증가! 왜 진작 이 생각을 하지 못했을까. 그녀는 생각이 짧은 자신을 향해 구박까지 했다.

그리고 아가씨에게 요리를 가르쳐주게 된 젤리의 표정 역시 사뭇 비장했다. 이왕 이렇게 된 이상 그는 알고 있는 모든 요리지식을 아낌없이 전수해야겠다고 다짐했다. 젤리는 이제껏 단순히 포만감을 채워주는 것으로 끝이 아닌 더 건강하고 행복해지는 음식을 만들기 위해 노력해왔을 정도로 요리 자체를 꽤나 중요하게 여겼다.

"앞으로 잘 부탁해."

"네. 그럼 앞으로 잘 부탁드립니다."

"으, 응."

젤리의 표정이 범상치 않다는 것을 뒤늦게 깨달은 리리가 살짝 불안함을 느꼈지만 이미 상황은 종료된 후였다. 다음 날 일정부터는 0교시, 요리 과외가 자동으로 등록될 터였다. 물론 리리가 생각하는 것처럼 화기애애하고 즐거운 요리시간이 될지는 알 수 없는 일이었다.

로쉐는 심기가 불편했다. 주방에서 들려오는 리리와 젤리의 웃음소리 때문이었다. 리리에게 젤리가 요리를 가르쳐준다는 건 보고를 받아 이미 알고 있던 사실이었지만 직접 확인하니 이렇게 기분이 나쁠 수가 없었다.

자신은 토요일과 일요일, 그마저도 거의 식사 시간과 주술 교육시간에만 잠시 볼 수 있는 딸아이였다. 그렇지 않아도 매일매일 리리의 주변을 맴돌 수 있는 젤리가 부러웠는데 그것으로도 모자라 이제는 아침 식사를 준비하는 시간까지 함께 할 수 있게 되다니…….

'부럽군.'

로쉐는 주방 근처를 서성이다가 슬쩍 안으로 들어섰다. 앞치마를 두른 채 웃고 있는 리리의 모습이 보였다. 자그마한 손으로 재료를 씻고 과도로 이것저것 썰어대는 딸아이의 모습은 사랑스럽기 그지없었다. 하지만 연신 반짝거리는 밤하늘 같은 눈동자는 재료를 설명하는 젤리에게 향해있었다. 그 모습에 로쉐는 또다시 심기가 불편해지는 것을 느꼈다.

"아가씨, 이건 이렇게 하면 안 됩니다."

"노력한다고 했는데……."

"자, 잘 보세요."

젤리는 언제나 꼼꼼하고 정확했다. 그런 그에게 요리를 배우려니 쉽지 않을 터였다. 게다가 리리는 주술은 정말 가르쳐줄 것이 없을 정도로 잘 해냈으면서 요리는 그렇지 못했다. 로쉐는 바로 그 점도 불만이었다.

'내게도 약한 모습을 보여줬으면 좋겠건만.'

그 역시 젤리처럼 잘 가르쳐줄 의향도, 최대한 다정다감하게 대하기 위해 노력할 의지도 있었다. 아빠답게 이런 거, 저런 거 마구 가르쳐주며 이끌어주고 싶었다.

"잘하셨습니다! 바로 이렇게 하는 거예요!"

"와! 정말?"

날마다 저렇게 칭찬도 해주고 싶었다. 주술을 가르칠 때 하는 것만으로는 부족했다.

로쉐는 그 화기애애한 분위기에 끼고 싶어 괜히 주방을 돌아다니며 눈치를 보았다. 그러다가 리리가 무얼 하고 있는지 보고 싶어서 가까이 다가갔다가 때마침 뒤를 돌던 그녀와 부딪히고 말았다.

"으앗!"

그 바람에 리리는 손에 들고 있던 바구니를 놓쳤다. 파란 나물들이 바닥으로 흩어졌다.

"괜……."

"여기서 뭐하는 거예요!"

로쉐는 그의 말이 끝나기도 전에 까칠하게 외치는 딸아이의 타박에 충격을 받았다. 그는 떨어트린 재료를 주섬주섬 담는 리리의 모습을 가만히 바라보며 어찌할 바를 몰라 했다.

'방해를……. 아니, 그보다도 리리가 화를……. 아, 나는 왜 이리도 한심한가.'

로쉐는 또다시 깊은 늪으로 빠져 들어가기 시작했다. 젤리 역시 뒤늦게 로쉐가 온 걸 알고 안절부절못했다. 리리는 재료들을 다 주워담은 다음 로쉐를 바라보며 말했다.

"할 일 없으면 이것 좀 도와줄래요?"

"도와달라고?"

"네!"

막 다련각으로 날아가려던 로쉐는 자신을 초롱초롱한 눈빛으로 바라보는 리리의 모습에 다시금 기분이 좋아졌다. 도와달라니. 딸아이가 지금 자신에게 부탁을 하고 있었다.

'의지해도 될만한 아빠가 된 건가.'

하지만 기쁨도 잠시, 곧 로쉐는 식탁에 앉아 나물을 다듬게 되었다. 딸아이의 흔치 않은 부탁이니 최선을 다해 다듬던 로쉐는 주방에서 들려오는 웃음소리에 한숨을 내쉬었다. 정말이지, 아빠의 길은 멀고도 험했다. 그는 눈앞에 보이는 나물들을 보며 또 한 번 한숨을 내쉬었다. 원래 아빠란 이런 것인가. 다시금 생각해보는 시간이었다.

06. 누구에게나 흑역사는 있다.

    평일에는 검술 수업 두 시간, 무용 수업 두 시간, 시장 아르바이트 네 시간, 토요일에는 로쉐의 개인 과외 네 시간, 일요일에는 농장 아르바이트 여덟 시간, 마지막으로 일주일 아침 내내 젤리의 요리 과외 한 시간. 하루하루가 재빠르게 흘러가, 어느새 달이 바뀌고 4월 6일 금요일이 되었다.

† 체력	253	† 근력	231
† 지력	123	† 감수성	95
† 매력	393	† 기품	146
† 도덕성	33	† 성품	77

† 스트레스	0		
† 전투기술	84	† 명성	510
† 공격력	52	† 방어력	42
† 주술력	134	† 주술(무속성)	232
† 성력	???		
† 예의범절	10	† 화술	174
† 예술	27	† 요리	20
† 가사	25		

그동안 수치에는 꽤 많은 변화가 있었다.

단지 한번 배울 때 질릴 때까지 배우자는 생각에 계속 비슷한 일정으로 지내왔더니 능력치의 격차가 높았다. 체력이나 매력, 주술은 굉장히 높은 반면 도덕성이나 예의범절 수치는 초기와 거의 비슷했다. 리리는 수치의 격차를 맞추어야 하나 잠시 고민하다 이내 고개를 저었다.

'수치 낮다고 도덕 모르는 사람 아니니까 뭐.'

어차피 수치는 관련 교육이나 아르바이트만 해도 금세 높아질 것이 분명했다. 지금 배우고 있는 것부터 대충이나마 자신의 것으로 만든 뒤 다른 걸로 갈아타도 늦지 않았다.

리리는 여느 때처럼 검술 수업 후 집으로 돌아와 점심 식사를 마친 뒤, 시장 아르바이트를 위해 공들여 준비하고 방을 나섰다. 그녀의 발걸음은 새털처럼 가벼웠다.

"그럼 수고하세요."

"젤리도."

그리고 젤리의 도움을 받아 무용 학원으로 이동했다.

"오늘은 그동안 배운 것을 얼마나 열심히 습득했는지 알아보도록 하겠습니다."

리리는 난데없는 말에 어안이 벙벙해졌다. 무용 교육을 얼마나 받았더라? 1월 중후반부터 시작했으니 대략 3개월 정도였다. 그동안 시험에 대한 얘기는 전혀 없었는데 갑자기 확인해본다니 이건 무슨 소리인가.

'보통 언제 시험을 볼 예정이니 미리 준비해두라고 알려주지 않나?'

하지만 더 생각할 틈도 없이 곧 한 사람씩 호명되어 춤을 추기 시작했다.

곡을 지정해 무용 시간에 배운 춤을 그대로 추는 아이가 있는가 하면 선곡을 연주해주는 사람들에게 맡기고 그에 맞춰 자유롭게 춤추는 아이도 있었다. 그중에는 리리와 교육 시간이 겹쳐 자주 마주친 익숙한 얼굴들도 있었다. 그녀는 아이들이 시험 치르는 모습을 멍하니 바라보며 고민했다.

'뭘 추지? 배운 것? 자유?'

이윽고 리리의 차례가 되었다. 그녀는 가볍게 몸을 스치는 무용복의 감촉을 느끼며 사락사락 걸어나갔다. 딱히 아무런 얘기도 하지 않고 시작할 준비를 하자 연주하는 사람들 역시 자유곡을 연주하기 시작했다.

어째서인지 느릿하고 조용한 선율이었다. 나른하고 감미로운 음악이 달콤하게 속삭이는 듯이 무용 교실 내부를 가득 채웠다. 밝고 경쾌한 음악이 나올 줄 알았던 리리는 한순간 당황했지만, 이내 음악에 집중하고 몸을 움직이기 시작했다. 리리는 그녀를 감싸 안는 부드러운 선율에 차분하게 몸을 맡겼다. 나긋나긋하고 우아하게, 손끝과 발끝까지 신경 쓰며. 어려운 일은 아니었다. 농장일도, 시장일도 그렇게 하니까.

리리는 얼굴에 가벼운 미소를 살짝 걸치고 그녀가 지닌 솜씨를 한껏 뽐냈다. 음악에 맞춰 감미롭고 달콤하게 움직이는 그녀의 모습은 그야말로 요정처럼 보였다. 모두들 벌어진 입을 다물지 못한 채 움직임 하나라도 놓칠세라 리리의 춤추는 모습에 집중하고 있었다.

연주가 끝나자 리리는 사뿐하게 마무리 인사까지 마쳤다.

무용 선생인 아델라 남작 부인은 시험 중이었다는 사실을 잊고 박수와 함께 감탄사를 연발했다.

"굉장하군요. 아름다워요."

다른 아이들 역시 소곤거렸다.

"진짜 예쁘다."

"아까 뛰는 거 봤어? 그렇게 높이 뛰면서 착지할 때 발소리 하나 나질 않더라."

"돌 때는 또 어떻고. 그런 게 우아하다는 건가 봐."

머쓱해진 리리는 어색한 미소를 머금고 자리로 돌아왔다. 그녀는 비록 예술 수치는 아직 낮은 편이지만 매력과 기품은 높은 편이었다. 또 평소 아르바이트에 춤을 접목한 셈이니 익숙하기도 했다. 음악까지 그런 장점들을 최대한 살릴 수 있도록 해줘 좋은 그림을 만들어낸 모양이었다.

"대단해요. 너무나 멋진 춤이었어요. 보는 이를 사로잡는 아름다움은 물론 나이답지 않은 감정 표현까지. 리리 양은 그동안 배운 것들을 이미 뛰어넘었다고 생각되네요. 앞으로가 기대됩니다. 이제부터는 조금 더 심화된 무용을 가르쳐 드릴 수 있겠군요."

동시에 시스템창이 떠올랐다.

† 무용 스킬이 등록되었습니다.

'어라? 스킬?'

그제야 리리는 왜 이제까지 무용 스킬이 생기지 않았는지 알 수 있었다. 누군가의 인정을 받지 못하였으니까. 그러고 보니 중급 주술사의 호칭도 시험을 통과한 후 받게 되었다.

생각해보면 호칭이든 스킬이든 누군가 인정하지 않으면 얻지 못하는 게 당연하지 않은가.

그렇게 오래 배웠는데도 스킬 하나 생기지 않아 혹시 까다로운 조건이 붙어 있는 게 아닐까 불안해했던 것이 어이가 없을 정도였다. 리리는 왜 진작 시험을 떠올리지 못했는지 스스로를 이해할 수 없었다. 주술사 시험 때처럼 먼저 찾아가서 봐달라고 할걸.

리리는 스킬창을 열었다.

> † 하급 무용 스킬
> :: 아름다운 춤은 사람의 마음을 움직일 수 있다. 춤을 추는 동안에는 매력과 기품이 10% 증가한다. 한번 배운 춤은 스킬에 등록되어 언제든 마음대로 출 수 있다. 「숙련도 0.62%」

그녀는 자신이 잘못 봤나 싶어 다시 한 번 읽어보았다. 농장 스킬과 다르게 부가 효과가 붙어 있었다. 춤을 추는 동안에는 매력과 기품이 10% 증가한다니! 물론 그다지 쓸모 있어 보이는 효과는 아니었지만.

'아니지, 이제 겨우 하급 무용 스킬이잖아?'

그럼 「중급 무용 스킬」로 올라간다면? 더구나 매력과 기품이 더 높아지면 10% 또한 결코 무시할 수 없는 증가치가 될 것이다.

리리의 얼굴에 함박웃음이 걸렸다. 이제까지 꾸준히 해온 보람이 있었다.

모든 일과를 끝내고 집으로 돌아온 리리는 다시 스킬창을 열어 무용 스킬의 숙련도를 확인해보았다. 막 생긴 스킬이어서 그런지 겨우 0.62%밖에 되지 않았다. 리리는 혹시나 하는 생각에 널찍한 방안을 이리저리 휘젓고 다녔다. 춤을 추면 숙련도가 증가하는지 궁금해서였다.

그녀의 예상이 맞았는지 미약하게나마 숙련도가 증가했다. 이번에는 눈을 감고 집중한 상태로 그동안 배웠던 춤을 정성스럽게 추었다. 음악이 없어서 아쉬울 정도였다.

'숙련도 1.31%! 이 정도면 혼자 올려도 되겠는데?'

리리는 이제 무용 대신 다른 것을 배워봐도 괜찮겠다고 생각하며 웃었다.

농장 스킬은 식물의 재배법을 계속 배워야 했기 때문에 쉽게 아르바이트를 그만둘 수 없었지만, 무용 스킬은 그런 제약이 없었다.

'뭐, 농장일을 하면 체력이랑 근력도 같이 올라가니까 나쁘지는 않지만. 그런데 체력이랑 근력을 999까지 찍으면 어떻게 될까?'

물론 그녀는 MAX 수치가 얼마인지 모르기에 999라는 건 그냥 예상해보는 숫자였다. 어쨌건 체력과 근력을 끝까지 올린다면 대적할 적수가 없어질 것이 분명했다. 한 700 정도만 찍어도 며칠 정도는 자거나 먹지 않아도 버틸만한 초인이 될지도 몰랐다.

'그건 좀 무서운데.'

리리는 우락부락해진 자신을 떠올리다가 급히 고개를 저었다. 예쁘장하게 생긴 여자가 세계 챔피언 보디빌더처럼 근육질투성이면 얼마나 깨겠는가. 역시 매력도 체력과 같이 올려야겠다고 생각했다. 그러면 최소한 끔찍한 모습은 피할 수 있지 않을까?

어쨌든 스킬창에 스킬이 두 개나 생겨나니 마음까지 든든해졌다. 보통은 아무리 열심히 배우더라도 잠시만 손을 놓으면 금세 잊어버린다. 그러니 다시 배워야 하는 게 정상이었다. 하지만 스킬이 생긴다면? 스킬창에 등록이 되니 잊어버릴 걱정은 하지 않아도 된다. 그동안은 상태창의 능력 수치를 올리는 재미로 열심히 해왔는데 또 다른 목표가 생겨났다.

'스킬, 어디 한번 모아볼까?'

사는 것이 재밌었다.

토요일은 리리가 유일하게 일정을 하나만 짜는 날이었다. 어느 날 갑자기 이 세계를 떠나게 될지 모르기에 최대한 후회 없이 살아보자고, 시간 낭비하지 말자며 하루하루 열심히 사는 그녀로서는 이례적인 날이었다. 처음에는 시간도 아까웠고, 바쁜 로쉐가 모처럼 쉬는 날이니 신경 쓰이게 하고 싶지 않아 쭉 농장 아르바이트를 했지만 어느 순간부턴가 그 역시 리리와 함께 보내는 시간을 좋아한다는 것을 깨닫게 되었다.

그래서 리리는 토요일에는 일부러 주술 과외 이후의 일정을 모두 비워놓았다. 주술 과외를 받은 후에는 로쉐, 젤리와 함께 맛있는 것도 사 먹고 이런저런 이야기도 주고받고 그동안 배운 것을 뽐내보기도 하며 오붓한 시간을 보냈다. 언제나 혼자였던 리리는 누군가와 함께하는 시간이 행복할 수 있다는 사실을 점차 배워가는 중이었다.

오늘도 그런 토요일이었다.

"기분 좋은 일이 있나 보군."

"네? 아, 네. 무용 실력을 인정받았거든요."

리리는 오늘부터 혼자서 무용 연습을 하며 숙련도를 높일 생각이었다. 수치든 숙련도든 뭔가가 증가한다는 자체만으로도 뿌듯하고 기분이 좋았기에 내내 웃음이 떠나지 않고 있었다. 게다가 공짜 아니던가. 그 비싼 학원을 더 다닐 필요가 없어진 것이다.

'크흠. 그건 그거고, 주술 교육에 집중해야지.'

지금은 로쉐의 주술 과외 시간이니 무용 생각은 하지 않는 편이 좋았다.

그동안 알게 된 것이지만 성력과 신성계열 주술력에는 차이점이 거의 없었다. 로쉐가 쓰는 힘은 리리 역시 사용 가능했으며 그가 쓰는 기술 역시 아무런 문제 없이 해낼 수 있는 듯했다. 물론 아직 많이 배우지 못한데다 배운다고 해도 바로바로 응용할 수 있는 게 아니었기에 정확하지 않았지만, 지금까지는 그래 보였다. 그나마 유일하게 다른 점이 있다면 리리의 성력에는 제한이 없다는 걸까.

보통은 무속성 주술이든 속성 주술이든 사용할 때마다 주술력이 소모되었다가 일정 시간이 흐르면 다시 회복된다. 그렇기에 한꺼번에 많은 주술을 사용하지 못하는 것이 정상이었다. 하지만 리리는 로쉐가 가르쳐주는 신성 주술을 아무리 따라 해 봐도 수치에 변동이 없었다. 즉, 소모되는 힘이 아니라는 소리였다.

물음표로 표시된 건 사용하지 못한다는 뜻이 아니라 무한대라는 뜻이었던 것이다. 그 사실에 리리도 당황했지만 로쉐 역시 많이 놀랐는지 한동안 말을 잇지 못하다가 겨우 말했다.

"천자의 힘인 지력과 비슷하군."

천자는 가진 주술력과 상관없이 땅에 관한 힘은 자유자재로 사용 가능했고, 리리 역시 가진 주술력과 상관없이 신성에 관한 힘은 자유자재로 사용이 가능한 것 같았다. 보통 일이 아니었다. 로쉐는 혹시 문제가 될지 모르니 비밀로 하자고 했고 리리도 이의는 없었다. 로쉐와 리리는 아무에게도 이야기하지 말자며 서로 약속, 도장, 복사, 코팅까지 해두었다.

'신성계열 주술사가 또 있다는 사실이 알려진다면 어떻게든 국가에서 관리하려고 난리 칠 게 분명해. 게다가 로쉐와 달리 제한 없이 사용할 수 있는 성력이라면 더더욱. 도대체 뭐야? 왜 그런 대단한 힘이 내게 주어진 거지?'

궁금했지만 알아낼 수 없는 일이었다.

어쨌든 그 이후론 신성계열의 주술을 하나씩 하나씩 배워가는 중이었다. 성력이 무한대라고는 하지만 자유자재로 다스리는 능력도 부족했고 무엇보다 무속성 주술이 중급에 머물러 있었기에 기초부터 탄탄하게 다듬는 것이 중요했다. 그래서 요즘은 이론 수업과 함께 주문을 주구에 새겨 넣는 작업, 그리고 무속성 주술의 응용을 배웠다.

"그 밖에도 주술 덕분에 편리해진 것은 헤아릴 수 없을 만큼 많지."

리리는 다시 로쉐의 설명에 정신을 집중했다. 종종 심하게 잘생긴 로쉐의 얼굴에 멍해지기도 했지만, 로쉐는 꽤 다정다감한 좋은 선생님이었다.

"오늘은 실생활에서 유용한 주술들을 알려주지."

리리는 로쉐의 말에 눈을 반짝였다.

실제로 사용할 수 있는 주술을 배우는 것이 가장 재미있었기에, 사실 신성계열 주술보다 무속성 응용 주술을 배우는 것이 더 즐거웠다.

"먼저 냄새를 희미하게 만드는 주술이다."

리리는 그게 유용한가 싶어서 고개를 갸우뚱거리다 이내 납득했다. 주술사들은 오감이 민감하기에 냄새가 많이 나는 곳에선 괴로울 수밖에 없었다.

"먼저 부적 그리는 방법부터 알려주지."

로쉐는 미리 준비해둔 부적 종이에 주술진을 그리고 주문을 뜻하는 주술어를 정성스럽게 쓰기 시작했다. 그 모습을 가만히 바라보던 그녀 역시 조심스레 따라 해 보았다. 하지만 삐뚤빼뚤, 엉망진창이었다. 익숙하지 않아서인지 단순히 동그라미를 그리고 직선을 내리긋는 것도 서툴렀다. 더구나 그녀에게 주술어는 글씨를 쓴다기보다는 거의 그림을 그리는 거나 다름없었다. 리리는 숨을 쉬는 것도 잊을 정도로 집중한 채 주술어를 따라 썼지만 여전히 마찬가지였다.

"일단 어떤 효과를 지니고 있는지 직접 확인해보는 것이 좋겠군."

로쉐는 그가 그린 부적을 들고 주술력을 끌어올렸다. 특별히 눈에 띄게 변하는 것이 없어 조용히 집중하고 있는데 갑자기 부적에서 빛이 반짝거리며 나타나더니 리리에게로 튀었다.

"으앗!"

깜짝 놀라 뒷걸음질치는데 튀어 오른 빛은 그녀의 옷에 자그마한 구멍을 만든 채 사라졌다. 두 사람은 멍한 표정으로 재가 되어버린 부적을 바라보았다.

"뭐지요?"

"잘못 그린 모양이다."

로쉐는 알 수 없는 표정으로 그녀를 내려다보다가 곧 새로운 종이에 부적을 그려 나가기 시작했다. 그는 명성이 자자한 최상급 주술사였지만 그 역시 사람은 사람인지라 실수를 하기도 하는 모양이었다.

조금 전보다 더욱 꼼꼼하게 그리고 있는 로쉐의 모습을 보니 어쩐지 리리 자신이 멋쩍어지는 느낌이었다. 리리는 서둘러 말했다.

"부적은 준비만 하면 빠르게 주술을 사용할 수 있는 장점이 있는 반면 조금만 엇나가도 전혀 다른 주술이 되거나 무용지물이 될 수도 있다고 하더니, 이런 거였군요. 와, 직접 확인하니까 정확하게 알겠네요. 이렇게 가르쳐 주시다니 역시 대단해요."

그녀의 말에 풀이 죽어있던 로쉐의 표정이 밝아졌다.

"흠, 주술어 두 개를 이렇게 겹쳐야만 한다. 방금 전에는 그게 틀렸군."

"아, 알겠어요."

그녀는 냄새를 희미하게 만드는 주술의 원리를 들으며 다시 부적을 만드는 데 집중했다.

시간은 순식간에 흘러갔다.

'네 시간으로는 부족하네, 부족해.'

하지만 어쩌겠는가. 그 이상 늘리면 로쉐에게 미안해지는 것을. 평소에도 잠을 자긴 자는 것인지 언제나 살짝 퀭한 눈 밑이 안쓰럽기 그지없었다. 황궁 주술사가 어떤 일을 하는지는 잘 모르겠지만 주술각 하나를 책임지고 있는 일만으로도 굉장히 힘들 것이다.

게다가 오늘은 유난히 심했다. 다른 때보다 더 피곤해 보였고 반응도 조금씩 느렸다. 조금 전 실수를 한 것도 피곤해서 그런 것이 분명했다. 리리는 잠시 고민하다 이내 생각을 굳히고 방에서 나오자마자 로쉐의 소매를 붙잡았다.

갑작스러운 리리의 행동에 걸음을 옮기던 로쉐와 과외가 끝날 시간이 될 무렵부터 방 앞에서 기다리고 있던 젤리의 의문 가득한 눈동자가 모두 그녀에게 향했다.

리리는 두 사람을 올려다보며 말했다.

"오늘은 잠시 나갔다 와야겠어요."

"밖에?"

"이제 슬슬 포리 열매를 심어야 할 것 같거든요. 재료가 필요해요."

리리는 얼마 전에 포리 씨앗 심는 방법을 마스터 했다. 그래서 조만간 날을 잡아 씨앗을 심어야 할 것 같다고는 생각하고 있던 참이었다. 어차피 재료는 젤리에게 대부분 다 있겠지만 그래도 이걸 핑계로 나갔다 오는 게 나을 것 같았다. 그녀가 집 안에 있으면 로쉐는 절대 쉬지 않을 테니 말이다.

"잘 갔다 오너라."

"다녀오세요, 아가씨."

"아, 젤리. 잠깐 나 좀……."

그녀는 젤리를 붙잡아 로쉐 쪽을 힐끗 보며 소곤소곤 속삭였다.

"많이 피곤해 보이지? 나 나가 있는 동안 푹 쉴 수 있게 잘 좀 부탁해."

그 마음 씀씀이에 감동 받은 젤리가 살포시 웃으며 고개를 끄덕였다.

"아, 그리고 포리 열매를 심을만한 장소도 좀 찾아줘."

"장소요?"

"거창할 필요까진 없고. 그냥 포리 열매 몇 개 심을만한 공간만 마련해주면 될 것 같은데?"

"네, 알겠습니다."

"알겠어. 잘 부탁해."

젤리는 곧 리리의 요청대로 그녀를 광장으로 보내주었다. 간만에 휴일에 혼자 나왔으니 시장까지 천천히 걸어가며 산책이라도 할 생각이었다.

'나온 김에 구경이나 할까.'

리리는 주위를 둘러보며 천천히 걸음을 옮겼다.

휴식은 말 그대로 아무것도 안 하고 쉬는 것이라고 생각하는 그녀였기에 일정이 끝나면 집안에만 콕 틀어박혀 있었다. 아주 가끔 다 같이 외식이나 외출을 하는 경우만 빼고. 얼마 만에 혼자서 외출하는 걸까.

"햐, 날씨 좋다. 꼭 봄 같네."

이곳은 내내 날씨가 따뜻하기에 몇 월이 돼도 별다를 것이 없으리라 생각했건만, 그래도 작물을 심고 얼마 되지 않은 시기여서 그런지 마치 따사로운 햇살이 봄 햇살처럼 느껴졌고 화사하게 수놓아진 꽃들 또한 눈을 즐겁게 해주고 있었다. 농장일을 할 때도 느꼈지만 내내 따뜻한 날씨여도 때마다 자라나는 꽃이나 작물들이 다른 모양이었다. 큰 변화는 없다지만 그에 따라 날씨 또한 미묘하게 다른 것 같았다.

'현실 세계에서는 먹고 사는데 바빠 꽃구경 한 번 가본 적이 없었지. 언제 한번 도시락 싸들고 봄나들이나 갈까.'

리리는 로쉐와 젤리가 알았다면 기뻐서 만개한 꽃처럼 활짝 웃을만한 생각을 했다.

"「여행」이라는 일정이 있으면 참 좋았을 텐데."

하지만 이것도 젤리에게 말해보면 의외로 쉽게 해결될지도 몰랐다. 아니면 종일 일정을 비워둔 채 놀러 가자고 해도 될 듯했다.

'아니면 토요일 개인 과외가 1시쯤 끝나니까 그 이후에 가도 되지, 뭐. 얼마나 걸린다고. 주술로 훌쩍 갔다 올 수가 있는데.'

리리가 도시락은 어떤 음식으로 싸는 것이 좋을까, 행복한 고민을 하고 있는데 어디선가 시선이 느껴졌다. 리리는 급히 주위를 둘러보았지만, 딱히 이상한 낌새는 보이지 않았다. 요 근래 계속 누가 쳐다보고 있는 것 같아 꺼림칙했지만 딱히 방법이 없었다.

그때 누군가가 그녀에게로 다가왔다. 리리가 그쪽으로 고개를 돌리자, 어디서 많이 본 화려한 여자아이가 생긋 웃으며 인사를 건넸다.

"어머, 여기서 만나다니 신기하네. 안녕?"

붉은 끼가 도는 갈색 머리카락을 고운 리본 끈으로 반쯤 묶은 소녀는 한눈에 보기에도 비싸 보이는 원피스를 입고 있었다. 사실 말이 원피스지 잔뜩 달린 레이스와 장신구는 드레스라고 불러도 손색이 없을 듯했다. 같이 서 있는 자체가 민망해질 정도로 화려한 차림이었다.

'근데 누구시더라.'

낯이 익긴 한데 누군지 정확히 떠오르지가 않았다.

리리는 일단 어색하게 인사를 했다.

"어, 안녕."

그다음에야 겨우 기억해 냈다. 같은 무용 학원에 다니는 여자아이였다. 겹치는 시간이 많아 자주 마주쳤다지만 인사 한 번 나눠본 적 없으니 쉽게 떠오를 리가 없었다. 소녀는 해맑게 웃으며 말을 이었다.

"늘 벼르고 있었는데 이제야 인사하네. 넌 수업 시작할 때 와서 끝나자마자 사라지니까. 모두 너와 친해지고 싶어해. 물론 나도."

"어……. 그러니?"

"넌 예쁘고, 춤도 잘 추잖아. 애들 사이에서 유명해."

"고, 고맙구나."

리리는 이 상황이 어색해 죽을 것만 같았다. 이곳에 온 뒤 이렇게 개인적으로 만나는 일이 처음이기도 했지만 상황 자체가 문제였다.

'뭐지, 이 손발이 오그라들다 못해 사라질 것 같은 상황은. 이렇게 엮이는 게 싫어서 늘 딱 맞춰 가고 딱 맞춰 도망을 쳤는데.'

눈앞에서 생글생글 웃으며 인사를 건네는 아이는 많이 봐줘야 10대 초중반으로, 아마 리리의 또래가 아닐까 싶었다. 하지만 리리의 실제 나이 스물네 살. 띠동갑보다 어린 아이와 친하게 지내는 건 무리였다.

게다가 그녀는 어린아이들을 별로 좋아하지 않았다. PC방은 야간이었으니까 그렇다 쳐도 리리가 일했던 편의점은 초등학교 앞에 있었기에 안 좋은 기억들이 수두룩했다. 그런 어린아이가 다가와 "나 너 좋아, 우리 친하게 지낼래?"라니. 닭살까지 오도독 돋아나는 느낌이었다.

'뭐 그래도……. 다짜고짜 널 라이벌로 인정하겠다며 앞으로 날 이겨 보아라! 따위는 아니네.'

그래도 그녀가 했던 게임과 달라서 정말 다행이었다. 대뜸 나타나 속 박박 긁고 상황을 귀찮게 만드는 라이벌 따위가 아니니 말이다.

아니, 그 게임에도 친구 이벤트가 있었던가?

이제는 슬슬 전에 했던 게임이 잘 기억나지 않았다. 아니면 이 아이도 겉으로는 나긋나긋한 것 같아도 실은 선의의 경쟁을 하자는 말을 하러 왔을지도 몰랐다.

뭘 어떻게 해야 할지 알 수가 없어 가만히 서 있는데 소녀가 시키지도 않은 자기소개를 했다.

"아, 내 이름도 가르쳐 주지 않았네. 난 아이린 베르나야. 나이는 열 살."

이름마저도 여성스럽고 예뻤다. 딱 공주님처럼 키워진 것 같은 꼬마 아가씨 같은 느낌이었다. 물론 그러거나 말거나 리리는 빨리 벗어나고 싶은 마음밖에는 없었다.

"그래, 반가워. 난 리리. 마찬가지로 열 살이야. 저, 그럼 난 이제 가볼……."

"리리? 설마…… 진짜 그게 끝이니?"

아이린은 놀랍다는 듯 눈을 동그랗게 뜨고 물어왔다. 리리는 저도 모르게 주춤 뒤로 물러섰다.

'본명이 아니라는 것을 눈치챘나? 어떻게?'

그녀는 풀네임을 굉장히 싫어했다.

물론 롤리폴리든 페레로든 이 세계에는 없는 과자 같지만 그래도 싫었다. 들을 때마다 단내가 폴폴 나는 것 같았다. 어감도 마음에 들지 않았다.

　그런 이름을 가르쳐줘야 하나 잠시 망설이고 있는 사이, 아이린은 믿기 힘들다는 듯 리리를 이리저리 훑어보았다. 고급 비단으로 만들어진 옷과 뛰어난 기품, 주술의 도움을 받아 학원을 드나들기까지. 당연히 귀족인 줄 알았는데?

　이내 그녀의 얼굴에 비웃음이 떠올랐다.

　'고작 이런 계집아이와 친해지고 싶어 했단 말이야?'

　생각의 변화는 곧장 태도의 변화로 이어졌다.

　"뭐야, 평민이었잖아? 감히 평민 따위가 내게 반말을 하다니, 간이 부었구나! 당장 사과하지 못할까!"

　리리는 갑자기 확 바뀐 아이린의 태도에 당황했다. 이 쪼끄마한 여자아이가 뭐라 하는 건가.

　리리는 잘 모르고 있었지만 이 세계에서 「성」을 지닐 수 있는 사람들은 귀족뿐이었다. 주술사 역시 성이 없었다. 단지 로쉐는 신의 축복을 받으면서 성을 함께 받은 경우였다. 물론 신에게 받지 않았더라도 황궁 주술사라는 직위가 있으므로 황제에게서 따로 성을 하사받았겠지만.

　'뭐, 내가 귀족은 아니지. 그렇다고 평민도 아닌 것 같은데. 난 나름대로 중급 주술사잖아. 주술사와 귀족은 서로 잴 수 없는 관계라고 했던가? 뭐야, 그럼 난 어떻게 해야 하는 거지.'

스스로 "나 중급주술사거든? 어디서 *쪼끄만* 게."라고 뻐겨? 그건 또 민망했다.

앞에서 씩씩거리는 아이린을 보니 어이없는 웃음이 터져 나왔다. 원래 있던 곳이나 여기나 부모 빽 믿고 건방 떠는 것은 똑같은 모양이었다. 물론 그렇지 않은 아이들도 있겠지만 그녀는 순수하고 귀여운 아이들을 본 기억이 거의 없었다. 같은 유년기를 보낸 동급생들도 그랬고 편의점에서 아르바이트를 할 당시 마주쳤던 아이들도 그랬다. 있는 척, 잘난 척 온갖 거드름 다 피우며 "너까지 계산해줄게. 넌 안 돼, 나한테 뭐해줬는데?" 따위의 말을 내뱉으면서 "교통카드로 계산해주세요." 하는 아이들은 수두룩했지만.

기가 막혀 그냥 자리를 벗어나려는데 커다란 덩치를 지닌 두 명의 남자가 그녀 앞을 막아섰다.

'이건 또 뭐야.'

꼴에 호위까지 데리고 다니는 모양이었다. 아무리 아이린의 화려한 모습에 정신이 팔렸다지만 지금껏 미처 알아차리지 못한 것이 신기할 정도로 험악한 인상의 남자들이었다.

"제대로 사과하기 전까진 보내줄 수 없지. 그래도 고마운 줄 알아. 사과로 봐준다잖아. 마음에 들지 않으면 어떻게 할진 장담할 수 없지만."

팔짱까지 딱 낀 채 거드름을 피우는 아이린의 모습은 그야말로 재수 없음의 극치였다.

리리는 욱했다. 순간 로쉐에게 배운 주술을 써보고 싶은 생각까지 들었지만 곧 심호흡하며 진정하려고 애썼다.

그래 봤자 어린아이일 뿐이다. 게다가 살아있는 사람에게 공격을 하다니 그 무슨 무서운 생각인가.

원래 있던 곳에선 이보다 더한 아이들에게도 곱게 대답해야 했던 아르바이트생일 뿐이었는데, 아무래도 이 세계에서 지낸 그 짧은 사이에 힘과 돈의 맛을 알아버린 모양이었다.

'일 저지르면 아빠 빽 믿고 나대는 저 아이와 다를 게 뭐야.'

게다가 일을 벌이면 그 뒤처리는 누가 해주겠는가.

'로쉐겠지.'

그렇게 되면 그야말로 애들 싸움이 어른 싸움으로 번지고 만다. 물론 로쉐가 가진 힘이 크다는 사실 정도는 알고 있었다. 아마 어른 싸움으로 번진다면 철부지 꼬마 아가씨는 갑작스레 깨닫는 크고 높은 현실에 깨갱 엎드릴 수밖에 없을 것이다. 하지만 그러면 그녀는 아이린과 다를 바가 없어진다. 더구나 스물네 살 다 큰 어른이 어린 소녀하는 짓이 얄밉다고 쥐어박는 것도 웃겼고, 나 역시 애라며 자기 합리화하기에도 웃겼다.

'그래, 난 어른이니까.'

더구나 그녀는 현실에서 살 때 별의별 일을 다 겪어봤다. 사과 한마디로 자존심만 잠깐 상하고 곱게 넘어갈 수만 있으면 괜찮을 것 같았다. 어차피 그녀보다 어린 사람에게 고개를 숙이는 일 정도야 식은 죽 먹기였다. 그렇게 해서라도 조용히 마무리된다면야.

그래서 비록 마음에는 들지 않지만 막 입을 열어 사과하려던 참이었다.

"리리 아가씨! 아니, 이게 무슨 일입니까! 당장 호위들을 물리시지요. 지금 누가 누구에게 호통을 치고 있는 건지 아십니까!"

어디서 튀어나온 건지 백발의 소년이 그녀의 앞을 막아섰다. 집에서 로쉐를 보살피고 있어야 할 젤리였다.

리리는 당황하며 사뭇 늠름한 자태로 서 있는 그에게 질문을 건넸다.

"젤리. 네가 왜 여기 있어?"

"아가씨. 아무리 아가씨께서 신분이나 계급을 따지지 않는 여리고 순수하신 분이라고 해도 어떻게 이런 상황에서까지 아무런 말을 하지 않으십니까. 주인님께서 아시면 얼마나 속상하시겠어요!"

"아니, 난 그냥…… 일 복잡해지는 게 싫어서……. 그것보다 왜 여기 있냐니까?"

리리는 젤리답지 않은 강경한 모습에 자신도 모르게 변명을 하다가 곧 다시 되물었다. 하지만 그녀의 질문은 아이린의 말에 무참히 묻히고 말았다.

"아가씨? 설마 이 평민 계집아이를 보살피는 집사, 뭐 그런 거냐? 지금 집사 따위가 감히 귀족에게 소리를 질러? 보아하니 돈 좀 있는 집구석인가 본데 내가 누군지 알고 이러는 거야?"

"물론 잘 알고 있습니다. 베르나 남작가의 아이린 영애 아니십니까. 그러는 아이린 영애께선 지금 눈앞에 있는 분이 누군지나 알고 감히 이러십니까?"

"누구긴 누구야. 하찮은 평민 계집아이지. 성 하나 없는."

"성이요? 성이 없다 하셨습니까? 롤리폴리 아가씨께선 페레로가의 하나뿐인⋯⋯. 읍!"

리리는 멍하니 넋이 나가 있다가 그 말에 정신을 퍼뜩 차리고 젤리의 입을 막았다.

"읍! 으으읍! 으읍!"

"제엘리. 네가 지금 무슨 말을 하려는 건지 아주 잘 알겠어. 그리고 이쯤에서 그만 하는 게 좋을 거라는 것도. 계속 그 말을 한다면⋯⋯. 어떻게 될지 상상에 맡기겠어."

리리는 무시무시한 눈빛과 싸늘하기 그지없는 목소리로 조용히 속삭였다. 젤리의 안색이 새하얗게 질렸다. 리리는 그가 미친 듯이 고개를 끄덕이고 나서야 한숨을 내쉬며 막고 있던 입을 풀어주었다.

리리는 이곳 신분제에 대해 잘 알지 못했지만, 한 가지, 분명하게 알 수 있는 것이 있었다. 그녀가 페레로가의 하나뿐인 양녀라는 사실이 밝혀진다면 꽤나 골치 아파질 것이 분명하다는 점이었다.

'자칫 잘못해서 소문이라도 나면 지금처럼 마음 편히 다니지 못할 거야. 아르바이트에서 보는 사람들은 다들 평민들이니까. 게다가 신의 축복을 받은 아이라는 호칭도 있으니 더욱 유명해질지도 몰라. 생각만으로도 끔찍하군.'

특히 눈앞의 여자아이는 어쨌건 귀족이 아닌가. 귀족들 사이에서 소문이 퍼진다면 정말 골치 아파질 것 같았다. 단순히 주술을 사용해 이동하는 부잣집 딸, 혹은 주술사의 딸로 보는 것과 대단한 위치를 지닌 로쉐의 딸로 보는 것과는 크나큰 차이가 있을 수밖에 없었다. 리리는 제발 그녀의 성을 듣지 못했길 바라며 아이린의 눈치를 살폈다.

하지만 세상일은 중요한 순간에서 뒤통수를 치기 마련이었다.

"페, 페레로가. 유일한 신성계열 주술사이자 최상급 주술사. 게다가 성을 내려받아 황궁 주술사를 겸하고 있다는 그…… 로쉐 페레로."

불안한 눈빛으로 떠듬떠듬 생각을 정리하는 듯 혼잣말을 내뱉던 아이린의 안색이 그제야 하얗게 질려가기 시작했다. 하필이면 그녀가 배우는 세계사 수업에서 들었던 이름이라니. 유일무이한 신성계열 주술사이자 황궁 주술사라는 이야기가 흥미로워 꽤나 집중해서 들었던 그 이름이라니. 아이린은 믿기 힘들다는 눈빛으로 눈앞의 소녀를 바라보았다.

검푸른 색 머리카락과 눈동자를 지닌 어여쁜 소녀, 롤리폴리 페레로를.

"로, 롤리폴리 페레로라고 하, 하셨습니까? 그, 그게 사실인지요."

아이린이 조심스럽게 질문을 건넸다. 이미 그녀를 페레로가의 여식으로 믿고 있는 모양이었다. 리리는 지끈거리는 골을 부여잡으며 한숨을 내쉬었다.

리리는 이 와중에도 하필이면 이름을 이따위로 지어서 이런 순간에도 웃기는 모양새라니, 하고 후회하는 것도 잊지 않았다. 정말이지 창피하기 짝이 없는 이름이었다.

젤리는 아이린의 말에 페레로가의 집사라는 것이 뿌듯한 듯 당당하게 고개를 끄덕이다가 잡아먹을 듯한 눈빛의 리리와 마주치곤 황급히 고개를 숙였다. 당장 아니라고 수습해도 모자랄 판에 고개를 끄덕이다니.

"아오, 이게 뭐야. 최악의 시나리오잖아, 정말! 젤리, 너 이따가 두고 보자."

그리고 아이린의 속마음 또한 까맣게 타들어 가는 것 같았다.

'정말? 정말 페레로 가의 여식이란 말이야?'

그녀에게 페레로 가는 평생을 가도 얼굴 한번 보지 못할 정도로 까마득히 높은 위치였다. 지금 당장 그녀에게 죽임당한다 하여도 오히려 자신의 잘못으로 낙인찍혀 가문에게까지 피해가 갈만한 정도의 신분차이였다. 아이린은 급히 고개를 숙였다. 이미 온몸은 사시나무 떨듯 바들거리고 있었다.

그 모습을 본 리리는 더욱 짜증이 치솟았지만 지금 당장은 수습하는 것이 우선이었다. 이미 지나다니던 사람들의 시선이 이곳으로 몰리고 있었다. 소문나봐야 좋을 것 하나 없었다.

'최대한 빨리 마무리 짓고, 이곳을 벗어나자.'

리리는 그렇게 생각하며 말을 이었다.

"그래. 내가 그 페……. 후. 내 성이 페레로인건 맞아."

"주, 죽을죄를 지었습니다. 부디 용서해주시어요."

"야, 일어나! 빨리 안 일어나?"

리리는 그녀의 말이 끝나자마자 절을 하듯 바닥에 엎어지는 아이린을 급히 일으켜 세웠다. 하지만 그녀의 뒤에 있던 호위들도 이미 바닥에 무릎을 꿇고 있었다. 그렇지 않아도 사람들의 시선이 잔뜩 꽂혀있는데 이 무슨 눈에 띄는 행동이란 말인가. 이곳이 시장과 멀리 떨어진 장소여서 정말 다행이었다.

'이런 상황이 싫어 조용히 넘어가려 했던 건데. 정말 최악이군.'

리리는 바들거리는 아이린에게 다가가 조용히 속삭였다.

"괜찮아. 성을 밝히지 않은 건 내 잘못이니까. 그러니 너무 불안해하거나 속상해할 필요도 없어. 넌 잘 모르고 실수한 거니까 그냥 좋지 않은 기억일 뿐인 거지. 내 말 이해하겠니? 좋지 않은 기억은 묻어두는 것이 상책이야. 영원히. 떠올릴 때마다 불편해지는 건 본인이거든."

리리는 싱긋 미소 지었다.

"그러니 아무에게도 말하지 마. 아무에게도. 만약 내가 롤리폴리 페레로라는 소문이 돈다면 그건 틀림없이 네 입에서 흘러나온 거겠지? 네 뒤에 있는 호위 녀석들도 너의 소유일 테니까. 그럼 아주 볼만할 거야, 그치?"

리리는 눈물까지 뚝뚝 흘려대는 아이린을 보며 한숨을 내쉬었다.

"그것만 아니라면 오늘 일은 죽을 때까지 묻어둘 수 있을 거야. 너나 나나. 그러니 얼른 돌아가도록 해. 자꾸 사람들이 몰리잖아."

"아, 알겠습니다. 죄송합니다. 앞으로 조심하겠습니다. 감사합니다. 정말 감사합니다."

아이린은 리리가 자신을 용서했다고 생각한 모양인지 자리에서 일어나 몇 번이나 고개를 조아렸다. 됐으니까 빨리 가라는 말에 그녀는 다시 인사를 하고는 황급히 멀어져 갔다.

다행히 아이린의 모습은 누가 봐도 귀족가의 여식이었기에 가까이 다가오는 사람이 없어 젤리의 말이나 아이린의 말을 제대로 듣지 못했을 터였다.

그 귀족이 리리의 앞에서 무릎을 꿇은 건 다 봤겠지만, 그래도 시장과는 꽤 머니 운이 좋다면 소문이 도는 일은 없을 터였다.

젤리는 리리가 아이린을 어르는 모습을 보며 두 눈을 반짝였다. 만약 주인님께서 보셨다면 역시 내 딸이라며 뿌듯해하셨을 것이다. 저 눈빛, 행동, 말투. 주인님을 쏙 빼닮은 아가씨는 역시 페레로가의 하나뿐인 보물이었다. 하지만 이어진 생각에 그는 작은 한숨을 내쉬었다.

"그나마 아가씨 주위에 있는 또래 중에 가장 괜찮은 분이었는데. 이렇게 뒤틀렸으니 친구로 삼아드리긴 글렀네요. 역시 공작가나 후작가의 영애들을 알아봐야 하나."

그는 자신도 모르게 중얼거리다가 한기를 느끼고서야 입을 다물었다.

"말 한번 잘했구나, 젤리. 잠깐 나 좀 볼까?"

"아, 아가씨."

후회했지만 때는 이미 늦었다.

"그러니까, 요 근래 자꾸 느껴졌던 시선의 주인이 젤리 바로 너다, 이 말이지?"

"넷, 그렇습니다!"

젤리의 뽀얀 얼굴에 미처 마르지 못한 눈물 자국이 보였다. 황금색 눈동자 역시 크게 일렁여 금방이라도 또르르 눈물이 흐를 것 같은 모양새였다. 리리에게 한참을 혼났으니 당연한 일이었다.

리리와 젤리는 사람들의 시선을 피해 한산한 공원으로 자리를 옮긴 상태였다. 그녀는 푸릇푸릇한 나무를 바라보며 가라앉지 않는 열을 식히려고 애썼다.

쓸데없는 짓 하지 말라고 그토록 경고했건만. 물론 그녀를 위한 행동이었다는 사실은 잘 알고 있었지만 그래도 이건 아니지 않은가. 하지만 그녀의 시선이 닿자 화들짝 놀라며 움츠리는 젤리의 모습에 더 이상 화를 내기도 어려웠다.

'이런 상황에서도 귀여워 보이다니, 정말 콩깍지가 단단히 끼었나 봐.'

어쨌든 언제나 그녀를 위한 일만 하는 두 사람이 아니던가. 이번 일도 머리로 생각하면 충분히 이해할 수 있었다. 열 살의 어린 딸내미가 친구 하나 없이 홀로 지내는 것이 얼마나 외로워 보였을까. 교육에도 좋지 않다고 생각했을 것이 뻔했다.

"그래서. 어떻게 친구를 만들어줄 생각이었어?"

"일단 아가씨 주위에 괜찮은 분이 있나 찾아보고……."

"찾아보고? 괜찮은 애가 있으면?"

"어떻게든 자리를 마련해드리려고……."

기가 막혀 말이 나오지 않았다.

'자리를 마련하다니 이게 무슨 선이라도 되니? 뭐, 말로만 듣던 정략결혼, 그런 거?'

그녀는 한숨을 내쉬며 고개를 저었다. 어쨌든 젤리는 시키는 대로만 했을 뿐이었다. 설마 그가 이런 일을 자처했을까. 그럴 권한도 없었다. 그렇다고 로쉐 역시 무슨 좋은 계획이라도 있을 것 같지는 않아 보였다.

'그냥 「친구를 만들어주자!」가 끝이었을 것이 분명해.'

생각하면 생각할수록 정말이지 어쩜 이리 어설픈지. 서서히 화가 가라앉더니 나중에는 오히려 피식 웃음까지 나왔다. 초보 아빠라는 말이 더할 나위 없이 잘 어울렸다.

어쨌든 따지려면 젤리가 아니라 로쉐에게 따져야만 했다. 리리는 집으로 돌아가기 위해 몸을 일으켰다가 갑자기 떠오른 생각에 다시 앉으며 말을 이었다.

"아까, 아이린이 그나마 괜찮았다고 했었지?"

"아, 네. 같은 무용 교실에 다니시는데다가 소문이 제법 좋으신 편이어서……. 저런 성격을 지녔을 줄은 몰랐습니다."

"정말 그뿐이야?"

"……사실 아가씨께서 워낙 착하시고 순수하셔서 그렇지, 귀족가의 영애들은 대부분 아이린 아가씨와 비슷하십니다."

"신분에 따라 사람을 무시하고, 막 그런단 말이지."

"귀족과 평민은 다르니까요."

"뭐가 다른데?"

젤리는 리리의 질문에 잠시 말문이 막힌 듯 머뭇거리다가 말을 이어갔다. 뻔하디뻔한 대답이었다. 태생이 다르고, 자라난 환경이 다르다는 이야기. 지금껏 젤리에게 편하게 대하라고 말할 때마다 그가 자동응답기처럼 되풀이하던 말들이었다. 그녀는 젤리의 말이 끝나기도 전에 화난 목소리로 말을 꺼냈다.

"귀족과 평민, 모두 똑같은 사람이잖아. 아니니? 까놓고, 아가씨인 나와 집사인 너와 다른 점이 뭐니? 부모, 이름, 하는 일. 뭐 그 정도 아니니? 그런 것 때문에 신분이 정해진다는 것이 말이 되냐고. 내가 너 집사라고 무시하는 게 정상인 거야?"

리리는 말을 하며 스스로에게도 짜증이 치솟았다. 그런 사람들이 싫다고 말하는 자신도 방금 전 똑같은 행동을 했으니까. 어쩔 수 없이 상황을 수습하기 위해서였다고 해도 똑같은 건 똑같은 거였다. 갑작스레 빙의하게 된 주제에, 어쩌다 가지게 된 이름인 주제에 뭐가 잘났다고 아이린에게 협박을 했단 말인가.

하지만 그러면서도 내심 기뻤다. 사람들이 권력에 목매는 이유를 알 것 같았다. 말로 표현할 수 없는 통쾌함이라니. 그건 다시 자신에 대한 짜증으로 되돌아왔다. 차라리 스스로가 노력해서 가지게 된 힘이라면 이 정도까지 화날 일은 없을 텐데.

"아, 아가씨."

젤리는 이토록 화를 내는 아가씨의 모습을 본 적이 없어 크게 당황했다. 아가씨의 말이 이해가 가는 것 같기도 하고 이해가 안 가는 것 같기도 해 복잡미묘했다. 그에겐 계급사회가 당연했으니까.

"아니, 그런 건 일단 접어두고. 신분 하나로 사람 차별하는 그딴 계집애랑 친구 먹으면 내가 기쁠 것 같니? 내가 평민이면 싫고 귀족이면 좋은 그런 애랑 친구하는 게 그게…… 그게 뭐야. 그딴 친구 필요 없어. 부모 하나 잘 만난 주제에, 잘난 건 그거 하나뿐인 주제에 똑같은 사람 무시하는 그딴 우물 안 개구리들과 친해지고 싶은 생각은 추호도 없다고."

하지만 아가씨가 하고자 하는 말이 무엇인지는 알 것 같았다. 신분 하나로 사람 차별하는, 고작 성 하나로 아가씨를 대하는 태도가 달라지는 그런 사람들과는 친구는커녕 인연조차 맺기 싫다는 뜻 아닌가.

"내가 생각하는 친구는 그런 게 아니야. 내가 누구든, 귀족이든 평민이든 거지든 그냥 내가 좋아서, 나 자체가 좋아서 가까이 다가오는 그런 사람. 그냥 서로 마음이 통해서, 좋으니까 믿고 의지하게 되는 그런 친구를 원해."

물론 리리는 이 세계를 바꾸고 싶은 생각 따위 추호도 없었다. 어차피 민주주의였던 대한민국도 계급제와 다른 점이 없었다. 돈 없고, 빽 없는 자들은 무시당하고 차별당하는 억울한 일 투성이였으니까. 다만 그런 사람을 가까이 두고 싶지 않을 뿐이었다.

그녀는 자신의 말을 집중해서 듣는 젤리를 바라보며 살며시 웃었다. 방금 그녀가 말했던 그런 사람이 여기 있지 않은가. 꼭 동갑이어야, 같은 성별이어야 친구인 것은 아니었다. 믿고 의지할 수 있는 사람이면 되었다. 리리에게 젤리는 집사이자 가족이자 친구였다.

하지만 리리는 순간 가슴이 철렁했다.

잘난 척 말했지만, 일단 본인이 정직하지 못한 상태이지 않은가. 이 몸은 자신의 것이 아니었고 이름 역시 그녀의 것이 아니었다.

'젤리가 진실을 알게 되어도 지금과 똑같이 대해줄까?'

어차피 언제까지 있게 될지 모르는 세계였다. 친구건 가족이건 그녀에겐 한여름밤의 꿈일 뿐이겠지만 그래도 궁금했다. 결국 그녀는 조심스럽게 물었다.

"젤리. 만약에⋯⋯. 만약에 말이야, 내가 널 속였어. 네가 알고 있던 내 모습은 모두 거짓이었어. 어떻게 할 거니?"

"아가씨께서 그럴만한 사정이 있으니까 그러셨겠지요."

리리는 젤리의 대답에 미소를 지었다. 예상했던 대답임에도 너무 고마웠다.

아마 로쉐도 비슷한 반응이지 않을까 싶었다. 스스로도 신기했다. 젤리의 대답을 진심일 거라고 믿고, 대답도 듣지 않은 로쉐 또한 믿는 자신이라니.

리리는 한결 나아진 기분으로 배시시 웃으며 자리에서 일어났다. 더 이상 화를 낼 생각은 없어졌지만, 어쨌거나 이 일을 마무리는 지어야 했다.

"일단 집에 가서 마저 얘기하자. 이 일을 벌인 자는 따로 있잖아."

"그래도⋯⋯."

"얼른!"

리리는 머뭇거리는 젤리를 끌고 집으로 돌아왔다. 그리고 그녀는 집으로 돌아오고 나서야 비로소 잊고 있던 것이 생각났다.

그녀는 왜 평소에 하지도 않던 산책을 나가서는 아이린이라는 아이를 만나 스트레스를 받아야만 했나.

"주인님은 지금 주무시고 계십니다. 간신히, 정말 간신히 주무시도록 만들었는데 말이지요…….'

쉬게 하는 게 힘들었던지 아까의 기억으로 핼쑥해진 젤리와 달리 리리는 만개한 꽃처럼 활짝 웃었다. 두 눈은 커다란 별을 박아놓은 듯 연신 반짝거렸고 양 뺨은 발그레하게 피어올랐다. 로쉐의 자는 모습을 볼 수 있게 됐다니 기뻐 죽을 것만 같았다.

리리는 로쉐에게 배운 주술을 마음껏 활용하기로 했다.

기척을 죽이는 주술에서부터 냄새를 희미하게 만드는 주술까지. 리리는 부적을 자신의 몸에 붙인 채 도둑고양이보다 더욱 조용하고 민첩하게 살금살금 로쉐의 침실로 들어갔다.

그의 숨소리가 미세하게 들려왔다. 로쉐의 침실은 서재와는 달리 살짝 밝고 화사해서 정말이지 행복하기까지 했다. 가까이 다가서니 곤히 잠든 그의 모습이 보였다.

잠이 잘 오는 차를 마시게 했다고 하더니 이렇게 가까이 왔는데도 로쉐는 고른 숨을 내쉬며 자고 있었다. 검푸른 색 머리카락이 이리저리 흘러내려, 창백하게 느껴지는 그의 하얀 얼굴 위에까지 드리워져 있었다.

간간이 움찔거리는 길고 하얀 손가락, 살짝 벌어진 붉은 입술 사이로 흘러나오는 숨결, 남자의 것이 맞나 의문스러울 정도로 길고 검은 속눈썹, 헐렁한 옷 사이로 살짝 드러나 보이는 상체까지.

'절 이 세계로 보내주셔서 정말 감사합니다. 하지만 스샷 기능도 함께 첨부해서 보내주셨으면 더욱 감사해 했을 텐데 말이지요.'

두고두고 보고 싶을 정도로 경이로운 그림이었지만 리리에게는 안타깝게도 그 모습을 남길 방법이 존재하지 않았다. 그녀는 평생 잊지 않겠다는 듯 한참이나 로쉐의 자는 모습을 꼼꼼히 훑어보았다. 그러다 문밖에서 복잡미묘한 눈빛으로 바라보고 있는 젤리와 시선을 마주치고 나서야 간신히 물러날 수 있었다.

젤리의 말에 의하면 로쉐의 자는 모습을 보기란 하늘의 별 따기라고 했다. 이렇게 무방비한 상태로 낮잠을 자는 것은 더더욱. 그녀는 오늘 하늘의 별을 따왔다고 즐거워하며 흐뭇하게 웃었다.

친구 이야기는 이미 기억 너머 저편으로 사라진 지 오래였다.

그 날 저녁, 다 함께 마주 앉아 식사하는 세 사람 사이에는 미묘한 분위기가 흐르고 있었다. 로쉐는 평소와 달리 어색한 표정을 감추지 못하고 있었고 리리는 그런 로쉐를 뚫어지라 보느라 밥이 입으로 들어가는지, 코로 들어가는지도 모를 듯했다.

그 두 사람을 바라보는 젤리는 금방이라도 울음을 터트릴 것처럼 울상을 짓고 있었다.

'어쩌지. 그냥 넘어가실 분이 아니신데.'

낮에는 로쉐가 자고 있었기에 아가씨도 어쩔 수 없었겠지만, 지금은 다르지 않은가.

젤리는 친구 따위 필요 없다고 화를 내던 리리의 모습을 떠올리며 자신도 모르게 진저리를 쳤다. 로쉐에게는 길게 보고할 시간조차 없는 바람에 결국 쫓아다니는 걸 들켜서 아가씨가 화를 냈다, 그래서 주인님에게 친구를 만들어 주려는 일을 하지 말라고 왔다가 주무시는 걸 봤다고 대강 말한 것이 전부였기에 더 걱정이 됐다. 로쉐는 자는 모습을 보여서 부끄럽다며 어쩔 줄 몰라 했을 뿐 그 사항에 대해 그렇게 심각하게 생각하지 않는 것 같았다.

'그게 문제가 아닌데……'

젤리는 가슴 속이 새카맣게 타들어 가는 것 같아 연신 리리를 힐끔거리며 눈치를 살폈다. 결국 그녀의 입이 열리자 젤리는 심장이 쿵 떨어지는 느낌을 받았다.

"저기……"

"그래. 왜 그러지?"

조마조마한 심정으로 이어질 목소리를 기다리는데 그녀의 입에서 흘러나오는 것은 엉뚱한 말이었다.

"아니……. 피곤한 건 좀 괜찮아요? 아직도 안색이 별로 좋지 않은데."

걱정 어린 리리의 말에 로쉐의 입가에 희미한 미소가 걸렸다.

"괜찮다. 걱정해줘서 고맙구나."

"오늘은 일찍 주무시는 편이 좋을 것 같아요. 앞으로도 시간 날 때마다 그렇게 틈틈이 주무세요. 주말에도 종종 낮잠 좀 주무시고요."

"그래."

로쉐는 딸의 걱정이 기분 좋은 모양인지 순순히 고개를 끄덕이며 대답했다. 그의 대답에 리리의 얼굴에도 사랑스러운 웃음이 방긋 피어올랐다. 그 모습을 바라보던 젤리는 어리둥절해하다가 곧 감동의 호수에서 헤엄을 쳤다.

'역시 우리 아가씨! 본인의 감정보다 주인님의 건강을 우선시해주시다니. 이 사실을 알려드리면 주인님께서 얼마나 기뻐하실까!'

정작 해맑게 웃고 있는 리리는 그리 예쁘고 사랑스러운 생각으로 그런 말을 한 게 아니었다.

'그래야 오늘 같은 모습을 또 볼 수 있지. 암, 그렇고말고.'

로쉐의 그런 무방비한 모습은 흔히 볼 수 있는 게 아니었다. 사진으로 남길 수도 없는 그 보배로운 장면을 앞으로 계속 볼 수 있게 된다면 정말 기쁠 터였다.

'친구 얘기는 나중에 하지, 뭐. 굳이 할 필요가 없을 것 같기도 하고, 어차피 젤리에게 그렇게 화를 냈으니 앞으로 쫓아다니긴 어렵겠지.'

리리는 정말 사람은 왜 이렇게 아름다운 것에 약한지 모르겠다고 생각하며 로쉐를 바라보았다. 나름대로 화기애애한 분위기 속에서 날이 저물고 있었다.

리리가 머물고 있는 페레로가의 저택은 인적이 드문 산속에 자리 잡고 있었다. 아니, 인적이 드문 정도가 아니라 수도 세이너트를 가로지르는 거대한 산맥 쪽에 지어져 있어 도시가 한눈에 보일 정도였다. 보통 집을 고를 때는 주위 환경과 교통편을 고려하지만 페레로가의 저택은 산 밑에서 올려다봐도 나무만 보일 정도로 외진 곳이었다. 하지만 어차피 이동 주술로 오갈 수 있는 리리는 페레로가 저택을 그저 「뒷산에 지어진 집」 정도로 생각했다.

리리는 저택이 이곳에 있는 것이 좋았다. 도시 전체를 내려다볼 수도 있었고 무엇보다 주위가 조용했기 때문에 평화로웠다. 창문을 열어도 소음 대신 새 지저귐이나 벌레 울음소리가 들려왔다.

'텃밭도 만들 수 있고 말이야.'

말이 텃밭이지, 우거진 산속으로 들어가 마음에 드는 곳에 씨앗만 뿌려도 무럭무럭 자랄 기세였다. 아마 원하면 거의 농장 수준으로 만들 수 있지 않을까? 이미 여기저기에 식탁 위에 종종 올라오곤 하는 야채들이 꽤 많이 심어져 있기도 했다.

부지런한 젤리가 열심히 가꾼 결과였다. 저 현실감이 떨어질 정도로 아리따운 젤리가 바닥에 쭈그리고 앉아 식물들을 돌보는 상상을 하니 절로 웃음이 나왔다. 더구나 아무리 자신이 괜찮다고는 해도 역시 노동력 착취라는 생각이 든다고 해야 할까.

리리는 젤리가 준비해놨다는 포리를 심을 장소로 가며 주변을 한 번 더 둘러보았다.

"근데 보통은 시내나 그 근처에 집을 짓지 않아? 여긴 집 짓는 것도 힘들었겠는데."

"주인님께서 워낙……."

"아, 뭐……. 뒷말은 듣지 않아도 알 것 같다."

젤리는 리리의 대답에 작게 한숨을 내쉬었다. 누군들 이런 외진 곳이 좋으리오. 사실 주인님은 아가씨께 뭐라 할 처지가 못 되는 분이셨다. 그 역시 세상을 등지고 은거하는 타입이었으니까.

리리는 어제 보았던 잠자는 숲 속의 왕자, 로쉐를 떠올리며 키득거렸다. 이미지만으로는 창백하고 퇴폐적인 뱀파이어면서, 어쩜 겪으면 겪을수록 그토록 여리고 귀여운 사람인지.

"아가씨, 이 정도면 괜찮으세요?"

어느새 목적지에 도착한 모양이었다. 젤리가 가리킨 곳은 한눈에 봐도 깔끔하게 정리된 밭이었다.

"오, 좋다. 젤리가 준비해놓은 거야?"

"네. 마음에 드신다니 다행입니다."

저 하얗고 작은 손으로 돌멩이를 골라내고 흙을 뒤집어 정리했다니.

그저 장소만 잡아주면 알아서 할 생각이었는데 바로 심을 수 있도록 미리 준비까지 해두다니 역시 꼼꼼하고 자상했다. 리리는 젤리의 마음 씀씀이가 예뻐 웃음을 머금었다. 그렇지 않아도 바쁜 사람에게 무리한 부탁을 했구나 싶었다.

"힘들었겠다. 정말 고마워."

리리는 일단 동쪽 대륙에서 가져온 흙들을 골고루 뿌렸다. 이왕이면 환경을 최대한 맞춰주는 편이 도움이 될 것 같아서였다. 흙을 다 뿌린 리리는 쭈그려 앉아 미리 준비해두었던 씨앗을 하나씩, 하나씩 정성스럽게 심기 시작했다. 이미 스킬에 등록되어 있었기에 배울 때만큼 까다롭지 않았다. 그래도 확실히 간단한 일이 아니라 젤리의 도움을 많이 받아야 했다.

겨우겨우 포리 씨앗 열 개를 다 심은 다음 몸을 일으키자 시스템창이 떠올랐다.

† 감수성이 10 증가했습니다.

스스로의 힘으로 작물을 심었다는 것이 나름대로 의미가 있었는지 수치 증가창이 떠올랐다. 얼른 예쁘게 자라나 돈다발을 안겨주었으면. 리리는 간절한 바람을 담아 정성스럽게 물을 주었다.

리리는 마지막으로 한 번 더 심은 부분을 살펴보고는 젤리와 함께 집으로 돌아갔다. 그러다 문득 떠오른 생각에 질문을 던졌다.

예전부터 궁금했지만 딱히 질문할 기회가 없던 부분이었다.

"젤리."

"네, 아가씨."

"음, 있잖아. 중급 주술사면 어느 정도야? 이거 꽤 인정받는 거야?"

"당연하지요! 아가씨는 워낙 쉽게 되셔서 이해하실 수 없겠지만, 사실 하급 주술사만 해도 대단하답니다. 게다가 하급 주술사에서 중급 주술사로 올라가는 것도 굉장히 어려운 일입니다. 얼마나 걸릴지 아무도 예상할 수 없지요."

젤리는 어떻게 그런 어이없는 질문을 할 수 있냐는 듯 살짝 붉어진 얼굴로 열띤 강의를 시작했다.

"그 어떤 주술사도 아가씨만큼 빠르게 중급주술사로 올라서진 못했습니다. 거의 반평생을 내내 주술에만 매달려 간신히 올라서는 주술사도 있어요."

"어, 그 정도야?"

젤리는 마치 남 애기를 하는 듯한 반응을 보이는 리리를 기가 막힌다는 듯 바라보았다.

물론 리리야 교육만 받아도 수치가 증가하고 어느 조건이 달성되면 저절로 올라서니까 와 닿지 않았지만, 사실 젤리의 말대로 주술사의 숫자는 굉장히 적었다. 리리와 함께 주술 교육을 받았던 아이들 중에서도 중급 주술사는커녕 아직 하급 주술사조차 나오지 못한 상태였다. 아마 시간이 조금 더 흐르면 하나둘씩 나오겠지만, 평생을 주술에만 매달려도 하급 주술사조차 되지 못할 수도 있었다.

숨어있는 주술력이 있다는 것과 기를 느껴 그 주술력을 사용할 수 있다는 것의 차이는 그야말로 천지차이였다.

'음, 중급 주술사가 되던 날, 주술각이 발칵 뒤집히긴 했었지. 나 좀 대단하긴 한가 보네.'

리리는 잠시 생각에 잠겨 있다가 말을 이었다.

"그럼, 귀족하고 비교하면 어때? 일단 귀족은 아니지?"

"주술사는 귀족이 아닙니다. 하지만 주인님은 예외십니다. 황궁 주술사라는 직위를 가지고 계시니까요."

"어? 그럼 귀족이야?"

"뭐……. 따지자면 그럴 수도 있겠네요. 일단 「성」을 받으셨으니까요. 설마…… 아가씨, 모르셨던 것은 아니겠지요?"

리리는 그제야 모든 의문이 풀리는 듯했다.

'아, 어쩐지. 고 계집애가 이름이 그게 다냐고 되묻더라.'

이제까지 애칭만 알려준 건 그냥 롤리폴리 페레로라는 이름이 싫어서였다. 또 다른 사람들도 대부분 리리에게 이름만 말했으니까 굳이 풀네임을 말할 필요도 느끼지 못했다. 그런데 성 자체가 귀족을 뜻한다니.

"에이. 처음부터 풀네임만 알려줬어도 될 뻔했네."

"네?"

"아니, 아니야."

하긴 처음부터 알려줬어도 반응은 비슷했을지 몰랐다. 리리는 「페레로」라는 성을 듣고 얼굴이 새하얗게 질려가던 아이린을 떠올리며 말을 이었다.

"그, 황궁 주술사라는 게 얼마나 높은 직위인 거야?"

"독립적인 직위기 때문에 뭐라 확답을 드리기가 어렵습니다만, 굳이 따지자면 일단 최상급 주술사 자체가 공작과 비슷합니다. 또 신에게 직접 내려받은 성이어서 아마 다른 귀족들과는 비교조차 불가능한 위치라고 생각합니다."

"대단하다."

리리는 감탄사를 내뱉었다. 그저 막연히 높다고만 생각해왔던 로쉐가 그 정도였다니.

리리는 이제야 아이린의 반응을 이해할 수 있었다. 사실 아무리 최상급 주술사의 딸이라고 해도 귀족가의 영애가 바들바들 떨거나 울면서 바닥에 엎드리는 것이 이해가 되지 않았다.

하지만 젤리의 이야기를 들으니 로쉐는 보통 귀족과 따져도 까마득하게 높은 위치인 모양이었다. 더구나 아이린은 성은 있지만 무용 학원에 다니는 것을 보아 위세 높은 귀족은 아닐 터였으니, 그런 반응이 당연할지도 몰랐다.

"그럼 하급 귀족이 대귀족에게 잘못을 저지르면 어떤 벌을 받아?"

"잘못에 따라 다르겠지만 보통은 법으로 정해진 벌을 준다거나 벌금을 요구하는 식으로 처리합니다. 하지만 아예 그 가문 자체를 무너트리거나 즉결 처분해도 문제가 없기는 합니다.

"가문을 무너트리다니……. 게다가 즉결 처분이라면 혹시……."

"사형이지요."

리리는 충격을 받아 입만 벙긋거렸다. 즉결 처분이 사형이라니. 어떻게 사람이 사람을 아무런 절차도 밟지 않고 바로 죽인단 말인가.

'귀족이라는 게 진짜 영향력이 강한 거였구나.'

결론은 리리가 마음만 먹는다면 무례죄를 지은 아이린의 가문 하나쯤은 우습게 무너트릴 수 있다는 거였다. 아니, 꼭 죄를 저지르지 않았어도 마음에 들지 않는다는 이유 하나만으로도 죄를 뒤집어씌워도 문제가 없다는 뜻이었다. 물론 리리는 그럴 생각까진 없었다.

리리는 로쉐의 대단함에 감탄이 나오면서도 한편으로는 기가 질려 잠시 말을 끊었다가 다시 입을 열었다.

"중급 주술사는 백작 정도라고 했지?"

"네. 그 정도로 중급주술사의 수가 적고 올라서기 어렵습니다."

"그럼 난 백작보다 높은 귀족들에게는 깍듯이 대해야 하나? 아니면 귀족과 주술사는 서로 잴 수 없는 관계니까 상관없나?

"아무래도 높은 직위를 지닌 사람들에게는 그에 맞는 예의를 지켜주셔야겠지요. 백작 정도만 되어도 간단하게나마 격식을 차려주셔야 할 것 같습니다. 아가씨, 학교에 가보시거나 예절 교육을 받아보시는 것이 어떻겠습니까?"

'역시 그러는 것이 좋으려나.'

리리는 젤리의 말을 듣고 고민에 휩싸였다.

'나름대로 예의 바르다고 생각했지만 이곳 귀족들에게는 통하지 않겠지? 이 세계 예의범절이 따로 있을 테니까.'

하지만 리리는 인상을 찌푸렸다.

자신보다 나이 많은 사람이야 동방예의지국에서 자라난 그녀답게 직위 불문하고 당연히 예의를 지킬 수 있었다. 하지만 만약 한참 어린 사람인데도 그저 직위가 높은 사람의 아이라고 격식을 차려야 한다면? 생각만으로도 기분이 나빴다.

"그냥 내가 확 높은 사람이 되어버릴까? 그럼 예의 따위 신경 쓰지 않아도 될 것 같은데."

"의도는 나쁘나, 목표 자체는 찬성입니다. 아가씨가 지니신 힘이라면 세상이 발칵 뒤집힐 테니까요. 아마 주인님 이상의 직위가 주어지지 않을까……."

"기각. 안 되겠다. 역시 자유로운 것이 최고야. 무속성이래도 상급이나 최상급 주술사면 인정받을만하지?"

리리는 단박에 거절했다.

신성계열 주술사인 로쉐가 황궁 주술사를 겸하고 있을 정도인데 만약 무한대로 사용할 수 있는 성력이 등장한다면? 말 그대로 높은 사람이 될 수는 있겠지만, 주말에만 볼 수 있는 로쉐처럼 바빠질 확률이 높았다. 그러면 언제까지 있을지 모르는 이 세계를 자유로이 즐길 수가 없었다.

'그냥 귀족이랍시고 떵떵거리는 사람들을 피하면 되지.'

리리는 그냥 사교계에 데뷔하지 않으면 될 것 같다는 생각을 막연히 하다가 문득 다른 것에도 생각이 미쳤다.

"혹시 이 세계에도 대회나 축제, 뭐 그런 거 있나?"

"대회나 축제요?"

보통 대회나 축제에는 귀족들도 구경하러 올 테니 단순히 상황이 닥치면 피할 생각으로 건넨 질문이었지만, 예상외의 수확을 건질 수가 있었다.

"10월 말에 건국제가 열립니다."

어디서 많이 들어본 소리였다. 이곳은 그녀가 했던 게임과 아예 다른 세상이었기에 별 기대가 없었는데, 이런 건 또 비슷하게 열리는 모양이었다.

젤리의 설명에 따르면 건국제는 대주술사이자 초대왕인 센테르가 여러 주술사들과 힘을 합쳐 나라를 세운 날을 기념해 열린다고 했다.

10월은 수확의 계절로 풍족하기 그지없기도 해 모든 지역이 술과 흥에 취하고 크고 작은 대회와 공연으로 볼거리와 먹거리가 넘쳐난다는 말이었다.

또한 수도 세이너트에선 여러 대회까지 열린다고 했는데 그 중 리리의 눈을 번쩍 뜨게 만든 것은 바로 무술 대회였다.

"무술 대회는 상금이 제법 되기 때문에 주술사들도 나가곤 합니다. 보통 주술 외에는 관심이 없는 사람들이니 이례적인 일이지요."

무술 대회는 한 달 전부터 표를 미리 예매해 두어야 할 정도로 인기가 많은 모양이었다. 가장 열기가 뜨거워 황제와 귀족들도 참석해 구경한다고 할 정도였다.

"상금이 얼마길래?"

"1등 상금은 천 골드라고 알고 있습니다."

"처, 천 골드?"

리리가 두 눈을 빛내자 젤리는 걱정이 앞서는 모양인지 다급한 목소리로 말했다.

"그만큼 위험한 대회입니다. 상금을 위해서 목숨까지 걸고 달려드는 사람이 많으니까요."

"아, 그럴만하다. 천 골드면 누구나……. 음. 있잖아. 어린아이도 출전할 수 있나?"

"실력만 된다면야 나이 따위는 문제 될 것이 없겠지만……. 설마 무술 대회에 참가하실 생각은 아니겠지요?"

"에이, 무슨. 내가 거기를 어떻게 나가."

젤리는 리리의 대답에 안도의 한숨을 내쉬었다. 하지만 이미 그녀의 머릿속엔 무술 대회 상금으로 가득 채워져 있었다.

'잘만하면 가능할 것 같은데. 아직 시간이 많이 남았으니까.'

젤리의 설명은 계속 이어졌다.

"무술 대회는 인기가 굉장히 많습니다. 꼭 황궁의 인정을 받는 건국제의 무술 대회가 아니라도, 비공식 대회는 지금도 계속 열리고 있으니까요."

비공식 대회는 종류도 다양해서, 토너먼트 식으로 진행되는 방식과 도전자를 받아 경기를 진행하는 방식 등 여러 가지가 있다고 했다. 경기마다 진행방식이 천차만별이었기에 어느 것을 고르냐에 따라 소요되는 시간 역시 달랐다.

이기면 적게나마 상금과 상품이 나오고 어느 정도 승점을 쌓으면 명예의 전당에 올라선다 하니 이 역시 나쁘지는 않은 듯했다.

하지만 리리는 전에 보았던 무투장이라는 건물과 거기에서 만난 할아버지를 떠올렸다. 시합의 결과를 두고 내기까지 벌어지는 등 거대한 투기장 같은 느낌이었다. 거기에 참가하는 건 그다지 현명한 일이 아닌 것 같았다.

"흠흠. 그럼 무술 대회는 어떻게 참가하는 건데? 그냥 신청서만 내면 되나? 아, 그냥 궁금해서. 다른 대회도 알려주면 더 좋고."

젤리는 의심스러운 눈초리를 거두지 못하면서도 대답은 꼬박꼬박 해주었다.

일단 무술대회는 예선전에 통과한 사람들만 참가할 수 있었다. 이 예선전에 참가하는 사람들의 신원을 꽤 엄중하게 검사한다니 익명을 원하는 리리로서는 참여가 어려울 듯싶었다.

하지만 다행히도 아예 희망이 없는 것은 아니었다. 바로 무투장이었다.

아까는 대충 듣고 넘긴 「명예의 전당」이라는 것이 생각보다 유용했다. 승점을 많이 쌓거나, 비록 점수는 높지 않아도 실력 등을 인정받아 인기를 얻으면 그곳에 등록되는 방식이었는데, 바로 이 명예의 전당에 올라서 있는 사람들은 예선을 거치지 않고 대회에 참석할 기회가 주어졌다.

무술 대회에 재미를 더해주기 위해서였다.

많은 사람들이 자신의 힘을 뽐내기 위해 몰려드는 곳답게 익명성이 보장되어 있다고 하니 눈에 띄기 싫어하는 그녀도 충분히 도전할 만했다.

'일단 체력, 근력, 전투 기술 같은 걸 더 높이고 가봐야겠어. 만약 명예의 전당까진 못 올라가도 상품이나 상금 등은 노려볼만하니까, 되팔면 돈벌이 좀 되겠지. 어쩌면 생각보다 수치 증가가 높을 수도……'

이번 건국제가 안되면 다음 건국제도 있으니 미리 경험 삼아 가 봐도 나쁘지 않을 것 같았다.

사실 평화로운 세계에서 평범하게 24년을 살아온 그녀답게 쉬이 도전해보기에는 겁이 났다. 평화로운 세계에서 싸움에 「싸」도 모르고 살아온 여자가 아무리 주술이나 검술 등을 배웠다고 해도 전투는 당연히 무서울 수밖에 없다.

하지만 무려 천 골드였다. 눈 꽉 감고 도전해볼 만한 금액이 아니던가. 원래 살던 곳에서 종종 「10억 준다면 이것을 할 수 있겠습니까?」라는 식의 글을 보곤 했었다. 그때도 막연하게 10억을 준다면 뭐든 할 수 있겠다고 생각했다.

그리고 그 일이 실제로 벌어졌다. 천 골드. 어찌 도전해보지 않을 수 있겠는가.

유일한 신성계열 최상급 주술사인 로쉐가 있는데 설마, 그냥 죽게 내버려 두겠냐 싶었다. 게다가 리리 본인도 성력을 지니고 있지 않던가. 그때까지 아마 간단한 치료 주술은 배울 수 있을 터였다. 해볼 만했다.

"일단, 최대한 수치들을 높이자."

다시 한 번 의욕이 솟아났다.

월요일이 되자 늘 동일하게 흘러가던 리리의 일정에 변화가 찾아왔다. 무용 스킬이 생긴 이상 더 이상 비싼 교육비 내며 배울 필요가 없다는 생각에 다른 교육으로 변경했기 때문이었다. 바로 음악이었다. 사실 무용 수업과 음악 수업은 겹치는 수치가 많을 것 같아 고민했다. 이왕이면 다른 분야를 경험해보는 것이 낫지 않을까 싶었다. 예를 들면 의술 같은 것도 괜찮을 것 같았다.

하지만 역시 음악을 배우고 싶었다.

'건국제 때는 여러 가지 대회랑 공연도 열린다고 했으니까, 무용하고 음악을 이용할 수 있는 대회에 나가 상금을 노려보는 것도 나쁘지 않겠지.'

사실 천 골드가 걸려 있다는 무술 대회에 혹하긴 했지만 아무리 체력과 근력이 또래에 비해 높고, 주술까지 사용할 수 있다고는 해도 목숨까지 걸고 달려드는 노련한 사람들을 상대하기란 벅찰 것이 뻔했다. 그에 비해 무용이나 음악은 어느 정도 자신도 있었고, 최소한 목숨이 위험하진 않을 터였다.

상금을 탈 가능성은 여러모로 늘려놓는 것이 좋았다.

잔뜩 기합이 들어간 그녀는 마중해주는 젤리에게 투지가 불타오르는 눈빛으로 인사를 건넸다.

"젤리, 나 다녀올게. 열심히 배워서 돌아올게!"

"네, 아가씨! 파이팅입니다!"

"응! 이따 봐!"

그리고 새로운 수업을 듣기 위해 음악교실로 이동했다.

"어서 오세요. 저는 하이든입니다. 앞으로 잘 부탁드려요."

"리리예요."

음악선생인 하이든 남작 부인은 깡말라 쾡한 느낌을 주는 여인이었다. 살이 있긴 있는 건지, 언뜻 보면 뼈에 가죽만 붙어 있는 것 같다는 생각이 들 정도여서 나이를 가늠할 수가 없었다. 그나마 윤기가 도는 머리카락이나 생기가 가득한 눈동자 덕분에 병약해 보이지는 않았다.

리리는 거울로 둘러싸여 있던 무용 학원에 비해 아늑하고 고풍스러운 장식이 가득한 음악 학원이 조금 더 마음에 들었다.

교실 안에는 악기를 연주하는 남자의 동상이라든가 이 세계의 악보로 보이는 물건이 장식되어 있었다. 또한 교실의 한쪽 벽에는 악기가 가득했다.

원하는 악기를 가져오면 먼저 가르쳐준다는데, 무용 수업과 마찬가지로 학생들이 한곳에 모여 있기는 하되 각자 다르게 가르침을 받는 모양이었다.

악기는 정말 헤아릴 수 없을 정도로 다양했다. 원래 살던 곳에 있던 것과 비슷해 익숙하게 느껴지는 악기가 있는가 하면 어떻게 다루는 것인지 감조차 잡히지 않는 특이한 악기도 있었다.

문제는 악보의 표기 방식이 현실 세계의 것과 많이 달라, 배우는 데 한참 걸릴 것 같다는 점이었다. 그래도 리리는 음악을 배울 수 있게 되었다는 것이 마냥 즐거웠다. 처음에는 현실 세계의 좋지 않은 기억이 발목을 잡을 것 같아 좀 망설였는데, 막상 오니까 의외로 그때 생각이 거의 나지 않았다.

리리는 어떤 악기를 먼저 배울지 고민하다 결국 단소와 비슷하게 생긴 악기를 집어 들었다. 학교를 다닐 적에 단소와 리코더를 배웠기에 익숙했기 때문이었다. 자세를 잡고 불어보니 소리가 흘러나왔다. 다행히 부는 방법 역시 비슷한 것 같았다.

그러자 다른 학생을 봐주고 있던 음악 선생이 재빠르게 다가왔다. 깡말라 퀭하게 느껴지기까지 하는 여인이 빠른 걸음으로 다가오자 리리는 깜짝 놀라 터져 나올 뻔한 비명을 간신히 삼켜냈다.

"이 악기를 배워본 적이 있나 보군요."

"네? 아, 네. 아주 약간?"

"혹시 연주를 해줄 수가 있나요? 리리 양의 연주를 들어보고 싶네요."

하이든 남작 부인은 깐깐해 보이는 인상과는 다르게 말투나 행동이 다정다감했다. 마치 유치원 원장 선생님을 떠올리게 했다. 아이들이 서로 싸우기라도 하면 세상이 무너질 것처럼 슬픈 표정으로 "제가 여러분을 그렇게밖에 가르치지 못하였군요."라며 속상해할 것 같은 그런 느낌이었다.

머뭇거리던 리리는 손에 들린 단소를 몇 번 후후 불어 소리를 확인하다가 연주를 시작했다. 단소와 무척 잘 어울리는 곡, 아리랑이었다. 음악실 내부에 느릿하고 구슬픈 멜로디가 울려 퍼졌다. 오랜만에 연주하는 터라 기억도 잘 나지 않았고 몇 번의 실수도 있었지만 겨우겨우 끝까지 완주해냈다.

연주를 끝내고 주위를 둘러보니 어느새 다른 학생들까지 리리를 둘러싸고 숨소리까지 죽인 채 음악을 감상하고 있었다.

"대, 대단해요! 이렇게 슬프고 안타까운 음악이라니! 어쩐지 한 맺힌 여인의 울음소리를 듣고 있는 것만 같아 가슴이 미어지는 줄 알았어요."

믿기 힘들다는 듯 두 손으로 입을 감싼 채 음악을 감상하던 하이든 남작 부인이 결국 눈물까지 보이며 감탄사를 내뱉었다. 이렇게 어린 소녀가 음악에 감정을 실을 수 있다니.

하이든 남작 부인은 감수성이 풍부하고 예민한 사람답게 보통 사람들과는 보는 눈이 약간 달랐다.

그녀는 리리를 보자마자 어린아이답지 않은 깊이 있는 눈빛과 분위기에 또래들과 상당히 다르다는 것을 알아보았다. 마치 자신만의 세계를 구축한, 무언가 비밀이 있는 느낌이랄까. 그래서 혹시나 해서 연주를 시켜보았는데 이렇게까지 훌륭할 줄은 몰랐다.

"그 곡의 제목이 무엇인가요? 처음 들어보는 곡인데 혹, 직접 만든 건가요?"

리리는 하이든의 질문에 당황했다. 아리랑은 확실히 이 세계의 없는 곡일 터였다. 리리는 미처 닦아내지 못한 눈물과 함께 기대에 찬 표정인 하이든 남작 부인을 보니 고개를 끄덕이고 싶다는 욕구가 솟아올랐다. 하지만 어쩐지 그런 거짓말을 했다가는 도덕성이나 성품이 하락할 것 같은 불길한 예감이 들었다. 거짓말을 하는 것이니까. 결국 리리는 어색하게 웃으며 입을 열었다.

"제목은 아리랑이고요, 제가 만든 곡은 아니에요."

"아리랑! 아리랑, 아리랑. 입에 착 감기는 제목이로군요. 뜻은 모르겠지만……. 혹시 어디서 들은 곡인지 알려줄 수 있나요? 묻히기에는 너무 안타까워요. 이렇게 아름다운 곡인데! 많은 사람들에게 알려주어야 해요."

"그, 글쎄요. 어디서 들은 건지 기억이 잘……."

"이럴 수가, 곡의 주인을 모른다니……. 그럼 허락을 받을 수가 없으니 이대로 묻혀야 한다는 말인가요? 너무나 슬프군요. 안타까워요."

리리는 또다시 눈물을 글썽이며 진정으로 안타까워하는 하이든의 모습에 어쩔 줄 몰라 했다.

죽었다 깨어나도 곡의 주인에게 허락을 받을 수 있을 리가 없었다. 이 세계의 곡이 아니었으니까. 하지만 마음대로 퍼트린다고 해서 문제가 생기는 곡 역시 아니었다.

"저……. 괜찮을 것 같은데요. 제목만 아리랑이라고 하면요."

"정말 그래도 되나요? 누구 곡인지도 모르는데, 추후에 문제 될 소지가 없을까요?"

"진짜 괜찮아요. 음, 만든 사람을 정확히 밝히진 못하겠지만……."

하이든 남작 부인은 우물쭈물 말을 흐리는 리리의 반응을 보고 아리랑이라는 노래가 이 아이가 작곡한 음악이 틀림없다고 확신했다.

그런 곡조는 그녀로서도 난생처음이었다. 무언가 새로운 영감을 주는 것이 마치 다른 세계의 곡인 것만 같았다.

더구나 리리는 악기 또한 약간 다른 방식으로 연주했는데 그게 더 곡에 더 잘 어울렸다.

그녀는 아예 눈까지 감고 조금 전의 선율을 떠올리며 평가를 내렸다.

"생소한 선율이지만 어색하거나 불편하게 느껴지지 않고, 무엇보다 그 속에 깊은 감정이 담겨 있어 감동적이네요. 악기의 소리가 그 감정을 더욱 잘 드러내었고요. 아, 이토록 아름다운 곡이라니."

다른 아이들도 신기하긴 마찬가지인 듯 도란도란 이야기를 주고받고 있었다.

"저 악기가 그런 슬픈 소리를 낼 줄 몰랐어."

"불기가 힘들던데 대단하다."

"재미가 없는 악기라고 생각했는데 배워보고 싶어졌어."

리리는 어떤 반응을 보여야 좋을지 알 수 없어서 어색한 웃음을 짓고 있는데 하이든 남작 부인이 또다시 말을 걸어왔다.

"혹시 다른 곡도 들려줄 수 있나요? 아니, 혹시 이 곡에 가사가 있나요? 리리 양의 목소리로 부르는 아리랑도 들어보고 싶습니다."

"네? 아니요, 더 이상은……. 저기, 전 교육을 받으러 온 건데……."

"이것도 교육의 일부분입니다. 예술은 틀에 박힌 것이 아니에요. 스스로의 감정과 생각을 표현해낼 수 있으면 되는 겁니다. 제가 보기에 리리 양은 이런 방식이 더욱 잘 어울릴 것 같군요."

결국 리리는 아리랑 노래까지 불러야 했다.

리리의 목소리는 크게 뛰어나지는 않았지만 맑고 아름다웠다. 더구나 현실 세계에서 합창단과 성가대를 한 경험이 있다 보니 아리랑을 부르는 것에는 큰 문제가 없었다.

노래를 마치자 하이든 남작 부인이 크게 박수를 쳤다.

"노래로 들으니 더욱 아름답네요. 그토록 슬픈 가사라니. 역시 한 맺힌 여인의 울음소리가 들린다 싶었어요."

그 이후로도 수업이 끝날 때까지 하이든 남작 부인의 칭찬은 끊이질 않았다.

리리는 아무리 칭찬이라도 도가 넘어서면 부담스러워질 수밖에 없다는 사실을 깨달았다. 그래서 수업이 끝나자마자 도망치듯 집으로 돌아가려 했지만 그런 그녀를 붙잡는 하이든의 손이 더 빨랐다.

"리리 양. 수업료를 받지 않을 테니 앞으로는 「개인 음악 교실」로 와 줄 수 있을까요? 「일반 음악 교실」과는 달리 재능이 뛰어난 아이들만 따로 모아 가르치는 개인 교실이랍니다."

수업이 끝나고 하이든 남작 부인이 예상하지 못한 부탁을 해왔다.

리리는 수업을 공짜로 가르쳐준다는 말에 두 눈을 빛냈다. 그래서 냉큼 고개를 끄덕이며 대답했다.

"좋아요!"

허락이 떨어지자 「새로운 교육이 등록되었습니다.」라는 시스템창이 떠올랐다. 「하이든의 특별교습」이었다. 워낙 음악을 좋아하는 그녀로선 잘된 일이었다. 특별 교습이면 더 자세히 가르쳐줄 테니까.

하지만 곧 의아해졌다. 재능이 뛰어난 아이들을 더 자세히 가르쳐주고 싶어하는 욕심은 이해하겠지만 무료로 강습을 하기는 쉽지 않을 터였다. 게다가 귀족임에도 학원에서 아이들을 가르칠 정도라면 사정이 그리 넉넉하지 못하다는 뜻도 됐다. 하지만 이어진 하이든 남작 부인의 말에 리리는 그 이유를 알 수가 있었다.

"대신 개인 음악 교실을 후원해주시는 메이다니 백작 부인님 앞에서 종종 공연을 해야 한답니다. 그 정도는 이해하실 수 있지요?"

"네? 공연요? 그것도 배, 백작 부인님이요?"

"네. 굉장히 친절하시고 다정다감하신 분이어서 걱정하실 필요는 전혀 없어요. 아마 리리 양을 보시자마자 재능이 뛰어난 소녀라며 예뻐해 주실걸요?"

리리는 갈등했다. 다른 이도 아니고 백작 부인씩이나 되는 사람 앞에서 공연을 해야 한다니.

"일단 내일 수업을 들어보고 결정하는 건 어떤가요?"

"아, 그래도 될까요?"

"물론이죠. 시간이 없으니 자세한 내용도 내일 말해드릴게요. 리리 양, 전 리리 양이 그 교실로 와주었으면 좋겠어요."

결국 리리는 확답을 해주지 못한 채 집으로 이동했다. 그리고 그 이후로 무료로 더 좋은 수업을 들을 것이냐, 아니면 귀족 걱정 없이 마음 편하게 수업을 들을 것이냐로 끊임없이 갈등했다.

다음 날, 아직도 결정을 내리지 못한 리리는 일단 하이든 남작 부인의 안내에 따라 다른 교실로 이동했다.

교실 자체는 별다를 게 없었다. 다만 학생의 수가 현저히 적었고 분위기가 묘하게 달랐다.

열 명도 채 안 되는 학생들은 각자 악기를 연주하거나 노래를 부르는 등 자유롭게 시간을 보내고 있었는데 이곳의 음악을 잘 모르는 리리가 듣기에도 어제 봤던 학생들과는 수준이 다르다는 것을 느낄 수 있을 정도였다.

리리는 하이든 남작 부인의 설명을 들으며 교실을 구경했다.

노래를 부르는 소녀의 목소리는 어쩌나 아름다운지 소름이 끼쳐 한 동안 벌어진 입을 다물지 못했고 현란하게 이곳의 악기를 연주하는 소년의 앞에서 넋 놓고 지켜보기도 했다. 재능이 뛰어난 아이들만 따로 모아두었다고 한 게 무슨 뜻인지 알 것 같았다.

노래를 부르는 아이들은 전부 여자였다. 리리는 남작 부인에게서 이 세계는 사람의 목소리엔 그다지 관심이 없어 돈벌이가 되지 않으니 남자아이들은 주로 악기만 배운다는 설명을 들었다. 노래는 평민이나 노예들이 일할 때나 부르는 천한 것이라는 생각이 강한 모양이었다. 대신 고급스러운 악기를 다룰 줄 안다면 연회에서 흥을 돋우어 줄 수 있으니 큰 인정을 받았다. 이제야 예술에 눈을 뜨기 시작하는 세계였기에 노래나 악기는 어디까지나 흥을 돋우는 부수적 도구라는 인식이 강했다.

하지만 모두가 "예."라고 할 때 "아니오."라고 대답하는 사람이 있기 마련이었고, 그게 바로 이 「특별 교습」을 후원해주는 메이다니 백작부인이라는 사람이었다. 음악을 사랑하는 그 여인은 재능 있는 아이들을 도와 음악의 가능성을 널리 알리고 싶다는 꿈을 가지고 있다고 했다.

'이 세계에도 제법 생각이 깨어 있는 귀족이 있는 모양이네.'

게다가 이야기를 들어보니 학생들의 대부분이 평민이었다. 그런 이들의 재능을 귀하게 여기고, 후원까지 해준다니. 더구나 이 교실에서는 보통 천한 취미로만 여기는 노래 또한 악기와 동일한 취급을 해준다고 했다. 백작 부인이 사람의 목소리가 아름답다고 했다나.

리리는 그 백작 부인이라는 사람에게 호감을 느꼈다.

'일단 수업을 받아보지, 뭐.'

그렇게 개인 음악 교실 수업을 듣게 된 리리는 생각보다 순조로운 시간을 보냈다. 다행히 리리가 다룰 수 있는 악기가 거의 없어 일단 기초적인 부분부터 배우기로 했기 때문이었다.

"리리 양, 이번에는 이걸 가르쳐 드릴게요. 리리 양이라면 틀림없이 아름다운 음악을 연주할 수 있을 거예요!"

하이든 남작 부인은 무서울 정도로 리리를 예뻐하며 온갖 칭찬과 애정을 쏟아부었지만, 정작 리리는 늘 새로운 음악이나 노래를 기대하는 하이든 남작 부인에게 골치가 아팠다.

아직까지는 리리의 말솜씨로 간신히 넘어가곤 했지만 언제까지 가능할지는 장담할 수 없었다.

"자, 상대방에 대한 예의가 가장 중요하다. 진심을 담아 인사!"

"잘 부탁드립니다."

리리는 무섭지만 다정한 베드로 사범님의 말에 건너편에서 목검을 들고 있는 소년에게 고개를 꾸벅이며 인사했다. 소년 역시 그녀에게 인사를 했지만 시선은 바닥을 향한 채였다.

"준비!"

베드로의 외침에 리리는 소년에게 목검 끝을 가져다 대었다. 하지만 소년은 검 끝만 리리에게 겨눌 뿐, 고개를 들 생각이 없어 보였다. 사실 익숙한 일이었다. 기본기를 갖춘 후 본격적으로 검술을 배우면서 다른 남학생들과 대련을 할 때마다 하나같이 이런 반응이었다.

"시작!"

리리는 시작과 함께 검을 휘둘렀다. 당황한 소년은 다급하게 막았다. 그리고 리리와 눈이 마주치는 순간, 소년은 다시 얼굴을 붉히며 고개를 푹 숙였다. 그녀는 당황했다.

'이걸 쳐? 말아?'

하지만 슬렁슬렁했다가는 베드로에게 혼날 것이 분명했기에 리리는 마음을 다잡은 뒤 검을 강하게 내리쳤다. 소년은 반사적으로 막으면서도 어쩔 줄 몰라 했다. 그는 공격을 전혀 하지 않았다. 결국 리리 혼자 공격하고 소년은 막기만 하는 대련이 이어졌다.

"종료!"

"감사합니다!"

"너! 당장 이리 와!"

결국 리리의 상대는 베드로 사범의 개인 지도를 받게 되었다. 말이 지도지, 반쯤 지옥훈련이라고 볼 수 있었다. 그녀는 혀를 쯧쯧 찼다. 이런 게 하루 이틀 일이 아니었다.

리리도 자신이 「수련장의 요정」이라는 칭호를 얻을 정도로 남학생들에게 인기가 많다는 것 정도는 알았다. 수련생 대부분이 리리가 쳐다보기만 해도 얼굴을 붉히고 수줍은 웃음을 터트리거나 심지어 얼어붙기까지 했다.

그런 풋풋한 소년들이 귀여워 검술 수련장에 오는 게 즐겁기도 했으니 나쁘지는 않았다. 문제는 그녀가 혹시라도 다칠까, 아플까 대련 상대를 제대로 해주지 않는다는 점이었다. 그런 애정들은 처음 받아보기에 기쁘기도 했지만 교육을 받는 입장에선 결코 좋은 일이 아니었다.

그래서 베드로에게 제대로 대련을 하게 해달라고 호소했고, 베드로는 그런 리리의 뜻을 존중해 제대로 하지 않으면 개인지도를 받게 할 거라고 으름장을 놓았다. 하지만 남학생들은 리리에게 손을 대고 싶지 않은지 베드로의 지옥 훈련을 감내하는 쪽으로 합심했다. 나중에는 리리가 직접 남학생들에게 그러지 말라고 말해보기도 했지만 운동은 다치기 위해 하는 것이 아니라는 말만 돌아왔을 뿐이었다.

결국 리리는 여기서 전투기술과 공격력, 방어력 수치를 얻는 것으로 만족하고, 실전 경험은 아무래도 나중에 무투장에서 따로 갈고 닦아야겠다고 생각했다.

오늘도 옷을 갈아입고 나오는데 누군가가 말을 걸었다.

"저기……."

아직 앳된 얼굴이기는 하나 키도 크고 목소리도 늠름한 제법 준수한 청년이었다. 나이는 열일곱에서 여덟쯤 되었을까. 리리는 소년을 올려다보며 이어질 말을 기다렸다.

"리리. 오늘도 날씨가 참 좋지?"

"네? 네, 그러네요."

"오늘도 끝나자마자 바로 가는 건가?"

"그렇지요, 뭐."

리리 나이 또래의 어린 소년들은 멀리서 부럽다는 듯 쳐다보고만 있을 뿐이었다.

시간에 딱 맞춰 오가는 리리에게 말을 걸 수 있는 시간은 수업이 끝나고 리리가 이동하기까지의 아주 짧은 시간뿐이었고, 그래서 그나마도 순서를 돌아가며 말을 걸기로 한 모양이었다. 물론 그중에서도 어린 소년들은 아예 제외.

이렇게 전체적으로 사랑받기도 쉽지 않은데 아무래도 수련장의 요정이라는 칭호를 얻으면서 함께 얻은 부가적인 효과인 것 같았다. 이런 식의 관심은 거의 받아본 적 없는 리리에게 「동생 바보 병」에 걸린 오빠들은 색다른 즐거움이었다.

그리고 다음은 점심 식사 후, 음악 학원 다음의 시장 아르바이트.

"이것보다는 이 목걸이가 더 잘 어울리시는군요. 어떤가요, 더욱 우아해 보이지요?"

"그건 가격이 좀……."

"아, 가격이 부담되시나요? 이보다 싸게 들어온 물건이 있는데 보여드릴까요?"

"그런 게 있어요?"

사실 물건의 질이 더 나쁘기에 가격이 낮은 것이었지만, 리리는 원하는 조건을 맞춰주기 위해 굳이 보여준다는 뉘앙스를 풍겼다. 그 사이 리리의 화술과 장사수완은 점점 더 늘어가고 있었다.

  지금 리리는 거의 시장의 명물로 자리 잡았을 정도였다. 도덕성을 지키기 위해 시도한 방법이 이렇게까지 잘 먹힐 줄 누가 알았을까. 그 소문이 어디까지 퍼졌는지, 리리는 갑자기 웅성거리며 물러나는 사람들 때문에 의아해하다 곧 날카로운 인상을 지닌 젊은 여자와 마주하게 되었다.

  "아셴 상단 중앙 지점장 대리인 유안이라고 합니다. 당신의 재능을 높이 사 제대로 키워보고 싶다는 제안을 하러 왔습니다."

  리리는 말로만 듣던 스카우트 제의에 입을 벌렸다. 게다가 아셴 상단은 대륙을 휘어잡는 대표 상단이었다. 그런데 겨우 열 살짜리 아이를 스카우트하려고 하다니.

  '내가 그렇게 대단한가?'

  하지만 리리는 살포시 웃으며 대답했다.

  "제안은 감사하나, 거절하도록 하겠습니다."

  설마 그녀가 제안을 거절할 줄은 몰랐던지 냉정해 보이는 유안의 얼굴에 약간 놀란 빛이 스쳤다. 주위에서 지켜보던 사람들 역시 깜짝 놀라 숨을 들이켰다. 시장에서 점원 아르바이트 따위를 하느니 상단에서 제대로 일을 배우는 것이 훨씬 이익일 터였다. 하지만 리리는 장사꾼이 될 생각도 없었고 언제까지 있게 될 세계인지 모르는 데 한곳에 얽매여 있기도 싫었다.

유안은 어린 소녀의 치기라고 생각한 모양인지 눈썹 하나를 삐딱하게 올리며 되물었다.

"후회하지 않겠습니까? 두 번 다시 오기 힘든 좋은 기회입니다."

"후회는 안 할 거예요. 제의해주셔서 정말 감사합니다."

리리는 상단에 들어가 상인으로 일하고 싶은 생각은 눈곱만큼도 없었다. 잠시 넋을 잃고 서 있던 유안은 결국 약간 허탈한 표정으로 돌아갔다.

그녀는 그 모습을 바라보며 새롭게 솟아나는 의욕을 느꼈다. 아센 상단에서 직접 찾아올 정도라니 자신이 그 정도로 장사에 소질이 있다는 이야기가 아니던가. 이렇게 시장 아르바이트말고 장사를 해보는 것도 재밌겠다 싶었다.

차분히 생각해보면 사업 아이템은 굉장히 많았다. 일단 새디아에서 가져온 물건들이 가득했고 또 이곳에는 없는 지식도 지니고 있었다. 원래 살던 곳에서는 평범하고 흔하던 물건이 이곳에서는 신선하고 독특하게 다가올 테니 잘만 한다면 돈방석에 앉을지도 몰랐다.

'하지만 지금은 나이도 어리고 수치도 낮으니까 얕잡아 보일 수도 있어. 만약 아센 상단과 손을 잡는다고 해도 일단 스스로를 성장시키는 게 우선이야.'

유안의 모습이 거의 보이지 않게 되고 나서야 주위에 있던 점원들이 호들갑스럽게 말을 걸어왔다.

"아센 상단의 제안을 거절하다니!"

"아니, 리리! 대체 왜 그런 거니?"

"전 여기가 더 좋으니까요."

리리는 아센 상단의 제안을 거절한 소녀에 대한 시장 사람들의 동경 어린 눈빛에 허리를 꼿꼿하게 세웠다. 일부 점원들은 어린 소녀가 의리가 두둑하다며 감동을 받는 등, 반응이 대단했다. 리리의 입가에 뿌듯한 미소가 한가득 걸렸다.

보잘것없던 스물네 살 평범한 여자가 이 세계로 와 이뤄내고 있는 것들을 보라. 이제 시작일 뿐인데.

노력하는 만큼 인정받는 것은 별거 아닌 것처럼 보였지만 가장 힘든 일이기도 했다. 그런데 여기서는 그 이상으로 인정받고 있었다.

하지만 그 뒤에서는 한숨을 쉬는 사람이 있었으니, 바로 젤리였다.

'시장 알바, 그만 하셨으면 좋겠는데.'

젤리는 쌓인 편지와 선물을 보며 다시 한 번 한숨을 내쉬었다.

시간이 흘러 그녀가 유명해질수록 그녀에게 접근하려는 소년들이 늘어났다. 하지만 리리가 워낙 바쁜데다 그녀를 예뻐하는 시장 점원들이 철통처럼 방어해 가까이 다가갈 수가 없었다. 게다가 한 번은 그녀의 주위를 서성이고 있던 소년들이 의문의 사내들에게 크게 혼났다는 이야기까지 돌아 더욱 접근할 수가 없었다. 결국 소년들이 택한 방법은 그녀의 집으로 선물과 편지를 보내는 것이었다.

젤리는 도대체 집을 어떻게 알아내고 선물을 보내오는 건지 이해할 수가 없었다. 더구나 저택은 사람이 다니기가 매우 어려운 곳에 있었기에, 편지와 선물을 배달해주는 사람 또한 매일매일 바뀌고 있었다. 한번 와본 사람은 배달을 거부했기 때문이었다.

본래 배달원들은 편의성을 위해 이동 주술이 걸린 물건을 지급 받았지만 페레로가의 저택은 허가받지 않은 이동 주술을 방해하는 주술진이 그려져 있었다. 그러기에 로쉐와 젤리, 리리만 주술을 이용해 저택에 드나들 수 있었다. 그 말은 다른 사람들, 즉 배달원 또한 주술로 이동이 불가능하다는 소리였다. 결국 배달원들은 근처까지 주술로 이동한 다음 그 험한 산을 타야만 했고, 그러다 보니 젤리에게 물건을 건네주는 사람들은 하나같이 다 죽어가는 꼴일 수밖에 없었다. 그 모습을 바라보는 젤리의 마음이 편할 리가 없었다. 그럼에도 매일매일 편지와 선물들은 쌓여만 갔다.

젤리는 넌지시 시장 아르바이트를 그만두면 어떻겠냐고 권유도 해봤지만 리리는 아직 목표를 이루지 못했다며 고개를 저을 뿐이었다. 강제로 그만두게 할 수도 없는 노릇이니, 뭔지는 몰라도 리리의 목표가 하루빨리 달성되길 바라는 수밖에 없었다.

로쉐 또한 토요일마다 편지와 선물들을 확인하며 한숨을 내쉬었다. 마음 같아서는 머리부터 발끝까지 다 가려버린 채 내보내고 싶다며 젤리에게 한탄할 정도였다.

하지만 정작 리리는 주위에서 무슨 일이 벌어지고 있는지 아무것도 모른 채 하루하루 똑같은 일상, 평화로운 시간을 보내고 있었다. 물론요 근래에는 예전보다 더 바빠졌다.

일정에는 따로 없었지만 하루 두 시간씩 무용 연습을 시작했기 때문이었다.

스킬이 생기자 집에서 혼자 춤만 춰도 숙련도가 올라갔다.

조금씩, 미약하게 올라가는 숙련도였지만 티끌 모아 태산이라고 언젠가 100%가 되면 중급 무용 스킬로 올라갈 터였다.

'중급 스킬은 매력 증가 수치가 더욱 높아지나? 아니면 다른 옵션이 더 붙을까?'

게다가 혼자서 춤을 연습해도 기품, 매력, 예술이 증가했다. 기품과 매력은 시간 대비로 보면 수업을 받을 때보다 절반 정도밖에 오르지 않았지만 그건 어느 정도 예상한 일이었다. 하지만 예술 수치는 왜 오르는 걸까.

리리는 생각지도 못한 수치 증가에 어리둥절하다가 이내 답을 찾아 냈다. 선생님이 가르쳐주는 대로만 따라 하는 것과 달리 스스로 생각하며 춤을 추니 이것도 하나의 예술로 인정하는 모양이었다. 고마울 뿐이었다.

리리는 오늘도 역시 커다란 방에서 홀로 춤을 추다가 무심코 중얼거렸다.

"혹시 늘 같은 춤을 추면 숙련도가 더디게 올라가나?"

다른 춤을 춰볼까. 리리는 곰곰이 생각하다가 원래 살던 곳의 가요를 떠올렸다.

원래 그녀는 유행하는 춤은 보고 기억해두었다가 집에서 혼자 추곤 했었다.

어차피 스트레스도 풀 겸 재미로 추는 춤이라 엉성했고, 정확하지도 않은 격한 율동에 지나지 않았지만 말이다.

결국 리리는 생각나는 대로 노래를 흥얼거리며 몸을 흔들었다.

혼자 노래방이라도 온 듯 한참을 뛰며 몸을 흔들다가, 급기야는 클럽 춤이라며 많은 사람들이 따라 추던 현란한 스텝까지 밟기 시작했다.

"오, 좋은데. 숙련도 증가하네."

우아한 미니 드레스를 입고 이리저리 폴짝폴짝 뛰어다니는 셈이었지만 아무래도 무용을 배워서 그런지 거울에 비친 모습이 생각보다 크게 이상하지는 않았다.

그렇게 흥에 겨워 더욱더 날뛰던 그녀는 언제 온 것인지 문을 연 채 그대로 얼어붙어 있는 젤리와 눈이 마주쳤다.

"제, 젤리."

흥얼거리던 노랫소리가 끊기고 방 안에는 정적이 감돌았다. 젤리는 커다랗게 뜬 황금빛 눈동자로 리리를 응시하다가 이내 어색하게 웃었다. 입꼬리가 미세하게 떨리는 것이 많이 당황한 모양이었다.

"큰소리가 나서 깜짝 놀라 무례를 저질렀네요. 검술 연습 중이셨나 보군요. 이번에는 음악과 같이 해보시는 겁니까? 괜찮은 방법 같습니다. 그럼, 수고하세요."

흥에 겨워 큰소리로 노래를 부른 것이 화근이었다. 한눈에 보기에도 횡설수설하는 것이 뻔히 보이는 젤리가 결국 급히 고개를 꾸벅 숙이며 인사를 건넨 뒤 문을 닫았다. 그때까지도 리리는 엉성한 자세 그대로 얼어있을 뿐이었다.

"거, 검술이라고?"

그 순간 확인사살이라도 하듯 시스템창이 떠올랐다.

리리는 곧 본인의 머리카락을 붙잡고 소리 없는 비명을 질러대기 시작했다.

'이런 흑역사를 제조하다니!'

창피해서 죽을 것만 같았다. 리리는 세수하듯 양손으로 얼굴을 마구 문지르기도 하고 침대 위로 올라가 이불을 뻥뻥 차기도 하며 진정하려 애썼지만 소용이 없었다. 연하라곤 하나 남자는 남자인데 이런 모습을 보이다니. 그렇지 않아도 없는 이미지가 왕창 깨진 것 같았다.

'그나마 비웃지 않아서 다행인가?'

리리는 침대 위에 벌렁 누워 멍하니 천장을 바라보다가 한숨을 내쉬며 자리에서 일어났다. 후회해봐야 돌이킬 수 있는 것도 아니고 착하디착한, 순하디순한 젤리니까 놀리거나 비웃지도 않을 것이다. 그러니 그냥 기억에서 지우자. 그리고 하던 춤 연습이나 하자.

그녀는 사뿐사뿐 가벼운 발걸음으로 최대한 여성스럽고 우아한 춤을 추기 위해 노력하기 시작했다.

07. 정의의(?) 주술소녀 리리

"확실히 매력이 높아지긴 했나 보네."

아침 준비를 하기 위해 거울 앞에 선 리리는 검푸른 색 머리카락과 눈동자를 지닌 소녀의 얼굴을 이리저리 살펴보았다. 이 몸이 된 지 4 개월이 넘었건만 여전히 낯선 모습이었다.

새하얗고 잡티 하나 없는 투명한 피부, 작은 얼굴에 비해 유난히 커다란 눈과 검은색과 남색을 넘나드는 신비로운 색상의 눈동자와 머리카락, 부드럽게 솟아오른 코, 앙증맞은 분홍빛 입술까지.

살펴보면 볼수록 예쁘다는 감탄사밖에 나오지 않는 미모였다.

처음에도 상당히 예뻤지만 그동안 매력 수치를 꾸준히 올렸기 때문인지 알게 모르게 더욱 분위기가 깊어진 느낌이었다.

확 드러나게 눈이 커진다거나 골격이 바뀌는 건 아니었지만 말 그 대로 보이지 않는 매력이 증가하는 모양이었다.

이게 나라고? 정말? 리리는 괜히 눈을 깜빡거려보고 입도 벙긋거려 보았다. 거울 속 어여쁜 소녀는 그녀가 하는 행동을 고스란히 따라 하 고 있었다. 인형이 살아 숨 쉬고 있는 것 같아 거울에서 시선을 뗄 수 가 없었다.

"내가 봐도 이 정도인데 다른 사람들은 오죽할까."

괜히 요정이라는 호칭이 붙는 것이 아니었다. 생긋 미소를 지으니 통통한 뺨과 유려한 입술선이 마치 꽃 한 송이가 화사하게 피어오르 는 듯했다. 리리는 표정을 바꿔가며 자신의 모습을 감상하다가 젤리 의 노크 소리에 정신을 차렸다.

"어우, 내가 미쳤나. 본인 얼굴에 홀리다니."

하지만 그렇게 말하면서도 거울에서 시선을 떼지 못했다. 매력이 많이 높아지긴 한 모양이었다.

'그러고 보면 젤리는 매력 수치가 얼마나 되려나. 이 몸뚱이보다 높 으면 높았지, 결코 낮지는 않을 것 같은데.'

리리는 방을 나서 젤리와 함께 주방으로 걸어가며 그의 외모를 감 상했다. 언제 봐도 아름다운 외모였다. 특히나 저 투명하고 일견 성스 러워 보이기까지 하는 눈동자에 눈물이라도 맺히면 그냥 모든 것이 그녀의 잘못 같고 마냥 죄인 같았다. 새하얀 속눈썹에 매달려 있는 눈 물은 숨이 막혀올 정도로 아름다웠고 그만큼 무서웠다. 여자든 남자 든 미인의 눈물에는 약할 수밖에 없는 모양이었다.

리리는 입술을 삐죽 내밀었다. 이제는 그녀도 젤리가 스스로의 눈물을 이용한다는 걸 알고 있었다.

'눈물을 무기로 삼다니. 약았어.'

젤리는 그녀가 불만스러운 표정으로 바라보자 당황스러운 목소리로 물었다.

"제가 무슨 잘못이라도……."

"아니야, 아무것도."

하지만 그 목소리는 여전히 뾰족해, 젤리는 놀란 듯 그녀를 바라보았다. 리리는 황금빛 눈동자가 동그랗게 커지는 것을 보고 그제야 아차 싶었다.

"아, 진짜로 아무것도 아니야."

그녀는 어색하게 웃었다. 리리 자신이 생각해도 요 근래 이상하게 감정 변화도 잦고 무언가 예민해진 듯했다.

"여자가 되려나……."

"네?"

겨우 열 살인데 벌써 사춘기가 올 때인가. 그리고 슬슬 여자가 되어가는 나이인가. 리리는 한참 예민해졌던 그 날을 떠올렸다. 아무리 자제하려고 애써봐도 까탈스러운 말이 튀어나왔고, 스스로 몰아치는 감정의 파도에 휩쓸리곤 했다.

'아무리 그래도 열 살인데 월경은 좀 아닌가.'

"아가씨."

"응?"

"지나치게 감수성이 풍부해지신 것 같습니다. 매력도 너무 높고요."

"뭐? 그게 왜?"

리리는 무심코 되물었다가 크게 한방 얻어맞은 기분이 들어 멍한 표정을 지었다. 그녀는 게임 시스템에서 벗어날 수 없었다.

즉, 수치가 균형이 맞지 않으면 상태 이상이 찾아올 수도 있다는 뜻이었다.

"성품을 가꾸는 것도 중요합니다. 대놓고 겉모습에 나타나진 않지만 상대에겐 알게 모르게 전해지니까요. 좋지 않게 보는 사람이 있을지도 모릅니다."

리리는 젤리의 조언을 들으며 고개를 끄덕였다. 중요한 사실을 잊고 있었다. 만약 이게 현실 세계에서 하던 게임이었다면 진작에 로쉐나 젤리는 「공주병」이나 「반항병」에 걸린 딸내미 때문에 골치 아파하고 있었을 터였다.

그만큼 수치의 불균형이 컸다. 하지만 이제까지 상태창이나 정보창에 별다른 변화는 없었기에 방심하고 있었다. 물론 실제로도 성격이 급격하게 바뀐 건 아니었고 기껏해야 좀 예민해졌다거나 새삼 자신의 미모를 보며 감탄하는 수준이었다.

아무리 게임 시스템에 얽매여 있어도 그녀 자체는 살아있는 사람이기 때문인 것 같았다.

리리는 상태창을 열어 수치들을 훑어보았다.

매력과 감수성이 각각 397과 105인데 반해 도덕성과 성품은 각각 33과 77이었다.

이제까지 한 수치에 올인하자는 생각도 있긴 했지만, 사실은 매력이 높아지면 겉모습이 예뻐지고 기품이 높아지면 행동이 우아해지는 것처럼 도덕성이나 성품이 높아지면 그녀의 성격 자체에 변화가 찾아올까 봐 꺼렸던 것도 한몫했다.

괜히 정의감이니 뭐니 별 도움도 되지 않는 감정에 휘둘려 골치 아파질까 봐 걱정이 앞섰기 때문이었다.

하지만 지금 와서 생각해보니 수치가 높아지면 겉으로 드러나듯, 수치가 낮으면 그 역시 영향을 끼칠 수밖에 없다는 뜻 아니던가.

'꼭 감정 변화가 아니더라도 말이지.'

예를 들어 진실성이 부족해 보인다거나, 불량해 보인다거나. 그건 신뢰감 하락으로 이어지는 요인이 될 수도 있었다. 리리는 젤리의 조언을 곱씹어 보았다.

"아, 이거 능력치 간의 격차가 벌어지면 벌어질수록 더 심해지겠지?"

"당연하지요."

"어쩌지?"

"일단 신전에서 교육을 받거나 아이들을 돌보는 일을 하면 될 것 같습니다. 아가씨께서 아직 어리셔서 일을 시켜줄지 잘 모르겠지만요."

"보육 알바는 절대 싫어. 절대. 차라리 공주병에 걸려 흑역사를 제조하는 편이 낫겠다."

그럼 남은 것은 신전인데. 리리는 신전에서 교육을 받아야 하나 잠시 고민하다가 이내 고개를 저었다.

'돈 주고 배울 필요가 뭐 있나. 알바생으로 써달라고 졸라보면 되지.'

이미 그런 식으로 다련각에서 일해본 적이 있었기에 한번 찔러나 보는 게 좋을 것 같았다. 물론 당장은 시간이 비지 않았지만 장사 스킬이 생기면 시장 아르바이트를 그만둘 생각이었다. 농장 아르바이트를 훑어보니 대략 100시간 정도를 해야 스킬이 생겨나는 것 같으니, 그럼 장사 스킬도 곧 생기지 않을까? 물론 누군가의 인정을 받아야 스킬이 생겨난다지만 이미 리리는 장사수완으로 소문이 날 정도였으니 문제는 없을 것 같았다.

어쨌든 리리는 시장 아르바이트를 그만두게 되면 신전에 가야겠다고 결심했다. 아직까지 크게 문제는 없었다지만 격차가 더 벌어지면 나중에 밤마다 이불을 뻥뻥 차게 될 흑역사를 제조하게 될지도 몰랐다. 폴짝폴짝 뛰며 춤을 추다가 걸린 것과는 차원이 다른……. 거기까지 생각이 닿자 리리는 급히 고개를 저었다.

'잊어, 잊으라고!'

어째서 부끄러운 기억은 절대 잊히지 않고 시도 때도 없이 떠오르는지. 어쨌든 리리는 새삼 조심해야겠다고 생각했다. 게임 시스템에 얽매여있다는 건 장점이 참 많았지만 불편한 점도 있었다. 나쁜 짓을 하면 성품이나 도덕성이 깎인다거나 지금처럼 수치 격차에 따른 불이익이라던가. 확실히 가벼운 문제는 아니었다.

꘏

　리리는 평소와 다름없는 나긋나긋한 몸짓으로 화사한 미소를 건네며 시장 아르바이트를 하고 있었다.

　그러다가 시장에 어울리지 않는 옷차림의 사내가 다가오는 것을 보고 더욱 공손한 태도로 그를 맞이했다. 남자는 값비싼 비단으로 만든, 그냥 보기에도 화려한 옷을 입고 있었다. 어느 귀족가에서 심부름을 보낸 모양이었다.

　리리도 한 달가량 시장에서 일하며 많은 사람들을 마주하다 보니 이제는 대충이나마 겉모습을 보고 사람들을 구분해낼 수 있었다. 여기도 돈 좀 있다 싶은 사람들은 차림새부터 달랐다. 게다가 사람은 확실히 보고 듣고 겪는 것에 많은 영향을 받는 듯, 같은 평민이라고 해도 귀족가에서 일하는 사람들은 알게 모르게 기품이 묻어나오는 경우가 많았다.

　지금 다가온 남자도 마찬가지였다. 심지어 그냥 하인이나 시종이라고 하기에는 옷차림이 화려하고 행동 또한 기품이 있어, 아마 집사 정도가 아닐까 싶을 정도였다.

시장의 요정이라는 호칭이 널리 퍼지고 입소문을 들은 손님들이 각지에서 몰려들기 시작하면서 귀족 중에도 궁금한 이들이 생긴 모양인지 이렇게 하인을 시켜서 물건을 사가기도 했다. 그래서 리리는 지금 다가오는 남자도 그중 하나일 거라고 생각했다.

그는 다가오자마자 가장 가까이에 있는 팔찌를 들어 올리더니 계산을 부탁했다.

"이걸 주게."

물건을 제대로 보는 것 같지도 않았기에 리리는 잠시 어리둥절했지만, 곧 늘 그렇듯 우아하고 예의 바르게 대답했다.

"네, 2실버입니다."

리리는 남자가 건네주는 돈을 받으려다 그의 손에 들려있는 종이를 보고 멈칫했다.

'편지?'

남자는 돈과 함께 하얀 봉투를 들고 있었다. 리리는 의아한 표정으로 그를 한 번 올려다보고는 돈과 봉투를 받았다. 시장일을 하면서 처음 겪어보는 일이었다.

'이 남자는 심부름꾼 같으니까……. 누가 편지를 보낸 걸까?.'

리리는 손에 들린 봉투를 이리저리 살펴보았지만 특이한 모양의 직인 하나만 찍혀 있을 뿐, 아무것도 적혀 있지 않았다. 이게 말로만 듣던 러브레터인가. 어느 귀한 집 자제분이 상사병에라도 걸리셨나.

사실 자신이 봐도 갈수록 화사해지는 미모인데도 호감을 드러내는 남자가 없어 내심 속상하던 터였다.

아무리 열 살이라고 해도 또래 소년들이라도 좋아해서 쫓아다닐만한데 말이다.

기껏해야 수련장에서 귀여운 동생을 바라보는 듯한 시선만 받으니 거울을 볼 때 느끼는 것만큼 예쁜 게 아닌가, 다른 사람들 눈에는 조금 귀여울 뿐인 외모인가 하고 고민을 하기도 했다.

결국 요즘엔 이것도 매력이 높아서 나타나는 일종의 공주병 증상인 것 같다는 생각에 일부러 무시하려고 애썼는데, 이렇게 편지를 받게 되니 기분이 붕 뜨는 건 어쩔 수가 없었다.

"글은 읽을 줄 알겠지. 시간과 장소가 적혀있다. 반드시 오도록."

"초대장인가요?"

'시간과 장소가 적혀있다니, 꼭 한번 만나보고 싶습니다. 뭐, 이런 건가. 재력 자랑도 할 겸.'

하지만 그녀의 물음에 남자는 대답 대신 어이없다는 듯 비틀린 미소를 지었다. 리리는 그 남자의 미소를 보고 온몸의 털이 쭈뼛 서는 기분을 느꼈다.

"웃기는군. 시장에서 일하는 점원 주제에. 하지만 소문대로 반반하긴 하군. 나이가 어려 아쉬울 정도야. 크면 쓸만하겠어."

리리는 상품을 평가하듯이 위아래로 훑어보며 내뱉는 남자의 말에 얼어붙었다.

이 세계에서 이렇게 노골적인 시선은 처음이었기 때문이다. 게다가 이게 열 살 남짓한 어린 소녀에게 할만한 대사던가. 겉만 보면 이만한 딸이 하나 있을 법한데 저런 시선이라니.

"너 같은 계집은 꿈도 꾸지 못했을 행운이 주어진 거다. 몇 년은 일해야 벌 수 있는 큰돈을 받게 될 테니. 쯧, 몸뚱이 하나로 인생을 바꿀 수 있다니 세상 참 편하게 사는군. 어쨌든 최대한 깨끗하게 단장을 한 뒤 오도록. 이 시장에서 계속 일하고 싶다면 반드시 오는 것이 좋을 거야."

남자는 다른 사람들에게는 들리지 않을 정도로 가까이 다가와 작은 목소리로 속삭이다가 입맛을 다시며 떨어졌다. 그는 할 말은 마쳤다는 듯 리리를 훑어보다 등을 돌렸다.

그녀의 손에 들린 편지봉투가 눈에 띄게 떨렸다. 당황이 가라앉자 곧 격한 분노가 치밀어 올라 표정관리조차 할 수가 없었다.

'누구지? 어떤 미친놈이 열 살짜리 어린 소녀를 눈독 들여 이딴 짓을 저지르는 거야?'

더구나 남자의 태도를 보아하니 한두 번 해본 일이 아닌 듯했다. 리리는 남자의 멀어지는 뒷모습을 가만히 바라보며 거친 숨을 몰아쉬다가 손에 들려 있던 봉투를 사정없이 구겼다.

'오냐, 가주지. 최대한 단장한 뒤 찾아가줄 테니 기다리거라. 그 잘난 면상 한번 구경해보자.'

돈이면 뭐든지 살 수 있다고 착각하는 부류들. 아니, 힘이 없는 사람들을 그 어떤 양심의 가책 하나 없이 깔아뭉갤 수 있는 족속들. 아마 리리가 편지에 쓰여 있는 장소에 가지 않는다면 억지로라도 끌고 갈 생각이리라.

남자가 보이지 않을 정도로 멀리 떨어지고 나서야 주위 사람들이 급히 다가와 걱정스러운 목소리로 말했다.

"괘, 괜찮아? 세상에. 이게 또 무슨 일이래."

"한동안 잠잠하다 했어! 예쁘장한 소녀만 보면 환장해서는……."

"설마 이렇게 유명한 소녀까지 손대려고 할 줄은 몰랐는데 말이야!"

아무래도 이런 일이 비일비재하게 일어났던 모양이었다. 리리는 주위를 둘러싸고 있는 사람들을 훑으며 물었다.

"누가 보냈는지 아세요?"

"알다마다! 거기 찍혀있는 인장 있지? 그게 히로크 상단의 표식이야."

"히로크 상단이요?"

들어본 적이 있었다. 센테르는 워낙 넓었고 각 지역마다 특징이 크게 나뉘었기에 대륙을 휘어잡는 대표 상단인 「아센 상단」 외에도 많은 상단이 자리 잡고 있었다. 그리고 그중에서도 「히로크 상단」은 제법 손에 꼽혔다. 그 상단주가 바로 리리에게 편지를 보낸 사람인 안시오 히로크 남작이라는 말이었다.

"상인으로 시작해 남작 자리까지 올라선 사람이라지, 아마?"

"쉿! 무슨 좋은 얘기라고 떠들어!"

"요 입방정이 문제야, 요 입방정이!"

쉽지 않은 일이기는 하나 돈이 많은 사람 중에는 입에 풀칠하기도 어려운 귀족에게서 작위를 사기도 하는 모양이었다. 하지만 공공연하게 벌어지는 일은 아니어서 만약 떠들다 들키면 경을 친다고 했다.

"아이고, 어쩌면 좋아. 한번 눈독 들이면 수단과 방법을 가리지 않는다는데."

"그러니까! 싱싱 청과도 그놈 때문에 문을 닫았잖아?"

"그런 일을 겪었는데 아무렇지 않으면 사람이 아니지! 억장이 무너질 수밖에!"

여기저기서 탄식이 터져 나오고 있었다. 리리에게 초대장을 건네준 하인의 태도를 보아하니 어떤 일인지 대략 짐작은 갔지만, 생각보다도 시장 내에서 이런 일을 겪은 아이가 훨씬 많은 모양이었다. 나오는 이야기를 대강 정리해보니 히로크 남작은 소아성애자인 것으로도 모자라 온갖 변태적인 행동을 하기로 악명이 자자한 놈이었다.

"리리, 내일부터는 시장에 나오지 말거라. 응?"

"맞아! 너 그러다가 큰일 나!"

리리는 시장 사람들의 모습에 감동을 받았다. 고작 아르바이트생일 뿐인 소녀 하나를 이렇게까지 걱정해주다니. 게다가 페니 부인은 돈을 챙겨 건네주기까지 했다.

"네 덕분에 돈도 많이 벌었으니 이 정도는 챙겨줄 수 있어. 일단 이걸로 다음 일자리 구할 때까진 버틸 수 있을 거야. 아이고, 이렇게 어린 소녀를 탐내다니, 어쩌면 좋나."

"당분간 시장엔 얼씬도 하지 마! 알겠지?"

심지어 눈물까지 글썽이는 점원도 있었다.

"미안하구나, 도움이 못돼서."

힘이 있고 돈이 있는 사람은 잘못을 저질러도 당당한 반면 그렇지 못한 사람은 잘못이 없어도 고개를 숙이며 사과를 한다. 웃긴 일이었다. 어째서 돈과 권력이 면죄부가 되나.

이곳은 계급 사회였기에 더욱 심할 것이다.

'그렇다면 그 면죄부, 나도 써주지.'

그녀가 만약 실제로 열 살 먹은 어린 소녀였다면 이런 일을 겪고 평정을 유지할 수 있을 리가 없었다. 하지만 그녀의 실제 나이 스물네 살이었다. 무섭다기보다는 이런 짐승만도 못한 놈이 있다는 사실에 분노했다.

그녀의 얼굴에 싸늘한 미소가 떠올랐다. 어딜 가나 분리수거조차 되지 않는 쓰레기들이 꼭 있는 모양이었다.

'그 쓰레기, 내가 처리해주지.'

이 세계의 리리는 그럴 수 있는 힘이 분명 있었다. 히로크 남작은 자신보다 높은 사람에게 손을 뻗어온 것이다.

리리는 마구잡이로 구겨진 봉투를 노려보다 이내 편지를 꺼냈다. 아이린의 일과는 종류가 달랐다. 이번에는 결코, 그냥 넘어갈 생각은 눈곱만큼도 없었다.

리리는 저녁 식사 후 방안에 가만히 앉아 때를 기다렸다.

봉투에 나온 편지에는 뻔하게도 어둑한 밤이 세상을 뒤덮는 시간이 적혀 있었기 때문이었다. 시간이 되자 리리는 이동 주술을 썼다. 일단 익숙한 광장으로 이동해 약속 장소까지 걸어갈 생각이었다.

'실제로 사용해보는 것은 처음인데 되게 간단하네.'

광장에 도착한 리리는 편리한 주술 능력에 새삼 감탄했다. 성력 덕분에 별다른 매개체 없이도 이동할 수 있었다. 아마 젤리는 리리가 바깥에 나온 지도 모를 터였다.

물론 다른 주술사들이 보았다면 발칵 뒤집혔을만한 일이었다. 열 살 남짓 어린 소녀가 부적이나 주술진의 도움 없이 꽤 먼 거리를 이동했으니 말이다. 리리야 젤리가 손쉽게 멀리도 이동시켜주니 이게 대단한 건지도 전혀 몰랐다.

"어둡네."

이 세계에 온 뒤 밤거리는 처음 나와 보는 터라 기분이 묘했다. 그녀가 이동해온 광장은 황궁과 가까워서인지 주술이 걸린 등이 곳곳에 있어 그다지 어둡다는 것을 느끼지 못했지만, 조금 더 걸어가니 달빛만 희미하게 비춰 간신히 윤곽만이 보일 뿐 온 사방이 어둠에 휩싸였다. 그 안을 걷자 마치 어둠 속으로 빨려 들어가는 것 같았다.

하지만 그녀가 누구인가. 혼자 있는 것이 익숙하고 늘 스스로의 힘으로 모든 걸 해내 왔으며 심지어는 사람의 발길이 끊겼다는 동쪽 섬 새디아에 갔다 오기까지 하지 않았던가. 그녀는 등 하나 들지 않은 채 씩씩하게 걸어갔다.

"오늘은 달도 어둡네."

리리는 무심코 하늘을 올려다보았다가 얇아진 달을 보고 중얼거렸다. 유난히 까만 밤이다 했더니 달빛이 적어서 더욱 그랬던 모양이었다. 하지만 그 옆에 별들은 그야말로 쏟아질 것 같아, 리리는 감탄을 내뱉었다. 이렇게 많은 별을 보는 건 난생처음이었다.

"공기가 얼마나 맑으면 하늘 전체가 별로 가득할까."

한동안 밤하늘을 감상하던 그녀는 늘 보던 달 옆에 불그스름하게 빛을 내고 있는 뭔가를 보고 걸음을 멈췄다.

"별인가? 아니면 달?"

크기가 달의 4분의 1 정도라 별이라 하기엔 컸고 달이라 하기에도 애매했다. 마치 반달 같은 모양새였는데, 붉은빛을 내고 있었다. 그녀는 왜 지금껏 보지 못했는지 고개를 갸우뚱하다 밤하늘을 볼 때마다 거의 보름달이었다는 사실을 기억해냈다.

달 바로 옆에 있으니 빛에 묻혀 제대로 보이지 않았던 것 같았다. 저게 뭔지 궁금하긴 했지만, 당장 알아볼 길이 없으니 일단 미뤄두기로 했다.

리리는 발걸음을 재촉해 목표한 곳에 도착했다. 초대장에 적혀있던 장소는 보통은 아무것도 없는 텅 빈 공터였는데, 지금은 거기에 작은 마차 한 대가 덩그러니 서 있었다. 유난히 어두운 밤이어서 그런지 스산한 분위기를 자아내고 있었다.

'어디로 또 이동하려는 건가? 봉투에 떡하니 인장을 찍어 보냈으니 딱히 신분을 가릴 생각은 없어 보이고……. 오히려 그 신분을 이용해 협박하는 느낌이었지. 시장 내에서도 유명했고 말이야.'

그녀가 마차로 다가가자 문이 열렸다. 그 안에는 그녀에게 편지를 건네주었던 남자가 타고 있었다. 리리는 남자의 얼굴에 걸려 있는 역겨운 웃음에 욕지기가 치밀어 올랐지만 간신히 삼킨 뒤 마차에 올라탔다.

처음 타보는 마차였지만 생각보다 편했다.

진동이나 소음도 거의 없었고 푹신하니 아늑했다. 만약 이런 일로 탄 것이 아니었다면 만족스러운 미소를 지은 채 잠시 눈을 붙였을 것 같았다. 하지만 리리는 건너편에 앉아 의미 모를 웃음을 짓고 있는 남자 때문에 심기가 불편했다. 그래서 저도 모르게 툭 쏘듯이 쏘아붙였다.

"이런 일이 자주 있나 봐. 되게 익숙해 보이시네."

"벌써 기고만장해진 모양이군. 몸뚱이 하나 잘난 주제에 뭐라도 된 것처럼 착각한 모양인데 상황 파악 좀 하지그래? 닥치고 얌전히 있는 것이 좋을 거다."

"그쪽이야말로 상황 파악이 안 되는 것 같네. 뭐 어쩔 건데? 때릴 거야? 죽일 거야? 그쪽이 모시는 주인님께서 참으로 기뻐하시겠습니다."

"가, 감히!"

"아, 뭐요. 죽여요, 죽여. 그쪽도 딱 보니까 기껏 평민 같구만 뭘 믿고 그리 설치는데요? 지가 귀족이라도 되는 줄 아나 보지, 기가 막혀서. 너나 나나 비슷한 처지라, 이 말이에요. 뭐 좋은 일 한다고⋯⋯. 자부심 쩌네, 진짜."

남자는 주먹을 꽉 쥔 채 분노로 파들파들 떨고 있었지만 그게 끝이었다. 그녀의 예상대로 주인님이 마음에 들어 하는 여자에게 손댈 수 있을 만큼 힘이 있거나 간이 크지는 않은 모양이었다.

'어이구, 그렇게 노려보면 어찌할 건데. 눈알 튀어나오겠네.'

새하얗게 질린 얼굴로 살벌하게 노려보는 남자의 모습을 보니 조금이나마 통쾌해졌다. 리리는 가볍게 웃으며 의자에 등을 기댔다. 푹신하니 기분이 좋았다.

'아마 속으로는 엄청 벼르고 있을 거다. 고작 하룻밤 짜리 계집아이가 주제 모르고 기세등등하다고 콧방귀를 뀌고 있겠지.'

그 상태로 얼마나 갔을까. 목적지에 도착했는지 마차가 멈추어 섰다. 그다지 먼 거리는 아닌 듯했다. 그녀는 내심 다행이라고 생각했다. 멀면 집으로 돌아갈 때 고생할지도 모르니까.

마차에서 내리려는데 그 남자가 무언가를 건넸다. 안대였다. 그녀는 기가 막혀 실소를 흘리고 말았다.

'들키면 곤란한 장소인가 보지?'

남자는 리리의 웃음에 남자가 발끈했다. 하지만 순순히 안대를 쓰는 모습에 성질을 꾹 눌러 참았다. 다른 계집들과 다르게 반항 없이 찾아와 일을 귀찮게 만들지 않았으니 이 정도는 애교로 봐줄 만했다. 어차피 그는 그저 주인님이 선택한 계집을 데려다 바치기만 하면 됐다. 그게 몇 살이건, 어디 사는 누구건, 어떤 성깔을 지녔든 신경 쓸 입장이 아니었다. 어차피 이 계집은 오늘 밤 성한 모습으로 돌아가긴 힘들 것이니 건방진 것도 지금뿐이었다.

리리는 마차에서 내려 그를 따라 걸음을 옮겼다. 눈을 가리고 걸으려니 답답하고 어색해 비틀거리긴 했지만 생각보다 잘 따라갔다. 느끼지 못한 사이 그녀의 오감이 많이 발달한 모양인지 남자가 이끄는 곳으로 따라가는 것 정도는 아무 문제가 없었다.

리리는 신경을 바짝 곤두세우고는 보이지 않는 주변을 살폈다. 처음엔 마차에서 내려 어느 건물로 들어가는 것 같더니 이내 긴 복도 같은 곳이 이어졌다. 복도의 공기는 차분하게 가라앉아 있었고 약간 묘한 향이 났다.

'아무 소리도 들리지 않네. 비어 있는 별장인가? 아니면 취미 생활을 마음껏 즐기기 위해 따로 마련한 장소인가.'

만약 아무도 없는 장소라면 그녀에겐 더할 나위 없이 잘 된 일이었다.

남자는 묘한 냄새가 점점 진해질 때쯤 멈추어 섰다. 그리고 방문을 여는 소리가 나더니 데려왔다는 말과 함께 리리의 몸이 앞으로 확 밀렸다. 동시에 안대가 벗겨졌다.

리리가 갑작스러운 빛에 적응하기 위해 눈을 깜빡거리는 동안 탁, 문이 닫혔고 밖에서 문을 잠그는 소리가 났다. 정신을 차려보니 리리는 어느 방 안에 있었고, 바로 뒤에 문이 굳게 닫혀있었다. 아무래도 남자가 그녀를 이 안으로 밀어 넣고 방문을 잠근 모양이었다. 그리고 방 안에는 그녀 혼자 있는 것이 아니었다.

"호오. 가까이서 보니 더욱 괜찮군. 보기 드문 물건이야. 어디서 갑자기 이런 게 튀어나왔지? 오랜만에 즐거운 시간을 보낼 수 있겠는걸."

리리는 가까이 다가온 남자를 보고 인상을 팍 구겼다. 자신을 물건 취급하는 태도도 마음에 들지 않았지만, 그보다 더 기가 막히는 것은……

"아놔. 진짜 돌아버리겠네. 딸뻘도 아니고, 손녀뻘이라니."

그 남자의 나이였다. 딱 봐도 50세에서 60세는 되어 보이는 남자가 겨우 열 살 먹은 여자아이를 즐기자고 데리고 온 것이다.

"그게 무슨 예의 없는 소리냐! 내가 누군지 아느냐!"

리리는 대답할 가치를 느끼지 못했다. 대신 인상을 찌푸리며 어슴푸레한 방 안을 둘러보았다. 순간 리리의 몸이 굳었다. 그 반응에 남자는 다시 기분이 좋아진 모양이었다. 그는 음침한 웃음을 흘렸다.

"겁을 먹었나 보군. 그래, 더욱 무서워하도록 해라. 겁에 질려 애원하는 모습이 가장 사랑스럽거든."

"……냐."

"뭐라고 했지?"

"미쳤냐고. 야, 이 아청법에 걸려 은팔찌차고 잡혀 들어가 손톱깎이로 조금씩 뜯어죽일 놈아. 이런 식으로 몇 명이나 건드렸냐? 와, 나……. 진짜 상종 못 할 놈이네. 이런 놈이 정말로 존재하는구나. 이런 건 그냥 영화나 소설 속에나 나오는 얘긴 줄만 알았는데. 와, 멘붕."

방 안은 그야말로 끔찍했다. 차마 눈에 담기도 싫은 변태적인 물건들로 가득 채워져 있었기 때문이었다. 그녀의 실제 스물네 살. 알만한 것은 다 아는 나이였지만, 아니 오히려 더 잘 알았기에 화가 났다.

"뭐, 뭐라? 지금 뭐라고?"

남자 또한 붉으락푸르락하며 화를 냈다.

"이, 이것이 미쳤나!"

"야, 미친 건 너야! 진짜 기가 막혀서 말이 안 나오네. 너 내가 몇 살인 줄 아냐? 열 살이야, 열 살. 니 손자들 또래라고, 이 십세 같은 아저씨야. 여긴 18세부터 성인으로 치지? 열여덟 살짜리한테 해도 범죄라고 할 판에 뭐? 꿈도 꾸지 못했을 행운? 아오, 이 십팔세 같은 놈들. 분리수거도 안 되는 쓰레기 같으니라고."

더 이상 말해봐야 입만 아플 듯했다. 리리는 아이템창에서 부적을 꺼내 들었다.

대략의 이야기는 듣고 왔지만, 이 방 안의 물건들을 보니 아이들은 생각보다도 훨씬 더 끔찍한 일을 당한 것 같았다.

그녀가 부적을 꺼내 들자 남자는 일이 이상하게 돌아간다는 것을 느낀 것인지 잠시 주춤하다가 버럭 소리를 질렀다.

"네가 뭘 모르는 모양이구나! 나는 안시오 히로크 남작이다! 네까짓 게 함부로 할 수 없는 귀족이란 말이다!"

리리는 시키지도 않은 자기소개에 비웃음을 흘렸다.

"어이구, 잘나셨습니다. 난 또 공작 나으리나 황제느님 정도는 되는 줄 알았습니다. 안시오 히로크 남자악? 어디서 남작 따위가 깝쳐, 깝치기는. 야, 너 죽었다고 세 번 복창해라."

리리는 왜 이렇게 남작들과 인연이 많은지 모르겠다고 생각하며 부적을 날렸다.

리리가 던진 부적이 일정한 배열로 벽에 붙으며 거대한 뱀과 비슷한 밧줄들이 튀어나와 그를 감쌌다. 부적에 걸려 있는 주술은 두 가지였다. 하나는 소리를 흡수하는 주술, 또 하나는 구속 주술이었다.

그는 자신의 몸을 꽁꽁 묶는 밧줄 뱀에 비명을 지르며 발버둥을 쳤지만 소용이 없었다. 그녀는 남작의 모습을 바라보며 아이템창에서 혹시나 해서 준비해온 몽둥이를 꺼내 들었다. 성인 남자의 팔뚝만한 그 몽둥이는 단단함은 말할 것도 없고 어찌나 묵직한지 휘두르면 붕붕하는 바람 소리가 들릴 정도였다. 개만도 못한 남자를 때려주기에는 딱 좋았다.

"무, 무슨 짓을 하려고!"

리리는 새하얗게 질린 남작을 내려다보며 씩 웃어준 뒤 시원하게 몽둥이를 휘두르기 시작했다. 남작은 밧줄로 묶여있었기에 고통스러운 비명을 지르며 몸을 비트는 것이 고작이었다. 방 안에서는 한동안 둔탁한 매타작 소리만 쉼 없이 울려 퍼졌다. 남작에게서 시퍼렇게 멍이 들고 살이 터져 피가 나왔지만 리리는 아랑곳하지 않았다. 그래도 혹시나 죽을까봐 머리나 급소는 피했다. 이자에게 당한 소녀들은 죽는 것보다 더한 고통을 받았을 텐데 이렇게 금방, 그리고 이렇게 편하게 죽여줄 수는 없는 일이었다.

"죽어, 죽어, 이 새키야."

벽에 붙인 소리 흡수 주술 부적 때문에 바깥에서는 아무런 소리도 들리지 않을 터였다. 그만하라고 외치는 남작의 울부짖음을 들어줄 사람도, 도와줄 사람도 없는 것이다.

그는 그저 신 나게 매타작을 당할 수밖에 없었다.

"그, 그만! 살려줘! 그만하라고!"

리리는 그렇게 한참을 때리다가 헉헉거리며 손을 멈췄다. 순간적인 분을 못 이겨 두꺼운 몽둥이로 고기를 다지듯 때렸지만 역시 이런 방법은 그녀에게 익숙하지 않았다. 손으로 전해지는 감촉도 기분 나빴고 이렇게 사람을 때리는 건 처음이었기에 찝찝하기도 했다. 무엇보다 남작의 죄가 어떤 건데, 고작 이런 단순한 고통으로 끝낼 수는 없었다. 그렇다고 죽일 수도 없고. 하지만 분명하게 알고 있는 사실이 하나 있었다. 이런 일을 벌이고 있는 남자와 마주한 이상 절대 곱게 끝내지 않을 것이라는 점이었다. 두 번 다시 이딴 짓을 할 생각조차 들지 않게 뼛속 깊이 새겨줄 생각이었다.

리리는 거칠어진 호흡을 정리하며 아이템창에서 부적 몇 개를 더 꺼내 들었다. 그리고 온몸이 시퍼렇게 멍든 채로 바들거리는 남작에게 붙인 뒤 주문을 외웠다.

"더러운 놈을 정화할 수 있기를."

새하얀 빛이 방 안을 가득 채우자 그녀는 한숨을 내쉬며 침대에 걸터앉았다. 남작을 어떻게 처리할지 좀 쉬면서 생각해보기 위해서였다. 하지만 곧 앞에 펼쳐진 광경에 할 말을 잃어버리고 말았다.

"으, 으아아악! 끄아악! 살려줘! 그만둬! 꺼억, 크으윽. 제발, 제발. 으아아악!"

새하얀 빛에 둘러싸인 남작은 괴로워 미치겠다는 듯 온몸을 비틀며 비명을 질러대고 있었다.

'이, 이게 어떻게 된 일이지.'

그저 더러운 놈이니 조금이라도 더 깨끗해지라는 의미에서 별생각 없이 정화 주술을 쓴 것뿐이었다. 혹시 괴로운 척해서 조금이나마 리리의 매타작을 피하려는 엄살이 아닐까도 했지만, 그는 정말로 미친 듯이 고통스러워하고 있었다. 벽을 긁어대던 손톱들은 이미 모두 부러지고 뽑혀 피투성이가 되어 있었고 입술을 사정없이 깨물어 피가 흐르는 등 보는 것만으로도 같이 고통스러워지는 기분이었다.

"제, 제발 이제 그만! 잘못했습니다. 차, 차라리 죽여주세요! 제발!"

그는 그야말로 눈물 콧물 다 뽑으며 펑펑 울며 비명을 질렀다. 겁에 질려 있는 시선이 허공을 맴돌았고 입에서는 차라리 죽여달라는 하소연과 신음, 비명이 흘러나왔다. 팔과 다리 역시 누구를 향한 건지는 몰라도 필사적으로 반항하고 있었다. 중간중간 그가 내뱉는 말들을 해석해보니 아무래도……

"자기가 했던 일들을 고스란히 당하고 있는 모양이네."

딱 봐도 성범죄를 꽤나 저지르고 다닌 것 같은데 그걸 고스란히 당하려니 미칠 것 같으리라.

그제야 리리는 정화가 일종의 정신계열 주술이 될 수 있을지도 모른다는 사실을 떠올렸다.

정화. 불순하거나 더러운 것을 깨끗이 하는 것.

사실 이제까지 그녀는 정화 주술을 대수롭지 않게 생각해왔다. 기껏해야 오염된 물을 정화시키거나 더러운 것을 깨끗하게 만들지 않겠나 싶었다.

하지만 지금 앞에서 펼쳐진 광경을 보니 단순히 그뿐만이 아니라, 인간에게 사용하면 아예 그 정신을 정화해주는 모양이었다. 그리고 정신에 영향을 미치는 건 정신계열 주술에 속했다.

'그럼 지은 죄가 많으면 많을수록 더 괴롭겠네.'

정신계열 주술은 사용하기도 어렵지만 걸리는 사람에 따라 모두 다르게 나타난다는 특징이 있었다. 공포 주술에 걸리면 그 사람이 가장 무서워하는 존재가 나타난다. 그건 상상의 괴물이나 귀신일 수도 있고 실제로 있는 커다란 개일 수도 있다. 반대로 말하자면 그 사람이 무서운 게 없다면 주술은 효과가 없다. 그럼 정화 주술을 사람에게 쓰면 죄를 얼마나 지었나에 따라, 즉 업보에 따라 효과가 달라질 거라는 말이었다.

리리는 남작이 확실히 어떤 일을 당하고 있는 건지는 알 수 없었지만 어쨌든 그가 괴로워하는 모습을 보니 속이 다 시원해졌다.

"설마 죄인에게 심판을 내릴 수가 있을 줄이야. 어디 한번 그대로 당해봐라. 남의 눈에서 피눈물 뽑았으니 넌 피를 토해야지, 이 자식아."

자기가 해왔던 짓을 고스란히 당하다니 그것만큼 통쾌한 복수가 어디 있을까. 도대체 무슨 짓을 하고 산 거야? 리리는 남작이 아무리 괴로워하는 모습을 봐도 동정심이나 미안함은커녕 욕지기가 치밀어 올랐다.

리리는 남작에게서 시선을 떼고 눈앞에 떠 있는 상태창을 바라보았다. 새디아에서 봤던 것처럼 변한 상태창이 떠올라 있었다. 인간에게 주술을 사용했더니 「전투」로 인식한 모양이었지만 남작의 상태창은 보이지 않았다.

'역시 게임 시스템은 나에게만 적용되는 건가.'

리리는 상태창을 살펴보다가 한숨을 내쉬었다. 고작 소리 흡수 주술 하나 사용했다고 주술력이 쭉 닳아 있었다. 하지만 성력만큼은 남작이 저토록 괴로워하는데 변동조차 없었다.

배운 지 얼마 되지 않아 자유자재로 능력을 사용하기가 어려웠고 부적의 도움을 받아야만 하는데도 이 정도의 효과라니. 대체 이 능력은 뭔지 이해할 수가 없었다.

뭐가 됐든 그녀는 자신이 악당들을 혼내주는 만화 속의 마법 소녀가 된 기분이 들어서 속은 시원했다.

시간이 얼마나 흘렀을까. 차츰차츰 남자의 비명이 잦아들었다.

'벌써 끝이야?'

사실 남작이 고통을 겪은 시간은 꽤 길었지만 리리는 자동적으로 그 생각부터 들었다. 그녀는 인상을 쓰며 앉아있던 침대에서 일어나 남작에게로 다가갔다.

"이제 좀 살만하냐? 이 씹어 먹어도 시원치 않을 놈 같으니라고. 네 녀석이 고통을 주었던 아이들은 평생 아픔을 품고 살 텐데, 넌 벌써 끝이야? 마음 같아서는 며칠, 아니 몇 달을 내내 그렇게 만들어 주고 싶네."

하지만 가까이 다가간 리리는 남작의 모습에 놀랐다. 그는 급격히 늙어 있었다. 심지어 포동포동 올라있던 살들까지 쭉 빠져 반시체와 다름없어 보였다. 단순히 온몸이 눈물 콧물이나 피와 땀으로 절여져 있기 때문만은 아니었다.

한두 시간이 아니라 몇 년은 흐른 것 같은 모습이었다.

리리는 일단 남자를 풀어주었다. 바닥에 떨어진 남자는 비틀거리는 몸을 간신히 추스르며 그녀의 발밑에 엎드렸다.

"제가, 제가 잘못했습니다. 제발 용서해주십시오. 제가 미쳤었나 봅니다. 감히 성녀님을 알아보지 못하고 큰 죄를 저지를 뻔했으니⋯⋯."

그는 눈물을 펑펑 쏟아내며 양손을 모아 싹싹 빌었다.

"아, 뭐래. 성녀니 뭐니 그딴 호칭으로 부르지 마. 난 그저 주술사일 뿐이니까."

남작은 정말 미치기 일보 직전이었다. 괴로웠다. 그는 빛 속에 갇혀 몇 년 동안이나 자신이 행한 짓을 당하고 또 당했다. 지옥에 몇십, 몇백 번은 들락거린 것 같았다.

무엇보다 자신이 얼마나 끔찍한 짓을 해온 것인지 뼈저리게 깨닫는 바람에 도저히 정신을 차릴 수가 없었다. 눈물이 쉴 새 없이 흘러나와 바닥을 적셨다.

"죄송합니다. 정말 죄송합니다."

그는 앞에 있는 소녀가 성녀가 틀림없다고 생각했다. 그게 아니라면 신의 대리인이나 죄인을 데려가기 위해 지옥에서 찾아온 사자일 터였다.

들어본 적도 없는 주술을 겨우 이렇게 어린 소녀가 사용하다니.

게다가 행동이나 말투 역시 절대 어린 소녀의 것이 아니었다. 히로크 남작은 눈앞의 소녀가 자신의 죄를 깨닫게 해주기 위해 찾아온 것이 틀림없다고 생각하며 고개를 조아렸다.

"성녀님 덕분에 제 죄를 깨달았습니다. 제가 그동안 얼마나 잘못 살아왔는지, 얼마나 많은 이들에게 고통을 안겨주었는지 조금이나마 알게 되었습니다. 시간을 되돌릴 수만 있다면 다시 처음부터 시작할 텐데요. 하지만 이미 벌어진 일은 돌이킬 수가 없으니 제가 할 수 있는 마지막 선택은 이거뿐이군요."

그 말과 함께 히로크 남작은 덜덜 떨리는 손으로 품속을 뒤적거렸다. 곧이어 꺼낸 손에는 작은 단검 하나가 들려 있었다. 리리는 혹시 공격을 하려나 싶어 부적을 꺼내 들었지만 정작 그 검이 향한 곳은 그의 심장 부근이었다.

"제 목숨 하나로는 이 많은 죄를 갚을 수가 없겠지만 부디 거두어주셨으면 좋겠습니다. 짐승이었던 저를 가르쳐 사람답게 죽을 수 있도록 만들어주셔서 정말 감사합니다."

히로크 남작은 진심으로 감사하다는 듯 눈물을 뚝뚝 흘리며 웃었다. 그러곤 손에 힘을 주어 자신의 가슴에 검을 꽂으려고 했다. 리리는 이게 어떻게 돌아가는 일인지 알 수 없어 멍하니 바라보다가 서둘러 부적을 날렸다. 뱀처럼 늘어진 밧줄이 히로크 남작의 몸을 휘감았다. 그가 놓친 검이 바닥에 떨어지며 소리를 냈다.

"무슨 짓이야!"

"서, 성녀님. 역시 이렇게 더러운 목숨은 거두어주실 생각이 없으신 겁니까?"

히로크 남작은 숫제 오열을 하기 시작했다. 리리는 당혹스러움을 감추지 못했다.

이건 변한 정도가 아니라 아예 사람 자체가 달라진 것 같았다.

큰 고통을 당했으니 리리를 원망하거나 아니면 두려움에 질려 살려 달라고 외쳐야 정상인데 오히려 죄를 알려줘서 고맙다고 인사를 하며 스스로 목숨을 끊으려 하다니. 리리는 바닥에 엎드려 울고 있는 남작을 보며 이 일을 어떻게 해야 하나 고민했다.

"분명히 말했지만 난 성녀가 아니라 주술사야. 그리고 이렇게 간단히 죽으면 안 되지."

그 말에 남작이 눈물이 가득한 얼굴로 고개를 들었다. 하, 내가 어쩌다가. 리리는 속으로 한숨을 푹 쉬었다.

"이제부터 내가 하는 말 잘 듣도록 해. 기회를 주도록 하겠어. 그동안 지은 죄가 많아 보이니 벌을 받아야지."

"핫, 죗값을 치를 기회를 주시는 겁니까? 감사합니다! 정말 감사합니다! 무엇이든 하겠습니다! 무엇이든 말씀하십시오!"

원래 리리는 딱 죽지 않을 만큼 고통을 안겨준 다음 로쉐에게 부탁해 아예 무너트릴 생각이었다. 하지만 이렇게 된 이상 죄를 뉘우치며 살게 두는 편이 더 나을 것 같았다.

'이대로 두면 그냥 자살해버릴 거야. 아, 내가 어쩌다가 이리 되었누.'

그녀는 생각을 정리하며 여전히 바싹 엎드려 있는 남자를 내려다보았다.

"일단, 너는 너 때문에 고통스러웠던 피해자들을 위해 살아가도록 해."

"네?"

어차피 이 남자가 여기서 죽거나 처벌을 받는다고 해서 피해자의 아픔이 없어지는 건 아니었다. 그러니 이왕이면 남작이 자신이 괴롭혔던 이들을 찾아다니며 어떤 방법으로든 보상을 해주는 편이 나을 것 같았다. 만약 이 모습이 그저 상황을 벗어나기 위해 연기하는 거라면, 그래서 전혀 변한 것 없이 똑같이 살아간다면 그때 가서 깔끔하게 정리를 해주면 될 터였다.

"평생을 다 바쳐서라도 그들에게 빌어. 물론 용서해주지 않겠지만, 그것 또한 네 업보겠지. 그들에게 보상도 해주고! 그렇다고 돈으로 얼렁뚱땅 때울 생각은 추호도 하지 말고!"

"네, 넷!"

"앞으로 죗값을 치르면서 똑바로 살아가도록 해."

"알겠습니다!"

리리는 바들바들 떨며 연신 고개를 주억거리는 남자를 내려다보다가 몸을 일으켰다. 이제 그만 돌아가는 편이 좋을 듯싶었다. 리리는 바로 이동 주술을 사용하려다 문득 생각난 게 있어 입을 열었다.

"그리고 날 여기로 데려온 그 하인 말이야. 걔도 벌을 받아야 하지 않겠어?"

주인 잘못 만난 게 죄라면 죄였지만 그보다도 하인의 태도 자체가 마음에 들지 않았다. 겨우 열 살짜리 자신을 그런 식으로 쳐다보는 놈이라니. 혹시 그도 남작과 같은 짓을 저질렀을지도 몰랐다.

그녀는 하인은 어떻게 처리해야 하나 고민하다가 자신이 뭣 하러 귀찮게 이런 것까지 생각하나 싶어 남자에게 떠넘기기로 했다.

"그러니까 알아서 처리해."

"네? 어떻게……"

"알아서 하라니까? 네 똥꼬 빨던 놈이니 똥칠 단단히 하게 하라고. 그럼."

리리는 어리둥절한 표정으로 올려다보는 남작을 둔 채 집으로 돌아왔다.

남작을 혼내준 이후로 별다를 것 없는 하루하루가 흘러갔다. 시장 사람들에겐 주술사의 딸이어서 무사히 넘어갔다고 일러둔 상태였기에 별 무리 없이 일할 수 있었다. 실제로 남작의 수하가 다시 리리를 찾아온다거나 하는 일이 없었기에 다들 리리의 이야기를 믿고 다행이라며 기뻐해 주었다.

그날도 리리가 모든 일정을 끝내고 집으로 돌아와서 쉬고 있는데 문밖에서 젤리의 부름이 들렸다.

"아가씨, 손님이 찾아오셨습니다."

"엥? 젤리, 방금 뭐라 그랬어?"

"손님이 찾아오셨습니다."

"진짜? 우와. 이 집에도 사람이 찾아오긴 하는구나."

젤리는 리리의 반응에 어색한 웃음을 지었다.

"누가 찾아온 거야?"

"안시오 히로크 남작님께서 찾아오셨습니다."

"뭐?"

의외의 인물에 리리는 당황스러웠다. 젤리를 따라 응접실로 이동한 그녀는 허리를 꾸벅 숙이며 공손하게 인사를 건네는 남작을 보며 인상을 찌푸렸다.

'이 사람이 무슨 일로 날 찾아왔지? 아니, 그것보다 여긴 어떻게 알고 찾아왔데?'

묻고 싶은 것이 많았지만 젤리 앞에서 대화를 주고받을 수는 없는 일이었다. 몰래 나갔다는 사실을 들킬 수는 없었다.

"어, 음. 이런 경우는 처음이라 뭘 어떻게 해야 할지……. 조용히 대화를 나누고 싶은데. 젤리, 부탁할게."

젤리 역시 손님이 찾아온 것은 처음 있는 일이라 허둥지둥 어쩔 줄 몰라 하고 있었다.

우여곡절 끝에 리리와 안시오 남작은 간신히 응접실에서 마주 보고 앉게 되었다. 향긋한 차 두 잔을 내온 젤리가 방문을 나서자 문이 닫히기만을 기다리던 그녀가 작은 목소리로 화를 내기 시작했다.

"아는 척하지 말라 그랬잖아요. 여기가 어디라고 찾아와요, 찾아오긴. 그리고 여긴 또 어떻게 알고 왔어요?"

"왜, 왜 갑자기 말을 높이십니까. 그러지 마십시오."

리리는 원래 자신의 나이인 스물넷보다 많아 보이는 사람이라면 직위 불문하고 존댓말을 해주고 있었다. 계급제에 익숙하지 않은 것도 한몫했다. 히로크 남작이야 처음에는 그런 예의조차 갖출 필요가 없는 범죄자라는 생각에 함부로 대했다지만 이리 공손한 태도로 나오니 도저히 반말을 할 수가 없었다.

"아니, 뭐……. 사람이 되었으니까 그에 걸맞은 대접을 해줘야지요. 나이도 나보다 많잖아요. 아, 됐고. 여긴 어떻게 알고 왔냐니까요?"

"제가 부담스럽습니다. 부디 말을 낮춰 주십시오. 그리고 주소는 돈 몇 푼 던져주니 쉽게 알 수 있던걸요. 오히려 성녀님의 집 주소를 모르는 사람이 거의 없을 정도입니다."

"성녀라고 하지 말라니까!"

리리가 작은 목소리로 버럭 화내자 히로크 남작이 깜짝 놀라 움츠러들었다.

"근데 뭐라고요? 주소를 모르는 사람이 거의 없다고요? 그건 또 무슨 소리래."

"모르고 계셨습니까? 시장의 요정에게 선물과 편지를 보내고 싶어 하는 사람이 많아 그런 일을 전문적으로 하는 사람들이 집 주소를 판매한 모양입니다. 그래 봤자 이곳까지 직접 찾아올 사람은 거의 없을 것 같지만요. 이동 주술이 걸린 물건을 사용하더라도 저기 산 아래까지만 올 수 있는데다 그 이후론 이 험한 산을 타야 하니 웬만해선 불가능할 것 같습니다. 저도 간신히 올라왔는걸요."

다른 사람이 이동 주술로 산 아래까지만 올라올 수 있다는 말은 처음 듣는 거였지만, 지금 리리는 그 말이 귀에 들어올 때가 아니었다. 그녀는 황급하게 되물었다.

"네? 편지? 서, 선물? 나 한 번도 받아본 적 없는데. 아니, 그것보다 집 주소를 판매해요? 내가 누군지는 모르고?"

"네, 그냥 주술사의 딸이라고만……."

"그게 가능해요?"

"원래 귀족들과는 달리 주술사들은 집에 거의 머물지 않기도 해서 누군지 알아내기가 쉽지 않습니다. 제가 알아보려고 해도 그냥 주술사의 집이라고 밖에 이야기가 나오지 않았으니까요."

그나마 다행이었다. 리리는 일단 안도의 한숨을 내쉬었지만, 기가 막힐 뿐이었다. 주소를 판매하고 있다니.

아무래도 시장 아르바이트는 스킬 생기는 대로 때려치우는 것이 좋을 듯했다.

더구나 편지? 선무울? 남작의 말을 정리해보니 리리가 시장의 요정이라는 호칭을 갖게 된 이후로 인기가 급증하자 차마 가까이 다가올 수는 없어 편지와 선물 공세들을 시작한 모양이었는데, 정작 그녀는 그 코빼기도 본 적이 없었다.

어쨌건 그건 젤리에게 따로 물어봐야 할 것 같았다. 집 주소가 나돌고 있다는 것도 그렇고. 은근히 편지와 선물을 원하기는 했지만 막상 상황을 알고 보니 전혀 반갑지 않았다.

"왜 왔어요?"

지끈거리는 골을 부여잡으며 그의 방문 목적을 묻자 히로크 남작은 대답 대신 바닥에 엎드렸다.

"성녀님 덕분에 새로운 인생을 살 수 있게 되었습니다. 정말 감사합니다. 부디 저를 거두어주셨으면 좋겠습니다. 성녀님의 손과 발이 되어 성녀님이 행하시는 일에 도움이 되도록 노력하겠습니다."

'이건 또 뭐야.'

악당을 혼내주는 정의의 마법 소녀? 아무래도 이런 짓은 벌이지 않는 것이 여러 가지로 좋을 듯했다. 역시 일을 벌이면 그에 따른 책임이 따르기 마련이었다. 리리는 한숨을 내쉬었다.

"일단 일어나요."

"아닙니다!"

"일어나라고요."

리리가 이를 앙다문 채 말하자 히로크 남작은 허둥지둥 일어나 허리를 푹 숙였다. 그녀는 뭐라고 말을 해야 할지 알 수가 없었다.

"내게 왜 이래요?"

히로크 남작은 리리의 물음에 공손한 태도로 대답했다.

"성녀님께서 천벌을 내려주신 덕분에 지금까지 제가 무슨 잘못을 저질렀는지, 저 때문에 다른 사람들이 얼마나 고통스러웠을지, 또 앞으로 얼마나 고통스러운 삶을 살아갈지 매우 잘 알 수 있었습니다. 제가 했던 짓을 고스란히 당했으니까요."

천벌? 내가 무슨 신이라도 된단 말인가. 리리는 황당함에 말이 나오지가 않았다.

"제게 업보를 알려주신 것으로도 모자라 죗값을 치를 기회까지 주셨으니 감사하다는 인사를 하기 위해 찾아왔습니다. 제게 새 삶을 주신 성녀님의 하늘 같은 은혜를 어떻게 갚아나가야 할지 알 수 없지만 부디 저를 거두어 주셔서……."

"잠깐. 난 그저 지금까지 고통을 안겨주었던 피해자들에게 죗값을 치르라는 말밖에 하지 않았어요."

"네, 물론입니다. 제 평생을 다 바쳐서라도 그동안 지었던 죗값을 갚도록 하겠습니다. 그리고 그와는 별개로 성녀님께서 원하신다면 제 별 볼 일 없는 목숨도 언제든 바치겠습니다."

그놈의 목숨. 리리는 자살하려고 했던 남작의 모습을 떠올렸다. 사람이 바뀐 건 좋은데 너무 과하게 바뀌었다. 리리는 한숨을 내쉬며 손을 휘저었다. 아무래도 반성한 척한 게 아닌 건 다행이긴 한데, 더 이상 상대하고 싶지가 않았다.

"가요. 이제 그만 가라고요."

"하, 하지만……."

"정말 날 이렇게 귀찮게 만들 거예요?"

"알겠습니다. 정말 감사합니다, 성녀님!"

"성녀라고 하지 말라니까?"

"죄, 죄송합니다. 서…… 아니, 리리님."

"내가 말을 말아야지."

그녀는 고개를 절레절레 흔들었다.

'그나저나 감사인사를 하기 위해 찾아오다니.'

리리는 아무리 생각해도 도무지 이해할 수가 없었다. 정화 주술을 써서 저렇게 된 것 같긴 한데, 그럼 죄인들은 정화 주술 하나로 해결되겠네? 그렇게 되면 이 세상엔 나쁜 놈이 하나도 없겠네? 하지만 아니지 않은가. 아무래도 이건 로쉐에게 물어봐야 할 듯싶었다.

더구나 히로크 남작의 태도 또한 과했다. 사람이 바뀐 건 그렇다 쳐도 왜 고작 열 살짜리 소녀에게 성녀님이라고 부르며 스스럼없이 엎드리는 걸까.

게다가 생각해보면 히로크 남작을 패고 정화 주술을 쓸 때에는 그 어떤 시스템창도 떠오르지 않았다. 사람에게 고통을 안겨주었으니 도덕성과 성품이 감소하든가, 범죄를 저지른 사람을 처벌했으니 차라리 오르든가 하는 어떤 변화가 있을 법한데.

'결국엔 벌을 받고 새사람이 되었으니까 그냥 퉁친 건가?'

인공지능이라도 탑재된 듯 오묘한 시스템창이었기 때문에 리리는 그럴지도 모르겠다고 생각했다. 하락하느니 아무런 반응이 없는 것이 낫긴 했다.

'어찌 되었건 나쁜 일만은 아닌 것 같은데. 진짜 죄를 뉘우쳐서 앞으로 죗값을 치른다는 것만 해도 다행인데 내 손과 발이 되겠다니. 확 빨대를 꽂아 버릴까.'

사람 일이라는 것이 어떻게 될지 모르는 것 아닌가.

갑자기 큰돈이 필요하게 되면 그녀의 교육비를 모조리 내주고 있는 로쉐보다는 지은 죄가 있어 납작 엎드리는 히로크 남작에게 요구하는 게 더 나을 것이다.

상단주이니 돈도 많을 거고, 게다가 그녀 덕분에 새로운 삶을 살 수 있게 되었다는데 그 정도가 뭐 어려울까.

'일단은 두고 보자.'

리리는 우선 히로크 남작을 이끌고 응접실에서 나왔다. 근처를 서성거리던 젤리가 화들짝 놀라 급히 고개를 숙였다. 남작은 그 앞을 스쳐 지나갔다. 젤리가 급히 남작을 뒤따라가 조심히 들어가라고 인사를 건네니 그는 묘한 눈길로 젤리를 내려다보다 이내 걸음을 옮겼다.

젤리는 무사히 배웅을 마치고 다시 리리에게 돌아왔다. 그녀는 뚱한 표정으로 그런 젤리를 바라보았다.

"나, 충격적인 얘기를 들었어."

"네? 감히 리리 아가씨께 무슨 말을!"

"아, 뭐 그런 건 아니고."

괜히 손톱을 내려다보며 말할 듯 말 듯 뜸을 들이던 리리가 툭 하니 말을 내뱉었다.

"내 앞으로 온 편지와 선물들 다 어디 있어?"

젤리는 새하얗게 질려 커다란 황금빛 눈동자를 이리저리 굴렸다. 그 모습을 보니 편지와 선물의 행방은 굳이 대답을 듣지 않아도 알 것 같았다.

"어쩜 그런 짓을 할 수가 있어?"

"죄, 죄송합니다!"

젤리의 투명한 눈동자에 눈물이 고이기 시작했다. 젤리는 리리가 화낼 때가 제일 무서웠다.

평소와 다르게 싸늘하고 살벌한 분위기로 그를 바라보았기 때문이었다. 게다가 이럴 때의 말투 또한 날카로운 비수가 가슴 속으로 파고드는 느낌이었다. 여기에 가끔 알 수 없지만 욕이 분명한 말까지 섞여 있어 충격은 배로 늘어났다.

리리는 겁을 먹은 그를 가만히 올려다보다가 손을 뻗어 눈물을 닦아주며 말을 이었다. 깜짝 놀라 질끈 감은 젤리의 새하얀 속눈썹이 파르르 떨렸다.

"날 위해 그랬겠지. 그 정도는 알 수 있어. 하지만 너무 심했어."

리리는 우는 젤리의 모습에 마음이 약해지는 것을 느꼈다. 역시 젤리의 눈물은 무기였다. 그녀는 욱했던 마음을 가라앉히고 찬찬히 생각해보았다.

이제 열 살밖에 되지 않은 세상 물정 모르는 소녀에게 편지나 선물 공세가 결코 좋을 리 없었다. 우쭐해서 자만심이 생길 수도 있었고, 너무 일찌감치 남자친구를 만들어 문제를 일으킬 수도 있었다. 더구나 젤리의 주인은 로쉐가 아닌가. 그러니 이게 누구 뜻이겠는가.

'그래, 로쉐는 딸바보잖아? 그런 걸 가만히 두고 볼 리가 없지.'

리리가 생긋 웃어주자 젤리의 얼굴에 안도감이 퍼져 나갔다.

"뭐, 선물은 되팔 수도 있었는데 아깝네. 그건 나중에 다시 얘기하고……. 대신 부탁 하나만 들어줘."

"네? 부탁이라니요. 아가씨, 명령을 내리시면 됩니다."

"명령은 무슨. 젤리가 내 부하야? 노예야?"

"아, 아가씨……."

감동 받은 젤리가 일렁이는 눈동자를 빛내며 바라보자 리리는 살풋 미소를 지으며 젤리의 뺨을 살짝 쓸어내렸다. 귀여운 그의 모습에 마치 사랑스러운 아이에게 애정 표현을 하듯 자신도 모르게 움직인 것이다.

하지만 두 뺨이 발그레하게 붉어져서는 동그래진 눈으로 얼어붙은 젤리를 보고 그제야 퍼뜩 정신을 차렸다. 손끝에 부드러운 뺨의 감촉이 남아있었다. 리리의 얼굴 역시 순식간에 달아올랐다. 그녀는 그걸 감추기 위해 급히 고개를 숙였다.

'아으, 미쳤어, 미쳤어. 아무리 귀엽다고 해도 남잔데!'

리리는 눈을 꽉 감으며 스스로를 꾸중하다가 어색한 웃음을 걸친 채 고개를 들어 올려 젤리를 바라보았다. 젤리의 뺨은 여전히 붉었고 황금빛 눈동자를 도록도록 굴리며 리리의 시선을 피하고 있었다. 굉장히 어색하고 부끄러웠다. 더구나 얼마 전 춤을 추다가 마주쳤던 장면까지 괜히 떠올라 미칠 지경이었다.

"아, 맞다. 부탁할 게 뭐냐면……."

리리는 분위기를 전환하기 위해 급히 말을 꺼냈다.

"페레로가의 주소가 여기저기 퍼진 모양이야. 누군가 집주소를 팔았대. 그걸 좀 어떻게 해줬으면 좋겠는데 방법이 없을까?"

"네, 조치를 취하겠습니다."

젤리는 표정을 굳히며 고개를 끄덕였다. 그렇지 않아도 로쉐와 젤리 역시 그 일을 어떻게 해야 하나 고민하던 참이었다. 하지만 리리의 귀까지 들어올 정도라니 생각보다 심각한 모양이었다.

"주인님께 보고를 드려야겠네요."

금방이라도 다련각으로 날아갈 듯 몸을 돌리던 젤리가 잠시 머뭇거렸다.

"저, 아가씨."

"응? 왜?"

"히로크 남작님이 들렀다는 말씀도 드려야 할 것 같은데……."

"응, 하면 되지."

"방문 이유는 뭐라고…… 말씀드려야 할지."

리리는 젤리의 질문에 꿀 먹은 벙어리가 되고 말았다.

'뭐라고 해야 하나. 사실 두 사람 몰래 바깥에 나가 몹쓸 짓을 하려던 변태 남작을 혼내주고 사람 만들어 주었다? 그래서 그 변태 남작이 감사하다는 인사를 하려고 찾아왔다?'

그런 이야기를 꺼냈다간 리리가 두 사람 몰래 나가는 일이 거의 불가능에 가까워지는 것은 물론, 아마 히로크 남작 역시 무사하지 못할 터였다. 그녀는 급히 변명거리를 만들어냈다.

"히로크 남작에게 아들 하나가 있는데, 내가 마음에 든다나 봐. 그래서 찾아왔대."

"아, 그런가요? 어떻게 하실 생각이십니까?"

"관심 없어. 앞으로 그런 일로 보고 싶지 않다고 했어."

"잘하셨습니다. 역시 아가씨다우십니다."

히로크 남작에게 아들이 있는지 없는지는 알 수 없었지만 생각나는 대로 막 내뱉었다.

어차피 둘이 마주할 일도 없을 텐데 좀 지어내 봤자 알게 뭔가.

"그럼 다녀오겠습니다."

"잘 갔다와."

리리는 로쉐에게 가는 젤리를 배웅해 준 뒤 무용 연습을 하기 위해 방으로 돌아왔다.

리리가 춤사위를 벌이는 동안 로쉐의 표정은 젤리의 보고에 점차 딱딱하게 굳어가고 있었다.

"페레로가의 주소가 몇 푼짜리라니, 기가 막히는군."

"어떻게 이런 일이 벌어질 수 있었던 건지……. 제가 조치를 취해 보겠습니다."

"아니다. 내가 나서지."

사실 선물과 편지가 오는 것을 보고 주소가 알려졌다는 사실은 예상하고 있었다. 그래도 가만히 둔 것은 고작 주소 하나 알아낸다고 문제가 생길 것은 없으리라 생각했기 때문이었다. 하지만 돈을 주고 살 정보로 여겨질 정도라니.

자칫하면 이곳이 누구의 집인지도 퍼질 위험이 있다는 얘기가 아닌가.

사실 리리가 주술로 이동하는 이상 주술사와 연관이 있다는 점은 감추기가 어려웠다. 하지만 그녀가 황궁 주술사의 양녀라는 사실은 감추고 싶어 했기에 최대한 도와주려고 애쓰고 있었다. 어차피 로쉐에 대한 정보도 웬만해선 알아내기가 힘들겠지만 그래도 혹시 모를 일이었다. 한 번 돈이 된다고 생각한 정보는 계속 캐내는 것이 이족 습성이었으니까.

"게다가 안시오 히로크 남작까지 찾아왔단 말이지."

"네. 아가씨 말씀으로는 히로크 남작의 아들 문제로 찾아왔다는데……. 그게……."

"소문이 좋지 않은 작자지."

"……그렇습니다."

아무리 황실 주술사를 겸하고 있는 로쉐라고 모든 귀족의 추문을 알 리는 없었지만, 히로크 남작의 변태적인 성향에 대한 이야기는 들은 적이 있었다.

"신경을 좀 써야겠군."

"네. 그렇지 않아도 지켜볼 생각입니다."

"그것도 내가 하지. 넌 리리에게만 신경 쓰도록 해라."

"하지만……."

"「그곳」에 갈 생각이다."

젤리는 이어진 로쉐의 대답에 얌전히 수긍했다.

젤리는 대강의 보고를 마친 뒤, 가볍게 고개를 숙인 후 저택으로 돌아갔다.

혼자 남은 로쉐는 깊은 한숨을 내쉬며 의자에 몸을 묻었다.

"역시 방법을 물색해 봐야 하나."

리리는 나날이 어여뻐지고 있었다. 게다가 타고난 사랑스러움과 어린아이답지 않은 성숙함으로 많은 이들의 예쁨을 독차지하는 건 어떻게 보면 당연한 일이었다.

그게 어느 정도 선을 유지한다면 자랑스럽고 뿌듯하겠지만, 지나칠 경우 오히려 해가 될 수가 있다는 게 문제였다.

그는 책상에 앉아 생각을 정리하다가 몸을 일으켰다. 책상 위에 널브러져 있는 서류들이 한가하게 다른 일을 할 시간이 없다고 외치는 듯했지만 신경 쓰지 않았다. 뭐가 되었든 로쉐에게는 리리가 우선이었다.

로쉐는 몇 개 풀어놓았던 단추를 단정하게 잠근 뒤 의자에 아무렇게나 걸쳐 놓았던 주술사 외투를 집어 들었다.

그는 얼굴을 가리는 검푸른 색 머리카락을 손가락으로 대충 쓸어 올리며 한숨을 내쉬었다.

눈가가 짙게 파여 더욱 피곤해 보였다. 곧 그의 몸을 검은색 안개가 스물스물 뒤덮나 싶더니 어느 순간 마치 바닥에 스며들듯 로쉐의 몸이 한순간에 사라졌다.

로쉐가 다시 모습을 드러낸 장소는 사방이 어두워 주위에 뭐가 있는지 분간조차 하기 힘든 곳이었다.

그는 익숙하게 걸음을 옮겼다.

새카만 악귀가 입을 벌리고 있는 듯한 복도를 걷기 시작하자 그의 발소리가 울려 퍼졌다. 여기저기 메아리가 치는 모양인지 사방에서 발걸음 소리가 들려왔다.

일반적인 사람이라면 겁에 질릴 만도 하건만 로쉐는 그저 똑바로 걷는 것에 집중할 뿐, 여러 갈래로 나누어지는 길 앞에서도 한 치의 망설임도 없이 앞으로 나아갔다.

그렇게 얼마나 걸었을까. 로쉐가 걸음을 멈췄다. 로쉐의 앞을 막고 있는 넓은 복도 전체를 차단하듯 메운 문 때문이었다. 어둠과 똑같은 검은색으로 자세히 보지 않으면 그저 막힌 길처럼 보였다. 그는 가볍게 문을 밀었다. 커다란 문이 소리 하나 없이 열리고 조금씩 빛이 새어나왔다.

"오랜만에 오셨군요, 다련각 각주님."

검은색 옷으로 전신을 가린 여자 하나가 그를 맞이했다. 로쉐는 대답 없이 눈을 찌푸렸다. 어둠에 익숙해져 있다가 적은 빛이나마 쏟아지니 눈이 빛을 거부했다.

"여기서부터는 제가 안내하도록 하겠습니다."

이 안은 미로와 마찬가지라 로쉐도 완벽히 길을 알지 못했고, 그가 만나고자 하는 남자는 언제나 있는 곳이 달랐다. 여자는 앞장서서 걷기 시작했고 로쉐가 그 뒤를 따랐다. 착 달라붙어 있는 옷 덕분에 육감적인 그녀의 몸매가 고스란히 드러나 있었건만 로쉐는 눈길 하나 주지 않았다.

주변은 조금 전까지 걷던 곳과 다르게 중간중간 빛이 밝혀져 있어 그리 어둡지는 않았다. 온통 검은 옷을 입은 사람들만이 가끔씩 보일 뿐, 굉장히 스산하고 휑한 장소였다.

마침내 여자가 어느 문 앞에서 멈춰 섰다. 특징이 없는 평범한 문이었다. 그녀가 노크를 하며 보고했다.

"다련각 각주님께서 오셨습니다."

따로 대답은 없었지만 여자는 문을 열고 로쉐를 안으로 안내했다. 방 안에는 역시 어두운 옷으로 코와 입 등 얼굴의 반을 가리고 깊은 후드를 눌러쓰고 있는 남자가 있었다. 여자는 소파에 앉아있는 남자의 뒤에 가서 섰다.

"내가 온 이유는 대충 알고 있을 것 같은데."

로쉐는 그 남자의 건너편에 앉아 답답하다는 듯 목을 죄고 있는 단추 몇 개를 풀며 말했다. 그에게 남자의 날카롭고 섬뜩한 핏빛 눈동자가 꽂혔다. 마치 짐승과도 같은 눈빛이었다.

"리리에 대한 정보가 돌고 있더군."

"우리가 아니다."

로쉐는 고개를 끄덕였다. 이들이 아닐 거라는 사실은 이미 알고 있었다.

"뒷수습이 필요하다."

남자의 고개가 작게 끄덕였다. 곧이어 높낮이가 없어 감정을 읽기 힘든 목소리가 다시 들려왔다.

"초대장을 받았다."

"······뭐?"

"안시오 히로크 남작의 초대장을 받은 적이 있다."

"리리 말인가. 그런 얘기는 들은 적이 없는데."

그 초대장이 뭘 뜻하는지 알고 있는 로쉐였기에 표정이 싸늘해졌다.

"알려줘서 고맙군."

그는 걸음을 옮겼다. 그는 끓어오르는 분노를 참기가 어려워 두 주먹을 꽉 쥔 채 방을 나섰다. 그리고 이내 검은색 안개가 그의 몸을 감싸고 순식간에 모습을 감췄다.

히로크 남작은 그동안 자신이 상처를 입혔던 사람들의 명단을 살펴보며 어떻게 더 해야 할지 고민에 휩싸여 있었다. 그런데 갑자기 눈앞에서 그림자가 솟아올랐다.

그렇지 않아도 달빛만 스며들어오던 어두운 방에서 그림자 하나가 튀어나오니 히로크 남작은 경악하여 비명을 질렀다. 하지만 새어나오는 소리는 없었다. 어느새 그의 입을 그 자신의 그림자가 막고 있었기 때문이었다.

"감히⋯⋯. 감히!"

로쉐는 겁에 질려 덜덜 떨고 있는 히로크 남작에게 다가갔다.

"네가 감히 내 딸을 건드리려고 하다니."

그림자가 그의 목을 졸랐다. 그대로 남작의 목숨을 취하려던 로쉐는 리리가 아무런 말도 하지 않고 그를 곱게 보내줬다는 사실을 떠올리곤 그를 일단 풀어주었다.

로쉐가 그림자를 풀자 히로크 남작은 바닥에 엎드려 숨을 몰아쉬며 고통스러움을 토해냈다.

로쉐는 싸늘한 눈빛으로 그를 바라보며 어떻게든 화를 참아내려는 듯 입술을 깨물었지만, 스스로도 통제할 수 없는 살의가 치밀어 올랐다. 그녀가 어떤 존재인데 더러운 손을 뻗는단 말인가.

그는 너무나 소중하고 사랑스러워 말 한마디, 행동 하나 조심하기 위해 애썼는데 감히 그런 리리에게 그딴 마음을 품다니.

히로크 남작은 눈앞에 있는 남자가 누군지 알 것 같았다. 주술사의 딸이라고 하던 리리, 그녀의 아버지일 터였다. 그는 그대로 고개를 조아렸다.

"죄, 죄송합니다. 제가 감히 주제를 모르고⋯⋯. 정말 잘못했습니다."

"왜 또 찾아왔던 거지? 무슨 볼일로 저택까지 왔느냐란 말이다."

히로크는 쏟아지는 눈물을 닦아낼 생각조차 하지 못한 채 서둘러 대답했다.

"감사인사를 드리기 위해서였습니다. 성녀님께서 벌을 내려주신 덕분에 새로운 인생을 살 수 있게 되어서 저를 거두어 주십사, 앞으로 빚을 갚게 해주십사 말씀드리려고 간 것이었습니다. 절대 이상한 마음을 품거나 나쁜 의도가 있었던 것은 아닙니다. 제발 믿어주십시오."

"성녀님?"

히로크 남작은 거의 오열을 하다시피 하며 그날 있었던 일을 이야기했다.

"리리가 네 녀석을 용서했단 말인가."

"용서는 아니고 지은 죄를 뉘우치며 살라고, 그동안 제가 저질러왔던 일들을 책임지고 갚으며 살아가라고 하셨습니다. 그리고 그렇게 살기 위해 노력 중입니다. 저도 제가 얼마나 더러운 짓을 하고 살았는지 알고 있기에 평생을 바쳐서라도 갚을 생각입니다."

로쉐는 물론 남작의 말을 믿는 건 아니었다. 하지만 일단 리리가 용서해주었다는데 더 참견하기도 뭐했다. 그는 딸아이가 결정한 일에 이러쿵저러쿵 훈수를 둘 생각이 없었다. 똑똑한 아이니 이유가 있을 터였다. 단지 그 이유를 그에게도 알려주면 좋으련만.

"그 아이는 페레로가의 하나뿐인 소중한 딸이라는 것을 명심하라."

그 말을 끝으로 로쉐는 사라졌다. 갑작스레 터진 새하얀 빛에 눈을 꼭 감았던 히로크 남작은 순식간에 없어진 로쉐 때문에 어리둥절해하다가 이내 입을 틀어막았다. 그렇지 않았다간 커다란 비명을 지를 것 같았다.

페레로가! 모르려야 모를 수가 없는 그 이름! 유일한 신성계열 최상급 주술사이자 황궁 주술사를 겸하고 있는 로쉐 페레로! 그는 정말 엄청난 사람을 만나고 만 것이다.

고작 이름뿐인 남작이 그렇게 높은 사람을 알현할 기회가 있을 리가 없었으므로.

"역시……"

그는 로쉐가 원래는 암흑 속성을 타고난 주술사였지만 신의 축복을 받아 신성계열 속성력까지 지니게 되었다는 얘기를 들은 적이 있었다. 방금 전 겪었던 힘은 전부 암흑계열이었을 것이다. 그런 사람이 아버지라니!

"역시 리리님은 성녀님이거나 신의 대리인인 게 분명해."

그에게 천벌을 내리고 새로운 기회를 주신 것이다. 히로크 남작은 걷잡을 수 없이 오해를 부풀려가고 있었다.

드디어 시장 스킬이 생겼다.

† 하급 장사 스킬

> :: 물건을 구매할 때 해당 물건의 시세를 볼 수가 있으며 거래를 하는 동안에는 화술이 10% 증가한다. 가격을 시세보다 높게 측정하거나 물건을 설명할 때에 과장을 하더라도 도덕성이나 성품이 깎이지 않는다.

리리는 벅차오르는 감격스러움에 두 손을 꼭 부여잡고 어쩔 줄 몰라 했다

이제 시장 아르바이트 대신 다른 것으로 갈아타도 된다. 이제 동쪽 섬 새디아에서 가져온 물건들도 판매할 수 있다.

그뿐이냐, 이익을 얼마나 남겨 먹든지 도덕성, 성품 깎일 걱정은 하지 않아도 되었다. 특히 「물건을 구매할 때 해당 물건의 시세를 볼 수가 있다.」라는 부분은 생각지도 못한 횡재였다.

앞으로 물건을 살 때 사기당할 일은 절대 없다는 말이 아닌가. 비록 시세가 정확하지 않은 물건에는 별 쓸모없겠지만 그래도 기막히게 만족스러운 스킬이었다.

고생을 한 보람이 있었다.

오늘이 4월 20일, 금요일이라는 걸 보면 리리가 생각했던 대로 스킬이 생기는 건 100시간을 채우는 것이 최소 조건인 모양이었다.

즉 교육은 50번, 아르바이트는 25번을 해야 했다. 그리고 누군가의 인정은 이미 시장의 요정이라는 호칭까지 생겼으니 역시 그걸로 됐다고 봐준 것 같았다.

'사람들하고 작별인사는 해야지.'

오늘부터 당장 일정을 바꿀까 싶었지만 그래도 마지막으로 마무리를 짓기로 했다. 주말에 신전을 가보고 해당 아르바이트를 구하게 된 후 일정에 변화를 줘도 늦지 않았다.

사실 그동안 시장의 요정이라는 칭호를 얻은 이후 손님들이 많아지고 물건이 없어서 못 팔정도로 대단한 인기를 얻었지만 정작 그녀에게 떨어지는 이익은 하나도 없었다.

그동안 가게 주인에게 보너스조차 받지 않았기 때문이었다. 물론 주인은 몇 번이고 보너스를 챙겨준다고 제의했지만 리리가 계속 거절했다.

하루 벌어 하루 먹고 사는 사람들에게 뭘 바랄까. 그녀 또한 현실 세계에서는 그렇게 살아왔기에 차마 그 사람들의 돈을 더 받고 싶지 않았다.

그래서 비록 1실버 하나도 가볍게 여기지 않는 리리지만 여기서는 보너스를 받지 않고 최대한 열심히 일해줬다. 물론 그렇다고는 해도 이렇게 열심히 하는데 아르바이트비 외에 보너스가 없다는 건 슬펐다.

리리는 오늘이 시장 아르바이트 마지막 날이기도 하겠다, 스킬도 생겼겠다 평소보다 살짝 가격을 높여 불렀다.

어차피 원가 자체가 굉장히 싼 물건들이었기 때문에 사람들은 별다른 이상한 점을 느끼지 못한 채 구입해 갔다. 뒤에서 그 모습을 지켜보던 가게 주인의 입이 귀까지 찢어졌다.

일을 마치고 리리는 페니 부인과 주위 가게 점원들에게 작별인사를 고했다.

"저 더 이상 일을 할 수 없을 것 같아요. 그동안 정말 감사했습니다."

갑작스러운 리리의 말에 모두들 당황스러운 표정으로 되물었다.

"무, 무슨 소리니, 리리?"

"시장에 뼈라도 묻을 것처럼 보였는데 왜 갑자기!"

"이렇게 갑자기 그만두다니, 혹시 무슨 일이라도 생긴 거야?"

"아니, 그런 건 아녜요."

"그럼 왜?"

리리는 뭐라 대답을 해야 할지 알 수 없어 잠시 머뭇거렸다. 모두들 리리의 마음을 돌리기 위해 애쓰기 시작했다. 아무래도 그녀와 헤어지는 것이 아쉬운 모양이었다.

"그러지 말고 계속 일해주면 안 될까?"

"그래. 정들었는데, 이렇게 헤어지는 건 너무 아쉽다, 얘."

그 마음 씀씀이가 고마워 잠시 망설여졌지만 굳이 아르바이트가 아니더라도 종종 찾아오면 될 일이었다.

헤어지기 아쉽다고 계속 일하기엔 시간이 아까운 면이 있었다. 그녀는 고민하다가 신전을 팔아먹기로 했다.

"사실 전 신의 사랑을 깨닫고 말았어요. 히로크 남작의 마수에게 무사히 빠져나간 것도 그렇지만, 그 뒤로 남작이 변했다는 소리는 여러분도 들었잖아요? 분명 신의 뜻일 거예요! 그러니 더 많은 사람들에게 신의 사랑을 베풀며 살아야 해요. 그러기 위해서는 제가 먼저 신의 품에 안겨 많은 것을 배우고 느껴야만 해요."

실제로 시장 아르바이트 대신 신전 아르바이트를 시작할 참이었으니까 완전히 거짓말은 아니었다. 그리고 히로크 남작이 갑자기 개과천선하여 피해자들을 후원해주기 시작했다는 이야기는 벌써 제법 유명했다.

사람들은 그런 리리를 더 설득해보려고 했지만 급기야 그녀가 신의 사랑을 아는 것을 함께 시작하자는 식의 전도를 시작하자, 결국은 어설프게 웃으며 잘해보라고 그녀를 응원해 주었다.

페니 부인의 반응도 별다를 것이 없어서 리리는 무사히 시장 아르바이트를 그만둘 수 있었다.

다음 날은 토요일이었다. 오늘도 그녀는 간단하게 아침준비를 마친 뒤 방에서 나왔다. 젤리가 가벼운 인사로 맞이해 주었다.

"안녕히 주무셨습니까, 아가씨."

"응, 젤리도 잘 잤어?"

"네."

"나 이제 시장 알바를 그만둘 수 있게 됐어, 잘됐지?"

"정말 잘 되었네요! 드디어 시장일을 그만두시다니 기쁩니다."

젤리는 진심으로 기쁘다는 듯 방긋방긋 웃으며 말을 이었다.

"그럼 이제부터 뭘 해보실 생각입니까?"

"음, 글쎄, 고민 중이야."

둘은 이런저런 이야기를 주고받으며 주방으로 향했다. 그리고 곧 젤리의 요리 과외가 시작되었다.

처음에는 금방 배울 수 있을 거라고 자신만만해했지만 사실 쉽지 않았다. 왜인지는 몰라도 젤리가 가르쳐준 데로 하는데도 제대로 된 음식이 나오지 않았다.

분명 같은 재료, 같은 분량을 넣었는데 매번 맛이 달랐고 모양새도 이상했다.

뭐가 문젠지 알 수 없어 더 답답했다. 현실 세계에서는 처음부터 곧잘 했던 것 같은데.

'아직 나이가 어려서 그런가.'

요리는 손맛이 중요한 법이니 뭔가 중심이 안 잡혀서 이럴 수도 있을 것 같았다. 하지만 노력하다 보면 언젠가는 스킬을 얻을 테고, 스킬만 얻는다면 쉽게 요리할 수 있을 테니 그때까지만 참자고 생각하는 수밖에 없었다.

아침 식사 준비를 마치고 식당으로 나오니 식탁에 로쉐가 앉아 있었다. 리리는 로쉐에게 아침 인사를 건네며 자리에 앉았다.

"굿모닝!"

"굿모닝이군."

"저, 이제 어제부로 시장 아르바이트 끝났어요. 재밌긴 재밌었는데……. 역시 앞으로는 사람 많은 곳에서 일하는 건 피하는 편이 좋겠어요. 많은 사람이 모이니까 다양한 일들이 벌어지더라고요. 음, 하기 싫다고 해서 마음대로 될지는 모르겠지만……."

"그동안 힘들었겠군. 수고했다. 원하던 목표는 이루었나?"

"네. 이제 전 어딜 가든 시세에 맞게 사고, 더 비싸게 팔 수 있다고요. 저처럼 어린 상인은 아마 없을걸요?"

"역시 대단하군. 자랑스럽다."

뿌듯한지 활짝 웃으며 자랑을 하는 리리의 모습에 로쉐는 입꼬리를 가볍게 만 채 칭찬했다. 그리고 재잘거리는 리리의 모습을 사랑스럽게 바라보다 할 얘기가 있다는 듯 그녀를 불렀다.

"리리."

워낙 말이 없어 먼저 대화를 걸어오는 일이 드문 로쉐였기에 리리는 입을 다문 채 그를 빤히 바라보았다. 하지만 그는 머뭇거리며 쉽게 말을 꺼내지 못했다. 입술만 달싹거릴 뿐이었다.

"큼."

말할 듯 말 듯 잠시 머뭇거리던 로쉐가 괜히 목을 가다듬으며 손에 들린 포크를 꽉 쥐었다.

그로서는 굉장히 큰 용기가 필요한 말이었다. 한 번도 해본 적이 없었으며 하게 될 줄도 몰랐던 말이었으니까.

계속 갈팡질팡하던 그는 나니에의 말을 다시 한 번 떠올렸다. 아이들은 사랑을 먹고 자라나며 언제나 애정을 갈망한다는 이야기였다.

아빠로 다가가기 위한 첫걸음은 마음을 열고 표현해주는 것이라고
했다. 여전히 아빠의 길은 멀고도 험했다.

'하지만 딸아이를 위해서라면.'

"아……. 음. 크흠. 아…….'

그리고 리리는 불안에 빠져 있었다. 별생각 없이 로쉐의 말을 기다
리던 그녀의 머릿속에 얼마 전 몰래 나갔던 일과 남작과 있었던 일이
떠올랐기 때문이었다.

설마 들킨 것은 아니겠지? 남작의 아들 핑계를 댄 게 너무 안이했
나? 로쉐가 다 조사해본 거면 어쩌지?

슬쩍 시선을 돌려 젤리를 바라보니 그 역시 사뭇 비장한 표정으로
로쉐를 지켜보고 있었다.

'매도 빨리 맞는 것이 낫지. 들킨 거야, 아니야?'

로쉐가 뜸을 들일수록 리리의 마음은 애가 탔다. 결국 자신이 먼저
이실직고를 해야 하나 싶어서 입을 열려는데 크게 숨을 들이쉬던 로
쉐가 재빠르게 말을 내뱉었다.

"아빠는 리리를 사랑한다. 넌 정말 자랑스러운 딸이야."

리리는 멍한 표정을 지었다. 순간적으로 지금 무슨 말을 들은 것인
지가 혼란스러웠다. 속으로 그의 말을 곱씹다가 어쩐지 가슴 한구석
이 싸해지더니 무언가 울컥 치밀어 올라 급히 고개를 숙였다. 커다랗
게 뜬 그녀의 눈이 이리저리 흔들리고 있었다.

지금까지 한 번도 듣지 못했던 말, 그리고 죽을 때까지 듣지 못할
거라고 생각했던 말이었다.

살짝 시선을 올리니 따스한 눈빛으로 그녀를 바라보며 어색하게 웃고 있는 로쉐의 얼굴이 보였다.

아직 웃는 것이 서툰 모양인지 살짝 비틀린 미소였지만 처음 봤을 때처럼 싸늘하거나 날카로워 보이지 않았다. 이젠 그가 따뜻하고 다정한 사람이라는 것을 알기 때문인지, 아니면 계속 보다 보니 익숙해져서 그런 건지는 몰랐다.

리리는 그에게 대답을 해주기 위해 입을 벌렸다가 결국 도로 다물고 말았다.

'뭐라고 말할 건데? 나도 사랑한다고?'

혼란스러웠다.

로쉐의 말이 너무나 기쁘고 감동적이면서도 한편으론 두렵고 슬펐다. 왜 저 말을 이런 세계에서 이런 몸으로 듣게 되는 걸까. 로쉐는 그녀가 빙의한 몸의 양아버지였지 그녀의 아버지가 아니었다.

정작 그들이 애정을 주고자 애쓰는 몸의 주인은 어디 있는지 알 수조차 없었다.

리리는 몸의 원래 주인에게 죄책감을 느꼈다. 애써 생각하지 않고, 묻어두려 했던 감정이었다.

'넌 어디에 있을까?'

궁금하면서도, 동시에 절대 알고 싶지 않았다. 만약 몸을 다시 내놓으라고 되돌아온다면 그녀는 절대 놔주지 않을 테니까.

아니, 애초에 그런 선택의 순간이나 있을까? 그녀가 갑작스레 이 세계로 온 것처럼 어느 순간 갑작스레 현실 세계로 되돌아가 있는 것이 아닐까?

리리는 손이 떨리고 있다는 사실을 들킬까 봐 들고 있던 포크를 꼭 쥐었다. 다행히 알아차리지 못한 모양인지 차분한 로쉐의 목소리가 이어졌다.

"천천히 식사하고 오거라. 먼저 가 있을 테니."

그녀는 간신히 미소를 띠며 고개를 끄덕여 줄 수가 있었다.

행복하고 즐거울수록 그녀의 마음속에 자리 잡고 있는 불안함과 두려움이 커졌다.

빛이 강해질수록 진해지는 그림자처럼. 애써 무시하려고 노력하고 있었지만 계속해서 그녀의 마음을 갉아먹는다.

그건 시간이 지날수록, 그리고 아이러니하게도 행복한 순간일수록 더욱 크게 느껴졌다.

'나는 언제까지 여기 있을 수 있을까.'

리리는 조용히 심호흡을 하다가 자리에서 일어났다.

"젤리, 나 과외받으러 갈게. 뒷정리 좀 부탁해."

"네, 아가씨."

리리가 이상해 보였는지 젤리의 걱정어린 시선이 따라붙었지만 그녀는 무시했다. 아직 리리는 진실을 말할 용기가 나지 않았다. 아니, 어쩌면 영원히 일지도 모른다. 리리는 무거운 발걸음을 옮겼다.

주술 과외는 평소와 다름없었다. 로쉐는 리리에게 신성계열 주술의 이론과 정화 주술 부적을 그리는 방법을 알려주었다.

로쉐는 부적을 그리고 있는 리리를 내려다봤다. 작은 손을 꼼지락거리며 부적을 그리는 모습은 정말 귀여웠다. 얼마나 집중하고 있는지 검푸른 색 눈동자가 부적에 고정되어 조금의 흔들림도 없었다. 리리의 집중력과 습득력은 놀라울 정도였다.

로쉐는 그녀를 보며 잠시 망설였다. 식사 때는 혹시라도 체할까 미처 말하지 못했던 이야기였다.

'먼저 말해주었으면 좋겠다고 생각하는 건 너무 큰 욕심일까.'

그는 결국 입을 열었다.

"묻고 싶은 게 있다."

"네? 뭔데요?"

리리는 부적에서 시선을 떼지 않은 채 건성으로 대답했다. 부적은 조금이라도 빗나가거나 틀리면 아예 다른 주술이 되거나 실패할 수도 있었기에 굉장한 집중력을 요하는 일이었다.

"안시오 히로크남작 얘기다."

생각지도 못한 이름에 리리의 손이 삐끗했다. 그리고 있던 선이 부적을 가로질렀다. 실패였다.

그 모습을 바라보던 로쉐가 조용히 침을 삼켰다. 머릿속이 온통 그 생각으로 들어차 부적을 그리고 있다는 상황을 고려하지 못한 채 말을 내뱉고 말았다.

"아, 히로크 남작이 왜요?"

리리는 태연한 척 부적을 찢으며 대답했다.

잘못 그린 부적을 사용했다간 어떤 결과를 낼 수 없었기 때문에 폐기 처분하는 것이 맞았다.

"왜 아무 말도 하지 않았나."

"네? 무슨……."

시치미를 떼는 리리의 모습을 보며 로쉐는 화가 났다. 끝까지 숨길 생각인 건가.

"무슨 일이라도 생기면 어쩔 뻔했지? 대체 무슨 자신감으로 혼자 찾아간 거냐. 아무리 중급 주술사라고 해도 그렇지, 만약 남작이 호위 기사들이라도 불렀으면 어쩔 뻔했나!"

리리는 로쉐가 그답지 않게 화가 난 어조로 길게 말을 내뱉는 것을 보며 깜짝 놀랐다.

"자, 잘못했어요."

그녀는 급히 잘못을 빌었다. 확실히 그녀의 잘못이기도 했거니와, 실제로 로쉐가 화를 내는 모습은 상당히 무서웠다.

"다시는 그런 위험한 짓 할 생각 말거라. 스스로의 힘으로 해결하는 것도 좋다만, 나는 네가 생각하는 것만큼 그리 무능력한 아빠가 아니라는 사실을 알아주었으면 좋겠다."

"무, 무능력하다고 생각한 적 없어요! 얼마나 대단한 사람인지 누구보다 잘 알고 있는 걸요! 단지 늘 도움도 받고 있는데다 제 개인적인 일이라고 생각해서……."

"어떻게 그게 개인적인 일이라는 거지? 넌 내 딸이다. 딸에게 더러운 손을 뻗어오는 사람이 있는데 가만히 있을 아빠가 어디 있겠느냐. 게다가 도움이라니. 너를 보살피는 것은 아빠로서 당연한 일이다."

정말이지, 아빠다운 로쉐의 모습이었다. 리리는 그 모습에 감동을 하면서도 뭔가 씁쓸한 복잡미묘한 기분이 들어 입을 다물었다.

어느새 그녀가 로쉐를 아빠라고 여기고 있다는 걸 깨달은 것이다. 그렇게 애썼는데 가족이라는 울타리 안에 들어오게 된 자신이 웃기기도 하고 슬프기도 했다.

'이젠 오빠라는 호칭도 어색하네.'

리리는 묘한 기분을 애써 지우며 얼굴에 가벼운 웃음을 걸쳤다. 어쨌든 로쉐는 그녀를 위해 화를 내고 있었다. 고마웠다.

"앞으로는 위험한 일에 나서지 않도록 노력할게요."

그다지 만족스러운 대답은 아니었지만 로쉐는 한숨을 내쉰 뒤 입을 다물었다.

잠시 침묵이 흘렀다. 로쉐는 그제야 제정신으로 돌아왔다. 그는 혹시나 자신이 소리를 질러 딸아이가 상처를 받은 것은 아닐까 또 다시 살살 눈치를 살폈다.

리리는 그런 로쉐의 마음을 모른 채 이왕 이렇게 밝혀진 일, 궁금한 것이나 해결하자며 생각을 정리했다. 그렇지 않아도 정화 주술에 대해 묻고 싶은 게 많았다.

"저도 궁금한 게 있는데……."

"말하거라."

"사람에게 정화 주술을 쓰면 어떻게 되나요?"

"나 역시 궁금했다. 설마 안시오 히로크 남작에게 정화 주술을 사용한 건가?"

"네. 별생각 없었는데 미친 듯이 괴로워하더니 사람이 달라졌어요. 사람에게 정화를 사용하면 업보에 따른 고통을 받게 되는 건가요?"

"나도 모르겠군. 사람에게는 사용해 본 적이 없어서."

"아, 그런가요?"

결국 알아볼 방법은 없다는 뜻이었다. 또다시 사람한테 사용하지 않는 한은.

"혹시 남작에게 사용했다던 그 힘을 보여줄 수 있겠느냐."

"음, 불가능한 건 아니지만. 누구한테 쓸까요?"

"내게 쓰면 되겠군."

"에이, 어떻게 그래요. 어떤 힘인지도 모르겠는데 실험은 좀……. 정말 걸리는 일이 아무것도 없다면 모를까……."

"……안 되겠군."

결국 두 사람은 더럽게 오염된 물로 실험하게 되었다.

리리는 정화 주술 부적을 꼼꼼하게 그린 뒤 물이 담긴 대야 주변에 일정한 배열로 붙였다. 좀 더 확실한 효과를 보기 위해 부적과 주술진을 동시에 사용하기로 한 것이다.

리리가 주문을 외우기 시작하자 이내 그녀의 목소리에 반응한 부적이 새하얀 빛을 내뿜었고 대야에 담겨 있던 물이 시리도록 투명해졌다. 하지만 로쉐는 대야에 신경을 쓸 겨를이 없었다. 리리의 힘에 짓눌려 고개조차 들어 올릴 수가 없었기 때문이었다.

'대체 이건 뭐지?'

마치 황제 앞에 서 있는 것처럼, 그리고 「그때」처럼 온몸을 짓누르는 기운이었다. 사방이 새하얀 빛으로 가득 차올라 그는 빛의 공간에 갇힌 것 같다는 생각까지 했다. 빛이 온몸을 죄어오는 느낌과 동시에 너무나 따스하고 감격스러운 느낌이 들었다.

'이토록 순수하고 깨끗한, 성스러운 기운이라니. 어떻게 다른 사람도 아니고 리리에게 이런 힘이 있을 수가 있지.'

도무지 이해할 수가 없는 일이었다. 그는 무심코 중얼거렸다.

"말도 안 돼."

리리는 로쉐의 중얼거림에 주문을 외우던 것을 멈추었다. 새하얗게 퍼져 나가던 빛이 사라졌다.

"왜 그래요?"

"히로크 남작이 네게 성녀라고 하는 이유를 알 것 같군. 이 힘으로 정화를 시도했으니."

로쉐의 말에 리리는 어리둥절한 표정을 지었다.

'왜? 이게 로쉐의 힘이랑 뭐가 달라?'

로쉐는 신성계열 주술력을 지니고 있었고 게다가 최상급 주술사니 거의 최대치에 가까워져 있을 터였다. 그런 그와 자신의 힘이 다르면 얼마나 다르나 싶었다.

"다르다. 하나 분명한 것은……."

로쉐는 찬찬히 설명을 해주었다.

우선 이 힘은 앞으로는 다른 사람들 앞에서 절대 사용하지 말라고 했다. 그나마 로쉐가 최상급 주술사이자 신성계열 주술력을 지니고 있기 때문에 이 정도로 버틴 거지 아마 다른 사람들은 신의 대리자, 혹은 신의 아이라도 만난 기분이 들 것이라고 했다.

마치 모든 귀족과 주술사들이 감히 고개를 들어 올릴 수조차 없는 기운을 품고 있는 황제처럼 말이다. 어쩌면 「천녀」로 황제의 자리를 위협할지도 모른다며 일이 심각해질 수도 있었다.

로쉐의 설명이 이어질수록 리리의 얼굴은 창백해져 갔다. 「천녀」니 「황제」니 그런 거창한 것들이 다 뭐란 말인가. 골치 아픈 일은 딱 질색 이었다. 그렇지 않아도 전에 성력을 비밀로 하자고 약속한 적이 있긴 했지만 이 정도일 줄은 몰랐다. 아무래도 신성계열 주술은 최대한 자 제하고 숨겨야 할 듯했다.

리리는 성력 뒤에 물음표라고 표시되어 있는 상태창을 바라보며 옅 은 한숨을 내쉬었다.

별의별 생각이 다 드는 개인 과외가 끝났다.

'도대체 이 「성력」이 뭐길래 다들 그런 반응들을 보이는 걸까. 히로크 남작은 성녀님이라며 거두어주십사 매달리고 로쉐는 절대 다른 사람들 앞에서 그 힘을 사용하지 말라면서 괜히 무섭게 만들고.'

리리는 몇 가지 가설을 세워봤다.

첫째. 이 몸에 있는 힘은 「신」이나 「성력」과는 상관없는 새로운 미지의 힘이다.

둘째. 이 몸은 처음부터 「성력」을 타고난 존재이다.

셋째. 도중에 이 몸이 신의 축복을 받아 「성력」을 지니게 되었다.

첫 번째 가설은 일단 말도 안 됐다. 처음부터 상태창에 성력이라고 쓰여 있는데 전혀 상관없는 다른 힘일 리가 없었다. 신과 상관없다는 말도 그렇다. 성력이 신과 상관없는 몸에 깃들어서, 그것도 무제한으로 쓸 수 있다고?

두 번째는 좀 가능성이 있는 것도 같지만 아마 아닌 것 같았다. 처음부터 성력을 타고난 몸이었다면 로쉐가 알고 있었을 테니까.

설마 양아버지라는 사람이 아무것도 모르고 아이를 맡았을까. 게다가 로쉐의 반응은 성력을 지니고 있어서 놀랐다는 것보다도 「어떻게」 성력을 지닐 수가 있냐는 식으로 놀라는 것에 가까웠다.

즉, 그녀의 과거를 알고 있어 성력과는 상관없다고 생각하는 것 같았다.

마지막은 그나마 가장 유력했다. 처음부터 가지고 있던 「신의 축복을 받은 아이」라는 호칭과 젤리가 알려준, 신의 축복을 받아서 명성이 높은 편이라고 했던 말 때문이었다. 그렇다면 어째서 신의 축복을 받았으며 왜 신이라는 존재가 이 몸에게 성력을 주었을까. 아니, 애초에 「신의 축복」이라는 게 말 그대로 신에게 축복을 받은 것일까 아니면 다른 일에 대한 비유적인 표현일까.

'정말 신이 있는 걸까.'

리리는 오래간만에 다시 한 번 그 의문을 떠올렸다. 현실 세계였다면 코웃음을 칠만한 생각이었지만 일단 이 세계 자체가 여신이 만들었다는 세계, 멜비스였다.

자연의 힘을 빌려 쓰는 주술이 존재하고 가장 높은 위치인 황제가 대지의 힘을 다룬다. 그리고 황제가 천자로 인정받는 것 또한 신의 목소리를 들어야 한다고 했다. 이런 것들을 생각하면 실제로 신이 존재하는 것 같기는 했다. 무엇보다 그녀가 이런 몸에 빙의했다는 자체가 과학으로 설명할 수 없는 일이었다.

그렇다면 정말로 신이 이 힘을 준걸까? 내게? 아니면 이 몸의 원래 주인에게?

'왜? 이 힘을 어디에다 쓰라고? 아니, 날 왜 이 세계로 보낸 건데? 그토록 원할 때는 무시하다가 왜 이제야?'

의문이 꼬리에 꼬리를 물어 머릿속이 터질 것만 같았다. 생각하면 생각할수록 복잡해지는 느낌이었다. 그 생각은 점점 게임 시스템으로도 이어졌다.

이곳에서 지내는 시간이 길어질수록 그녀 빼고는 평범하게 살아가는 사람들이라는 사실을 알 수밖에 없었다. 살아있는 세계, 살아있는 사람들 사이에서 혼자만 게임 속 캐릭터처럼 게임 시스템에 얽매여 있는 그녀라니.

"아, 진짜 머리 아프다. 뭐야, 대체?"

리리는 머리카락을 쥐어뜯으며 투덜거렸다. 왜 이 몸뚱이에 빙의했나. 왜 성력을 지니게 되었나. 왜 게임 시스템에 얽매이게 되었나. 왜? 대체 왜?

---

† <u>스트레스가 5 증가했습니다.</u>

더 이상 생각해봐야 답은 나오지 않았다. 그녀는 고개를 휘휘 저은 뒤 자리에서 일어섰다.

'사실 이 몸뚱이의 정체가 무엇인지 알게 뭐야. 성력을 지녔건 아니건 무슨 상관이냐고.'

성력이 생각보다 커다란 힘이라면 쓰지 않거나 조심하면 그만이다.

어쨌든 그녀는 게임 시스템 덕분에 편히 지낼 수 있으며 이 세계에서 행복한 생활을 하고 있지 않던가. 게다가 성력이라는 대단한 힘 덕분에 재활용도 안 되는 쓰레기라고 생각했던 작자를 개과천선 시켜놓을 수도 있었으니 분명 나쁜 일이 아니었다.

리리는 하던 생각을 떨쳐버리려고 노력하며 방 밖으로 나가 젤리에게 신전으로 이동해달라고 부탁했다. 일단 당장 할 수 있는 일을 하는 것이 맞았다.

'아까도 그렇고, 지금도 그렇고. 그냥 감수성이 높아서 더욱 예민하고, 감정 변화가 심한 걸 수도.'

원래부터 이것저것 생각은 많았지만, 요즘따라 특히 감정의 폭이 큰 것 같았다.

'에휴, 빨리 수치 차이나 메꿔야지. 설마 도덕성 높아진다고 정의로운 소녀가 되겠다고 우긴다거나 성품 높아진다고 착한 소녀가 되겠다고 난리 치겠어?'

그녀는 깔끔하고 고급스럽게 지어져 있는 신전 앞에 도착했다. 신전은 그리 크지 않았지만 안에 들어서니 멜비스 여신으로 추정되는 조각상과 신화 관련 작품들이 여기저기 장식되어 있는 등 꽤나 고풍스럽게 꾸며져 있었다. 하지만 주술각을 다녔기 때문인지 감탄사가 나올 만큼 멋있어 보이지는 않았다.

신전 안에는 사람들이 한곳에 모여서 도란도란 이야기를 나누고 있었다. 리리는 그중에서 딱 봐도 신학을 가르쳐주는 선생님 같은 사람을 발견했다.

청렴하고 단정해 보이는 점잖은 옷차림의 남자는 희끗희끗한 머리카락을 지닌 중년이었다.

"안녕하세요."

"아, 안녕하세요. 오늘 하루도 행복하길 기도하겠습니다."

"감사합니다. 아, 저기 여쭤보고 싶은 게 있는데요."

"말씀해보세요."

"혹시 일할 사람을 구하지는 않나요?"

신관은 자애로운 미소를 지으며 고개를 저었다.

"신의 사랑을 배우고자 찾아온 분들이 많은 도움을 주시기에 따로 손이 필요하다거나 그런 일은 없답니다."

"앗, 그러면 저도 가능할까요? 저도 도와드리고 싶은데!"

신관은 리리의 말에 더욱 짙은 미소를 지었다. 무척 귀엽다는 눈빛이었다. 그리곤 어린아이를 달래는 말투와 표정으로 말을 이었다.

"이렇게 귀여운 소녀가 신의 품에 찾아왔다는 사실만으로 신께서는 기특하고 어여쁘게 보시리라 믿습니다. 굳이 봉사를 하고 싶으시다면 조금 더 성장한 후에 찾아와주시겠습니까? 어릴 때는 사랑을 받고 즐기기만 해도 충분하니까요."

리리는 그 대답에 옅은 한숨을 내쉬었다. 하지만 쉽게 포기할 수는 없었다. 그녀는 열 살 소녀의 순진무구하고 사랑스러운 미소를 머금은 채 스물네 살의 말솜씨를 발동시켰다.

"그런가요? 무척 안타까운 일이에요. 얼마 전, 이 세계를 이루어낸 신의 이야기를 듣고 크게 감동했답니다. 신께서 내려주신 사랑 덕분에 제가 행복하게 살 수 있었다는 걸 알게 되었으니까요. 그래서 신께 가장 가까이 다가갈 수 있는 곳에서 그 사랑에 보답할 길을 찾고 싶었는데……."

일부러 과장된 울상을 지으며 신관을 올려다보았다. 그 간절한 눈빛에 신관은 따뜻한 눈빛으로 고개를 끄덕이며 말했다.

"신의 사랑을 깨닫고 그 사랑에 보답할 길을 찾으려고 하다니 정말 감동적이군요. 신께서도 틀림없이 기뻐하실 거예요."

"신께서 본인의 육체를 스스럼없이 떼어내 세계를 만드시고 그 사랑을 받고 태어난 것이 우리 인간이며, 그것으로도 모자라 많은 가르침을 주고 계시니 어찌 그 사랑에 보답할 수 있을까요. 신의 사랑을 널리 알린다면 틀림없이 세상은 평화로워지겠지요. 그렇겠지요?"

"물론입니다."

"그러니 부디 제가 신의 사랑을 알릴 수 있도록 도와주세요."

리리는 기도를 하듯 두 손을 꼭 쥔 채 신관을 올려다보았다. 신관은 차마 안된다고 말할 수가 없는 모양인지 난처한 웃음을 지었다. 그녀는 신관 뒤에 보이는 여신의 동상을 향해 중얼거렸다.

"아, 멜비스 여신님이시여. 당신의 어린양이 이곳에 왔나이다. 부디 내치지 말아주시옵소서."

결국 신관은 자상함이 서린 얼굴로 고개를 끄덕였다.

"이런 소녀라면 이 세계의 빛이 되어주리라 생각이 되는군요. 이곳에서 신의 사랑을 배우시고, 실천하실 수 있도록 도와드리겠습니다."

'드디어!'

그녀의 노력이 통했다. 신전 아르바이트가 등록되었다는 시스템창을 본 리리가 급히 일정 창을 열어보니 「신전 아르바이트 / 2실버」가 새로 생겨나 반짝거리고 있었다. 게다가 설득에 성공해내서 화술까지 급증했다. 리리의 입이 큼지막하게 벌어졌다.

수치 증가가 어떨지 모르겠지만 돈 내고 교육받는 것보다야 훨씬 나았다. 어차피 이곳에서 일하면 내내 보고 듣는 것이 착한 짓, 좋은 짓, 정의로운 짓에 대한 내용일 테니까. 벌이가 시원치 않았지만 용돈 식으로 생각하면 그만이었다. 교육비가 얼만데 이런 걸로 투정을 부리나.

리리는 만족스러운 결과에 웃음을 머금은 채 신전을 나섰다. 다음 주부터는 일정에 변동이 있을 터였다.

오늘 리리는 평소와 달리 아침 식사를 한 후 느긋하게 나갈 채비를 했다. 평소에는 칙칙한데다 눈에 띈다고 싫어하던 주술사 로브를 걸치고 젤리에게 부탁해 높은 구두까지 준비했다.

구두는 신는 것이 아니라 탑승해야 할 정도로 높았지만 어쩔 수가 없었다. 괜히 키 때문에 어린 소녀라고 밝혀지면 골치 아프므로 조금 고생하고 말자고 생각했다. 그 뒤로는 짧은 머리카락을 최대한 숨긴 뒤 후드를 깊게 눌러쓰고 예전에 사두었던 면사로 코와 입을 가렸다. 이 정도면 누군지 알아보지 못할 듯했다.

오늘은 동쪽 섬에서 가져온 잡동사니들을 처리하기 위해 일정을 몽땅 비워둔 날이었다.

동쪽 섬의 물건들을 한꺼번에 풀면 사람들 이목이 크게 집중될지도 모르고, 그랬다간 물건들이 어디서 난 것인지 알기 위해 다가오는 사람들이 분명 생길 테니 아예 날을 잡아 자리를 옮겨가면서 팔기로 결정했다.

일단 동쪽, 서쪽, 남쪽, 북쪽 시장 쪽으로 순서대로 이동해서 조금씩 물건을 푼 뒤 마지막으로 그녀가 일했던 시장에서 마무리를 짓기로 한 것이다. 중앙 쪽에 가장 적은 물건을 판매하기 위해서 세운 계획이었다.

주술사 로브를 입고 있으니 갑자기 나타나 장사를 해도 쉽사리 무시하거나 소동을 일으키지 않을 테고, 모습을 감추었으니 누가 동쪽 섬에 다녀온 것인지 알 수 없을 터이니 안성맞춤의 방법이었다.

물론 이런 방법으로는 목돈을 벌 수는 없었다.

하지만 이 기회에 다른 지역들은 분위기가 어떠한지, 어떤 물건들을 판매하는지 알아보고 싶은 마음이 더 컸다. 또 포리 열매 찾으러 갔다가 그냥 보이는 대로 주워온 물건들인데 싼값에 팔리면 어떠한가. 이 계획은 이미 젤리하고도 상의해 말을 끝내놓은 상태였다.

"젤리, 나 다녀올게."

"네, 아가씨. 조심하시고, 대박 나세요."

"뭐야, 그 말은. 그리고 조심은 무슨, 어차피 오늘 안에 돌아올 건데."

"그래도 조심하세요. 자나 깨나 남자 조심입니다."

젤리는 리리와 함께 지내더니 예전의 고귀해 보이던 분위기가 많이 사라져 있었다.

게다가 그녀에게 배운 말도 자연스럽게 구사해 묘한 기분이 들 정도였다. 습관적으로 내뱉은 말들을 이리 쉽게 습득하다니.

'이래서 아이들 앞에선 말조심해야 한다는 건가.'

그녀는 욕을 거의 하지 않아 참 다행이라고 생각했다. 만약 그랬다면 지금쯤 젤리는 저 아름답고 순수해 보이는 얼굴로 욕을 마구 해대지 않았을까. 생각만으로도 끔찍한 일이었다. 어쨌든 그녀의 말투를 따라 하는 것이 마냥 나쁘지만은 않았다. 친근하달까.

"빠이!"

"빠이빠이입니다."

리리는 젤리에게 손을 흔들어주며 센테르 대륙의 동쪽으로 이동했다.

목련각 근처 광장으로 날아온 리리는 시장을 찾아 걸음을 옮겼다.

저번에 로쉐, 젤리와 함께 갔었던 센테르 대륙의 남쪽에 있는 화련 각 근처와는 분위기가 사뭇 달랐다. 그곳은 바닷가와 가까웠기 때문인지, 날씨 탓인지 활기차고 매력적인 분위기였는데 이쪽은……

"묘하게 차분하네."

전체적인 인상이라든가 옷차림은 물론이고 사람들의 말투까지 차분하고 나긋나긋했다. 에너지 넘치는 남쪽과 정반대의 분위기였다. 날씨는 그다지 덥지 않았지만 습도가 높은 편이라 살짝 답답하게 느껴졌다.

건물들이 전체적으로 높고 뻥 뚫려있어 시원하고 경쾌하게 느껴졌던 센테르 남쪽과 달리 이곳은 나무들과 식물들이 많아 커다란 수목원에 온 듯한 느낌이 들었다.

'새디아도 커다란 나무들이 많았지.'

역시 날씨에 따라 도시의 모습이 달라지는 모양이었다.

물론 이곳도 이곳 나름대로 매력적이어서 마음에 들었다. 나무 그늘 사이로 스며드는 햇빛은 나른했고, 조용조용한 목소리로 대화를 나누며 지나가는 사람들이나 이름을 알 수 없는 꽃들은 평화롭고 아기자기한 느낌을 줬다.

건물들 역시 차분한 색상으로 칠해져 있어 자연과 어우러져 보였다.

"이곳 사람들은 감수성이 높을 거 같네."

이렇게 지역마다 뚜렷하게 다른 분위기와 성격을 풍기고 있다니, 리리는 새삼 이 나라가 얼마나 넓은 건지 다시 한 번 깨달았다.

나라 하나라고 하지만 지역에 따라 날씨는 물론 문화까지 다르니 굉장히 넓은 셈이었다. 주술이 아니었으면 절대 한사람이 다스리지 못했을 터였다.

"여긴 시장도 깔끔하네."

리리는 시장에 도착하자마자 나지막이 감탄사를 내뱉었다. 가판대가 잔뜩 늘어져 있고 사람들의 시선을 모으기 위해 소란을 피우던 중앙과 남쪽 지역의 시장과 달리 자연 속에 녹아들도록 그리 튀지 않은 색으로 통일한 조용한 상점들이 보였다.

'이거 내가 생각한 것과는 너무 다른데?'

그녀는 시장 안으로 쉽사리 들어가지 못하고 잠시 머뭇거렸다. 사실 새디아에서 가져온 물건은 장사 스킬이 생겼대도 시세를 알 수 없기에 가격을 매기기가 어려워 경매 식으로 진행해볼 생각이었다. 하지만 가판대 하나 없이 깔끔하게 정리되어 있는 상점가를 보니 아무래도 방법을 바꿔봐야 할 것 같았다.

결국 그녀는 일일이 상점을 찾아 돌아다니기 시작했다. 대강의 가격대라도 알아보고 싶었기 때문이었다. 하지만 그것도 쉽지 않았다. 새디아에 가지 못한지 십여 년이 흘렀으니 그쪽 물건이 남아있을 리가 없었다.

"새디아에서 들어온 나무로 만든 목제 장식품 없어요?"

"어이구, 우리도 구경조차 못 한 지 오래됐어요. 다른 가게도 마찬가지일 겁니다."

"새디아 나무 수액으로 만들어진 호박 없나요?"

"그렇게 귀한 물건은 여기에 없수다."

"새디아에서만 자라는 버섯……."

"없어요."

"새디아 나무 넝쿨……."

"그런 게 있을 리가요!"

그래도 한때 왕래를 했었던 동쪽 지역이라길래 그래도 약간이나마 남아있겠거니 생각했는데, 아이템 확인으로 보아도 동쪽 섬의 동자도 보이지 않았다.

리리는 생각보다 물건들의 값어치가 높겠다는 행복한 생각이 들면서도 이걸 어떻게 처리하나 골치가 아팠다.

'비싸면 뭐하나. 쉽사리 판매할 수가 없는데.'

결국 리리는 그나마 돈이 많고 매입을 잘할 것 같은 보석상을 돌아다니기 시작했다.

"새디아 나무 수액으로 만들어진 호박 말이오? 귀하신 분들이 싹 다 긁어모으셨으니 구경조차 할 수 없지."

대부분의 보석 상점들은 새디아산 호박의 가격은커녕 생김새조차 알지 못했다. 하지만 리리가 반쯤 포기한 상태로 들린 한 가게는 조금 달랐다.

"저, 정말 새디아산 호박이로군. 얼마 만에 보는 건지!"

가게 주인은 리리가 꺼내놓은 호박들을 보고 바로 반응을 보였다. 그는 감격한 듯 벌어진 입을 다물지 못했다. 물론 리리가 보기엔 일반 호박과 어떻게 다른지 전혀 알 수가 없었다.

"흠흠, 새디아산은 분명하지만 상태가 그다지 좋지 않고 크기도 작군요. 두 개에 3골드 드리겠습니다. 이나마도 새디아 호박이어서 많이 쳐드리는 겁니다."

역시 장사꾼은 장사꾼이었다. 호박을 보자마자 부담스러울 정도로 반짝이던 눈빛은 어느 순간 평온한 모습으로 돌아와 있었다.

하지만 큰돈을 벌어들일 작정으로 주워온 것도 아니고 괜히 가격 높이겠다며 시간 끌어봐야 다음에 갈 곳도 있으니, 적정한 가격대에서 넘기기로 했다. 어차피 새디아에는 워낙 나무들이 많다 보니 돌멩이들 사이나 진흙더미 속에 호박 보석들이 잔뜩 파묻혀 있었다.

물론 보통 사람이었다면 질척질척한 흙이 잔뜩 묻어 있고 수풀 사이에 가려져 있는 호박을 찾아내기가 쉽지 않았겠지만 리리에겐 「아이템 확인」이라는 능력이 있지 않던가. 보이는 족족 주워올 수 있었으니 겨우 세 개 정도야 아무것도 아니었다. 그녀는 그냥 장사 스킬 숙련도가 증가하는 것만으로도 만족스러웠다.

"5골드."

"그건 좀 힘든데……."

"이렇게 귀한 보석이라면 어디에 내놔도 부르는 게 값이겠지요."

하지만 바가지를 쓸 생각은 전혀 없었다. 리리가 더 이상 볼 일 없다는 듯 바로 뒤돌자 가게주인이 급히 붙잡았다.

"자, 잠깐!"

'보자마자 입이 찢어졌으면서 겨우 3골드? 누굴 바보로 아나.'

사실 적은 돈은 아니었다.

대부분의 평민들 한 달 생활비가 1~3골드인 것을 생각하면 겨우 엄지손가락만 한 돌멩이 따위가 엄청나게 비싼 값에 팔리는 것이다.

"흠흠, 혹시 더 가지고 있는 건 없습니까? 그러면 더 비싼 값을 쳐 드리겠습니다."

"없습니다."

주인은 리리의 대답에 작은 한숨을 내쉰 다음 다시 한 번 호박을 보자고 요청했다.

리리는 호박을 건네주었고, 주인은 호박 보석을 꼼꼼하게 살피며 생각에 잠겼다. 호박은 빛을 머금자 영롱한 빛깔을 뿜냈다.

'저렇게 보니 확실히 일반적인 호박과는 달라 보이기도 하고.'

역시 너무 싸게 팔아치우면 아무리 공돈이라 해도 배가 아플 것 같았다.

가격을 조금 더 높이는 편이 나을까 고민을 하는데 호박을 가만히 바라보던 가게 주인이 혼잣말을 내뱉기 시작했다.

"예전에는 간간이 이런 것들이 들어오곤 했었지. 색이 고와 인기가 많았는데 말이야. 쯧, 그런데 어쩌다 저주에 걸려서…… 역시 인간들 때문일까."

"네? 그게 무슨 말이에요?"

"그냥 떠도는 이야기인데 말입니다만……."

가게 주인의 말에 의하면 새디아는 원래 요괴들이 사는 섬이었다. 사람들이 충분히 살 수 환경에도 그러지 못했던 건 온갖 알 수 없는 힘을 지닌 요괴들 때문이었다.

그들은 비록 사람들에게 호의적은 아니더라도 적의 역시 지니고 있지 않아 출입하는 정도는 가능했다.

"그중에는 사람을 좋아하고 따르는 요괴도 있었다고 하더군요. 마치 사람처럼 성격들이 제각각이었던 모양입니다. 아, 물론 요괴를 실제로 만난 모험가는 손으로 꼽힐 정도여서 대부분의 사람들이 요괴의 존재를 믿지 않았지만 우리는 다릅니다. 우리 같은 상인은 새디아에 갔다 온 모험가들에게서 요괴와 관련된 물건을 사들이기도 했거든요."

리리는 멍한 표정으로 이야기를 들었다.

'요괴들이 살았다고? 아이기 외에는 보지도 못했는데.'

의아했지만 물어볼 수는 없는 일이었다. 새디아에 갔다 왔다고 자백할 수는 없으니까. 가게 주인의 이야기는 계속 이어졌다.

새디아는 당시에도 아주 일부의 사람들만 무리를 지어 드나들었기 때문에 새디아산의 물건은 상당히 비쌌다. 그래도 큰 문제 없이 왕래할 수 있었는데, 어느 날 일이 벌어지고 말았다.

"바로 인간 남자와 요괴 하나가 사랑에 빠진 겁니다."

결국 그 요괴는 자신이 태어나고 자랐던 새디아를 버리고 인간 남자를 따라 센테르 대륙으로 넘어왔다. 해피엔딩으로 끝났으면 좋았을 것을, 인간의 욕심은 끝이 없기 마련이었다.

"아마도 처음부터 그럴 목적으로 데리고 왔겠지요. 요괴 사체는 돈이 되니까요."

가게 주인은 빙긋 웃으며 검지와 엄지를 말아 돈 표시를 만들었다.

'이게 웃긴 이야기인가?'

어디서 웃으면 되는 것일까. 리리는 혼란스러웠다.

인간은 요괴의 사체를 탐냈다. 돈이 되니까. 그래서 동쪽 섬으로 넘어가 일부러 싸움을 걸기도 하고 사체들을 훔쳐와 팔기도 했었다는 가게 주인의 말을 들으며 리리는 소름이 돋는 것을 느꼈다.

종족을 초월해 사랑에 빠졌는데, 그래서 결국 고향까지 버리고 남자를 따라왔는데 자신을 사랑한다고 믿었던 인간에게 살해당해야 했다니. 그리고 그 남자가 아주 수완이 좋은 장사치였다고 칭찬을 하며 얼마나 벌었을까 궁금해하는 가게 주인의 태도는 또 무어란 말인가.

물론 이 이야기는 사실이 아닐지도 몰랐다. 그저 저주에 걸린 이유를 알 수 없으니 이런저런 추측이 나돌고 결국 사람들이 그럴듯한 스토리를 지어냈을 수도 있었다. 하지만 실제로 새디아에 갔다 온 리리는 마냥 헛소문은 아닐지도 모른다고 생각했다.

리리는 인간들을 용서할 수 없다던 남자의 목소리를 떠올렸다. 높낮이도 없고 허공에서 들려와 감정을 읽어낼 수가 없었지만 어쩐지 한탄과 허무함이 담겨 있었던 것 같은 목소리였다.

'그 서글펐던 울음소리와 인간을 용서할 수 없다던 목소리. 인간의 욕심은 끝이 없다고? 그래, 맞아.'

정말로 끝이 없었다.

어쨌든 저 이야기가 사실이라면 예전과 다르게 요괴들의 태도가 적대적으로 변했을지도 모른다는 뜻이었다. 그녀는 새삼 요괴들이 사는 무서운 곳에 혼자 갔다 왔다는 사실을 깨닫자 몸서리가 쳐졌다.

'어째서 다른 요괴는 안 보였던 거지? 다행이긴 하지만.'

아이기를 만난 것만으로도 이미 죽을 뻔했다. 그녀는 리리는 정신 계열 공격에 당해 의식과 고통 하나 없이 죽을 뻔했던 일을 떠올렸다.

상점 주인의 이야기를 어디까지 믿어야 할지 모르겠지만 정말 요괴가 득실득실한데 그나마 운이 좋아 아이기만 봤던 걸지도 모르겠다는 생각도 들었다.

시간 날 때마다 틈틈이 넘어가 이런저런 돈 되는 물건을 챙겨 오려던 계획을 아무래도 수정해야 할 것 같았다.

리리가 이야기를 곱씹는 사이 고민을 끝낸 가게 주인이 말했다.

"좋습니다, 4골드. 그 이상은 힘듭니다."

"좋아요."

리리는 돈을 넘기며 너무 헐값이 아닌가 했지만, 어차피 4골드도 결코 적은 돈이 아니었기에 정보료를 지급했다고 생각하며 아쉬움을 애써 털어냈다. 또 아이템창에는 그보다 가치가 높을 것이 분명한 호박들이 꽤 남아 있었다.

단지 한꺼번에 풀면 골치가 아파질 테니 일부러 상태가 별로인 호박만 조금 내놓았을 뿐이었다.

'이거 생각보다 돈 엄청 벌겠는데?'

그녀는 아이템창에 가득 담긴 잡동사니들을 보며 실실 웃다가 가게를 나서기 위해 걸음을 옮겼다. 그리고 그 뒤로도 리리는 가게를 돌아다니며, 새디아산 호박이라는 걸 알아본 곳에서 작은 호박 몇 개를 더 팔았다.

순식간에 7골드가 손에 더 들어왔다. 리리는 올라가는 입꼬리를 내릴 수가 없었다.

리리는 센테르 대륙의 서쪽으로 이동했다.

사실 정체를 드러내고 싶지 않다고 해도 굳이 온 대륙을 돌아다니며 판매할 필요는 없었다. 중앙에서도 외진 곳이나 동쪽, 혹은 남쪽 한적한 곳에서만 장사를 해도 되는 일이었지만, 리리는 이번 기회에 대륙 모두를 둘러보고 싶었다.

어째서인지 젤리는 서쪽이나 북쪽은 가지 않는 편이 좋다며 말렸지만 그런다고 얌전히 들을 그녀던가.

새디아산 물건이 너무 가까운 한곳에서 풀리면 꼬리가 잡힐지도 모르는 일이라는 이유를 들어가며 결국 젤리의 허락을 받아내었다.

리리는 이 세계에 온 지 얼마 안 되었을 적, 정보를 얻기 위해 읽었던 책에서 봤던 곳을 직접 오게 되니 조금 설레는 마음도 들어 주변을 살펴보았다.

이곳은 굉장히 메마른 날씨였다.

모래 먼지가 뒤섞인 메마른 바람이 불어와 기침이 절로 나왔다. 사람들의 옷차림 역시 그런 모래바람을 피하기 위해 온몸에 크고 두꺼운 천을 둘러쓰고, 눈만 빼꼼 내민 채 바쁜 걸음을 옮기고 있었다.

방금 전까지 나무와 식물이 잔뜩 널려 있고 습기가 가득해 답답하기까지 하던 동쪽에 있다가 와서 그런지 더욱 건조하게 느껴졌다. 같은 중앙 대륙인데도 이리 다를 수가 있다니 신기했다.

전제적으로 분위기도 삭막해, 사람들의 말도 거칠고 행동 또한 폭력적이었다. 여기저기서 큰 목소리로 대화를 주고받다가 이내 몸싸움이라도 벌일 듯 험악해지는 모습에 리리는 살짝 주눅이 들었다.

'이래서 말렸던 건가.'

그녀는 역시 백번 듣는 것보다 한 번 보는 것이 낫다는 생각을 했다.

시장은 제대로 된 건물 하나 없이 거의 대부분이 가판대를 늘어놓고 판매 중이었다. 그냥 아무 데나 자리 잡고 앉아 물건을 늘어놓으면 되는 모양이었다. 별의별 물건이 다 있었다.

"으. 저게 뭐야."

그중 리리는 커다란 짐승 같은 게 죽어있는 걸 보고는 충격에 휩싸였다.

'세상에⋯⋯. 이런 게 존재한단 말이야?'

일단 크기 자체가 그녀가 봐왔던 일반 가축들보다 훨씬 컸고 생김새도 매우 끔찍했다. 튀어나온 크고 날카로운 이빨은 보는 것만으로도 무서웠고 눈을 부릅뜨고 죽어있는 핏빛 눈동자 또한 오싹했다. 그뿐인가.

온통 괴상하게 일그러져있는 안면과 뾰족한 꼬리, 팔과 다리를 뒤덮고 있는 가시 등은 이제까지 봐왔던 그 어떤 동물과도 달랐다. 그녀는 멍하니 사체를 보다가 곧 이것이 책에서 그림으로만 봤던 괴물이라는 사실을 알아챘다.

더구나 괴물은 가죽은 가죽대로, 살은 부위별로 잘라 판매되고 있었고 사람들은 우르르 몰려와 경매에 열을 올렸다. 리리는 그 모습이 너무 징그러워 결국 고개를 돌려버렸다. 새삼 다른 세계라는 것이 와 닿았다.

그러고 보니 서쪽 사막 하르빌에는 괴물들이 살고 있어 습격을 받거나 반대로 소탕을 나가는 일이 드물지 않다는 내용을 책에서 본 적이 있었다.

사람들이 폭력적이고 급한 성격인 것도 어찌 보면 당연한 일이었다. 주변을 둘러보니 대부분의 사람이 무기를 차고 있었고 가판대의 물품 또한 무기가 가장 많아 보였다.

그녀는 적당한 자리를 하나 잡고는 아이템창에 들어있던 돗자리를 꺼내 들었다.

그러고는 다른 사람들처럼 물건 몇 가지를 늘어놓았다. 금속 못지 않게 단단하다거나 무늬가 아름다워 가치가 높다는 설명이 붙어있는 새디아산 나무토막들이었다. 아무래도 무기상이 많다 보니 이런 재료가 먹히지 않을까 싶었다.

처음에는 다들 별 관심 없이 지나갔지만 결국 가치를 알아보는 사람들이 나타났다.

아무래도 이런저런 경매가 시도 때도 없이 벌어지다 보니 그런 물건을 싸게 사들여 비싼 값에 파는 중간 상인들이 많이 있는 모양이었다.

"놀랍군. 어디서 갑자기 나타난 거지? 게다가 상태도 나쁘지 않은걸?"

"새디아와의 왕래가 끊긴 이후로 이런 재료는 구하기가 힘들어졌는데!"

그런 사람들이 의도치 않게 바람잡이를 해주자 바로 경매가 시작되었다. 그리고 바람잡이가 있으면 물건의 가격을 낮추기 위해 역바람을 잡는 사람들 역시 있기 마련.

"새디아 섬은 왕래가 끊긴 지 10년이나 흘렀는데? 그런 곳의 물건이 갑자기 어디서 나타나?"

"그러게. 상태도 너무 좋아. 대체 어떻게 보관해야 나무토막이 썩지도 않을까."

사람들은 술렁였다. 분명히 맞는 얘기였다. 새디아와 가까운 동대륙에도 새디아산 물건을 찾아볼 수가 없는데 여기는 오죽할까.

게다가 시간이 흐르지 않는 아이템창에 보관해두었던 물건들이어서 처음 주웠던 상태 그대로를 유지하고 있었으니 의심하는 것이 당연했다.

리리는 어떻게 할까 고민하다가 결국 무언가를 꺼내 들었다.

바로 흙이었다. 포리 열매를 심을 때 만약을 대비해서 가져온 흙이었지만 혹시 몰라 조금 남겨두어서 다행이었다.

새디아의 흙은 굉장히 곱고 질척질척할 뿐만 아니라 색상 역시 진하고 풀 내음이 짙게 풍겼다.

서쪽 지역은 건조하고 식물이 자라나기 힘든 환경으로 다른 지역에서 흙이나 식물들을 가져와도 마찬가지로 말라비틀어진다고 배웠는데, 리리가 꺼내 든 흙은 여전히 그 상태를 유지하고 있었다.

성분 자체가 다르기 때문인지 요괴와 관련이 있는 건지 정확한 이유는 알 수 없었다.

흙을 본 사람들의 반응은 굉장했다. 나무토막을 봤을 때보다 더욱 환호했다.

"오, 이곳에서도 마르지 않는 흙이라니 새디아의 것인가?"

"굉장하군. 모래바람이 뒤덮는데도 여전히 축축하고 곱군. 두 눈으로 보면서도 믿기가 힘들 정도야!"

새디아의 흙이 있다면 서쪽 지역에서도 식물을 키울 수가 있었다. 물론 리리가 꺼내놓은 건 적은 양이라 그렇게 사용하기는 힘들었지만, 어쨌든 사람들은 리리가 내놓은 나무토막이 동쪽에서 가져온 것이라는 사실을 믿기 시작했다.

"50실버!"

"80실버!"

"95실버! 아니, 1골드!"

의외로 이곳 사람들이 아니라 다른 곳에서 물건들을 거래하기 위해 찾아온 듯 보이는 상인들이 더욱 열을 올렸다. 어쨌든 경매는 대성공이었고 리리의 손에는 2골드 80실버가 들어왔다.

고작 나무토막들을 판매한 가격이었다. 조금 전 동쪽 지역에서 번 돈과 합하면 오늘 하루만 13골드 80실버를 벌어들인 셈이었다.

'이거 진짜 장난 아닌데? 확실히 돈이 되는구나.'

리리는 만족스러운 미소를 지으며 걸음을 옮기려는데 갑자기 커다란 그림자가 드리워졌다. 그녀는 고개를 들어 올렸다가 조용히 침을 삼켰다.

잘못했다간 씨익 웃으며 칼침 놓아줄 것 같은 아저씨 세 명이 그녀의 몸만한 검을 가지고 그녀를 내려다보고 있었다. 어찌나 인상들이 사나운지 눈빛만으로도 잡아먹을 듯했다.

"누구 마음대로 여기서 장사를 하나아?"

"자릿세는 내고 가야지. 처음 보는데 까짓것 인심 쓰지, 5골드만 내."

"우리 그렇게 나쁜 사람 아니야. 자릿세만 받고 얌전히 가줄게."

말로만 듣던 대낮의 날강도들이라니. 리리는 기가 막혔다. 더구나 주술사의 외투를 입고 있는데 이런 식의 시비라니?

'어쩔까나.'

로쉐가 성력은 최대한 감추라고 말했었다. 그리고 그건 리리도 동감이었다.

'그렇다고 가만히 두기엔 섭섭하지.'

이런 놈들이 대낮부터 설치고 돌아다니는데, 어차피 신성계열 주술만 아니면 될 터였다. 결국 리리는 아이템창에서 부적 몇 개를 꺼내든 뒤 남자들에게 던졌다.

"정의의 이름으로 너희들을 용서하지 않겠닷!"

놈들은 갑자기 날아오는 종이 쪼가리에 당황했는지 무기를 휘둘렀다. 하지만 부적들이 살아있는 뱀처럼 길게 늘어지더니 이내 밧줄이라도 된 듯 그들을 꽁꽁 묶기 시작했다.

공격력이 전혀 없는 무속성 주술이지만 잘만 사용하면 이런 식으로 사람들을 구속할 수도 있었다. 게다가 리리는 중급 주술사가 아니던가.

남자들은 당황스러웠다. 손바닥만한 종이 쪼가리가 갑자기 길게 늘어나더니 그들의 몸을 꽁꽁 묶었다. 안간힘을 써봐도 찢어지기는커녕 점점 조여왔다.

서쪽 지역에도 분명 금련각이라는 곳에 주술사들이 모여 있었지만 워낙 얼굴 한번 보기 힘든 사람들인데다가 소문으로만 들어와 막연히 과장되었겠거니 생각해왔다.

게다가 앞에 있는 리리는 너무 어려 보이는데다 무섭고 대단하다던 주술사와는 거리가 있어 보여 가짜가 아닐까 의심했는데 설마 이럴 줄이야.

주위에서 구경하던 사람들도 마찬가지였다. 주술사를 만나면 귀족들보다 더 위험한 자들이니 조심하라는 이야기는 들어왔지만 실제로 본 적이 없으니 반신반의했다. 하지만 어떻게 종이 몇 개로 커다란 남자 세명을 꼼짝 못 하게 만들 수가 있는 건지 두 눈으로 보면서도 믿기가 힘들었다.

"자, 내 귀한 부적들을 사용했으니 재료비나 벌어가 볼까. 주님, 정의로운 도둑이 되는 것을 허락해 주세요."

리리는 남자들이 떨어트린 무기를 들어 올렸다. 그다지 비싸 보이지는 않았지만 어차피 되팔면 그만이었다.

리리는 땅에 떨어져 있는 무기들을 전부 아이템창에다 집어넣고 남자들의 주머니들도 털었다.

남자들은 당연히 버럭버럭 소리를 지르며 난리를 쳤지만 소용이 없었다.

주위에 있던 사람들 또한 허공에 사라지는 무기에 매우 당황했다. 주술사들은 특이한 능력들을 사용한다더니.

"에이, 이거밖에 없어?"

돈 좀 있게 생겼다고 좋아했더니 다 합쳐봐야 고작 32실버뿐이었다. 그녀는 짜증이 치밀어 앞에 있는 남자 허리춤에 매달려 있던 방망이 같은 무기로 몇 대씩 쥐어박아 주었다.

"자, 잘못했습니다."

"한 번만 봐주세요."

남자들은 결국 빌기 시작했다. 작고 어린 여자라고만 생각했는데, 주술도 그렇지만 때리는 자세를 보니 아무래도 어디서 무술 좀 꽤나 배운 모양이었다. 아주 딱 아픈 곳만 골라 때리는데 눈물까지 쏙 나올 정도였다.

"그럼 한번 봐주지, 두 번 봐줄까? 나 아저씨들 또 볼 생각 없거든? 좀 착하게 살아! 쉽게 돈 벌 생각하지 말고."

어쩐지 마지막 말은 본인이 말해놓고도 뜨끔했다. 쉽게 돈 버는 걸로 따지면 지금 그녀가 최고였다.

어쨌건 돈 털러 온 녀석들의 주머니를 털어주었으니 이쯤 할까 싶었다. 하지만 금세 마음을 고쳐먹었다. 주위를 둘러보니 그녀의 행동에 기뻐하는 사람들이 많아 보였기 때문이었다.

생각해보니 대낮부터 당당하게 삥을 뜯는 놈들이 고작 이런 일로 죄를 뉘우칠 리도 없었다. 그러니 그녀가 돌아간 뒤의 일은 안 봐도 뻔하지 않던가.

'게다가 비슷한 옷차림에 비슷한 무기를 든 세 남자라. 냄새가 나는 걸. 매우 진하게.'

그녀는 남자들을 쳐다보며 웃음을 흘렸다.

"아니지. 이대로 가기에는 좀 아쉽지?"

현재 그녀는 동에 번쩍, 서에 번쩍 정신없이 돌아다니는 중이었다. 거기에 젤리의 이동 능력으로 흔적 하나 남기지 않는 세심함까지. 심지어 중급 주술사 로브를 입고 얼굴까지 가린 상태였다. 뭐가 무서워서 그냥 간단 말인가.

알 수 없는 리리의 말에 불안함을 느낀 세 남자는 앞으로 주술사들은 절대 건드리지 않겠다고 다짐하며 몸을 떨기 시작했다.

며칠 후, 집이라고 부르기도 민망할 정도로 어설픈 건물들이 드문드문 늘어져 있고, 그와 대조되는 거대한 철벽 너머로 끝없이 펼쳐진 핏빛 모래사막이 보이는 센테르 서쪽 끝.

이곳은 죽음의 사막인 하르빌과 맞닿아 있어 사람이 살기가 어려운 지역으로, 사막에서 나타나는 괴물들을 막기 위한 철벽만이 존재할 뿐 국가의 그 어떤 원조도, 개입도 없는 장소였다. 일명 무법 지대. 중앙 대륙으로 들어서는 괴물들을 막아내는 첫 번째 관문이자 스스로를 지킬 수 있는 강자만이 살아남을 수밖에 없는 곳이었다.

이전에는 소수의 주민들만 간신히 살아가다가 요즘엔 여기저기서 사연 있는 사람들이 모여들어 나름대로 마을의 모습을 만들어나가고 있었다. 마을이 생기는 것이 현재 진행형이라는 것을 증명하듯 오래된 건물들 사이로 들쑥날쑥하게 새집이 들어서 있어 겉으로는 꽤 우스꽝스러웠다. 물론 마을이라고 해도 뜨거운 햇볕과 거친 모래바람을 막기 위해 두꺼운 천들로 얼기설기 가려놓은 건물들과 사막에서 나오는 금속이나 무기를 제련하고 괴물들을 잡아 가죽을 정비하는 몇몇 상점들이 고작이었지만.

그래도 사람의 수가 많아지자 생필품을 팔기 위해 찾아오는 상인들의 수도 늘어나면서 예전보다는 살기가 좋아진 상태였다. 물론 이곳에서 생활하는 것이 많이 편리해졌다는 뜻이지, 이전보다 안전하다거나 평화롭다는 뜻은 아니었다. 오히려 분위기는 점점 흉흉해지고 있었다. 그것을 증명이라도 하듯 마을을 방문한 상인들은 삼삼오오 모여들어 수군거리기 바빴다.

"이상하군. 다들 어디 갔지?"

"다른 마을들도 비슷한 모양이야. 무슨 일이 생긴 건가?"

상인들은 혹시라도 누군가에게 들릴까 작은 목소리로 떠들어댔다. 다들 비슷한 내용이었다. 평소대로라면 여기저기 시비를 걸고 돈을 뜯어내며 돌아다니고 있어야 할 무리들이 벌써 며칠째 보이지 않았다.

상인들의 시선이 마을에서 가장 큰 건물에 닿았다. 그 역시 다른 건물들과 마찬가지로 허름하기 짝이 없었고 천으로 얼기설기 엮어놔서 우스꽝스럽기까지 했지만 바람에 펄럭이는 깃발 하나만큼은 거대하고 화려했다. 마을 사람들은 그 깃발이 뭐라도 된다는 듯 제대로 바라보지도 못했다.

바로 붉은 전갈단이었다. 이름 그대로 붉은 전갈 마크를 달고, 이 마을뿐 아니라 주변 마을을 돌아다니며 상인들에게 세금이라는 명목으로 돈을 걷는 건달들을 이르는 이름이었다.

마을 사람들 또한 갑자기 건물 안으로 우르르 몰려 들어가더니 그 이후로 며칠이나 건물 안에서 나오질 않는 그들 때문에 의아함을 감추지 못하고 있었다. 언제나 건들거리며 이곳저곳 들쑤시기 바쁜 놈들이 계속해서 코빼기도 안 비추니 이 마을뿐 아니라 다른 마을 사람들 사이에서도 사뭇 긴장감까지 돌고 있을 정도였다.

"건물에서 새하얀 빛이 뿜어져 나오는 걸 봤다는 사람이 있던데 혹시 아는 거 있나?"

"하얀빛? 잘못 본 거 아닐까?"

"역시 그런가?"

금속을 제련하던 늙은 노인 역시 하던 일을 멈추고 잠시 나와 보았다.

"오랜만이군. 마을이 이토록 조용한 건."

내리쬐는 햇볕이 뜨거웠지만 불 앞에 있던 그의 온몸은 땀으로 흠뻑 젖어있어 마른 모래바람이 시원하게 느껴졌다.

"그러게 말입니다."

대화를 나누던 상인들 역시 수긍하며 말을 받아쳤다.

"뭔 일 있는 건 아니겠지요? 마을이 썰렁하니 불안한 건 어쩔 수 없군요."

"아직까진 문제없네. 자네들의 말 한마디, 한마디가 마을 사람들에게 어떤 영향을 끼치는지 몰라서 그런 말을 쉬이 내뱉나. 이런, 쯧."

늙은 노인은 입을 가볍게 놀리는 상인을 쳐다보며 혀를 찼다.

"아이고, 요 입이 방정이지요. 요 입, 못쓸 입."

만약 상인들이 겁을 먹어 이곳에 오는 수가 줄어든다면 그것이야말로 큰 문제였다. 만약 세금을 걷기 힘들어진 붉은 전갈단이 떠나면 상인들은 이 위험한 지역에 완전히 발걸음을 끊을 테고, 그럼 이 마을 사람들은 살아갈 길이 막막했다. 붉은 전갈단은 이 마을의 골칫덩어리였지만, 한편으로는 없어서는 안 되는 존재였다. 어쨌든 경비병 하나 없는 지역에서 마을 사람들이 그나마 마음 놓고 살 수 있는 건 그들 덕분이었으니까.

"그만 노여움 푸시지요."

"되었네."

평범한 금속 제련쟁이처럼 보이는 노인을 대하는 상인들의 행동이 지나치게 조심스러웠다. 사실 금방이라도 쓰러질 것처럼 보이는 이 노인은 하르빌 금속을 얻을 수 있는 「별의 길」을 알고 있는 「인도자」 중 한 명이었으며 그 금속을 제련할 수 있는 유일한 장인이었기 때문이었다.

하르빌의 금속은 별이 인도하는 길을 따라 사막을 건너야만 얻을 수 있었는데, 그야말로 강도가 높고 희귀했기에 사막의 보물이라고 불릴 정도였다.

돈만 준다고 살 수 있는 게 아니라 구경조차 힘든 수준이었다. 그래서 아센 상단은 노인과 독점 거래를 트고 있었다.

그런데 만약 고작 일개 상인일 뿐인 그들이 아센 상단 금련각 지점의 귀한 거래처인 이 노인과 마찰을 빚는다면 실직으로 끝나지 않을 터였다. 아마 두 번 다시 상인의 길을 걷지 못하는 것은 기본이요, 평생 시장엔 발도 붙이지 못할 수도 있었다. 그 정도로 아센 상단의 입김은 어마어마했다.

그때였다. 마을 사람들은 물론 드나드는 상인들까지 의아하게 만들었던 붉은 전갈단이 움직이기 시작했다. 그들이 건물에서 나오는 것을 본 노인은 한숨을 쉬며 다시 일터로 돌아가고 노인에게 잘못을 빌던 상인들은 그들에게 다가갔다. 세금을 내기 위해서였다.

"안녕하십니까. 무슨 일 있는 것은 아닌지 걱정했습니다."

하나, 둘씩 모여든 상인들은 그들의 눈치를 살피며 돈을 내밀었다. 그러고는 수금 명단표를 꺼내 들기를 기다리며 가만히 서 있었다.

그들 덕분에 큰 위험 없이 거래할 수 있으니 상인들의 입장에서도 얌전히 비위를 맞추어 주는 편이 나았다. 하지만 건물에서 나온 붉은 전갈단의 상태가 이상했다. 다들 생글생글 웃으며 손사래를 치는 것이 아닌가.

힘상궂게 생긴 덩치 커다란 남자들이 생글생글 웃는 모습은 그야말로 솜털까지 바짝 설 정도로 소름 끼치는 일이었다. 상인들은 겁에 질려 주춤주춤 뒤로 물러났다. 하지만 그것은 시작에 불과했다.

"오랜만입니다. 별일 없었습니까?"

"네? 아, 네. 더, 덕분에요."

"여기까지 오느라고 고생하셨네요. 시원한 물이라도 대접해드리고 싶지만 저희가 조금 바쁜 터라."

"앞으로는 이런 돈 주지 마십시오. 차라리 힘들게 먹고 사는 마을 사람들에게 더욱 질 좋은 식재료를 가져다주셨으면 좋겠습니다."

"왜, 왜 그러십니까. 저희가 무슨 잘못이라도……."

"아닙니다. 그간 저희가 못된 짓을 많이 해왔지요? 정말 죄송했습니다. 그런 반응을 보니 제가 얼마나 나쁜 놈이었는지 한 번 더 깨닫게 되네요."

상인들은 도대체 이들이 대체 왜 이러는지 이해할 수가 없었다. 하나같이 그동안 미안했다며 사과를 하고 심지어 자책하며 눈물을 비추는 남자까지 있으니 그야말로 넋이 빠질 일이었다.

그러든가 말든가 붉은 전갈단원들은 마을로 내려가 사람들에게 인사와 사과를 하고 돌아다니기 시작했다.

상인들에 이어 마을 사람들까지 할 말을 잃어버리고 급기야는 혹시 미친 것 아니냐는 소리까지 나올 정도였다.

"뭐, 뭘 잘못 먹었나?"

"혹시 사람을 미치게 하는 괴물이 나타난 거 아니야?"

"……이것 참. 좋은 일인지 나쁜 일인지 모르겠군."

마을 사람들은 손에 들린 돈주머니와 음식들을 보며 허탈하게 중얼거렸다.

그동안 억지로 빼앗은 돈을 일정 부분 돌려준다며 뿌리고 간 것이었다. 심지어 나머지는 앞으로 차차 갚겠다며 말도 안 되는 약속까지 하고 갔다.

늙은 노인 역시 앞에서 무릎을 꿇고 잘못을 빌고 있는 붉은 전갈단의 우두머리와 몇몇 부하들을 보며 그답지 않게 당황했다.

"이게 무슨 짓인가. 다들 이 열기에 정신이라도 놓은 겐가?"

"아닙니다. 이제야 정신을 차린 겁니다."

"……뭐?"

"신의 계시를 받았습니다. 그동안 괴롭혔던 사람들에게 잘못을 빌고 죗값을 치르며 살라는 성녀님의 말씀을 들었습니다. 천벌을 받은 뒤 저희들이 그동안 얼마나 미친놈이었는지 알게 되었습니다."

"이게 다 무슨 소린가. 혹, 꿈이라도 꾼 겐가. 신의 계시와 성녀의 말이라니……. 하, 거참."

노인은 그야말로 꿈같은 소리를 해대고 있는 붉은 전갈단을 바라보며 기가 차다는 듯 한숨을 내뱉었다.

"아닙니다! 그러니 어르신께서 어떻게 해야 마을 사람들에게 도움이 될지 가르침을 주십시오. 저희들은 하나같이 머리가 나쁜 터라 막막하기만 합니다. 그동안 상의를 해보았지만 시간만 날려 먹고 말았습니다."

"그럼 그동안 건물 안에서 했던 게……."

"예. 모자란 머리들이 모여 되지도 않는 방안들을 내놓다 보니 그렇게 되었습니다. 그리고 앞으로 인도자인 어르신을 보호할 수 있게 허락해주십시오. 괴물들의 위협 때문에 별의 길을 따라가는 것이 힘들다는 사실을 알고 있었습니다."

"나, 참. 정말 미치고 팔짝 뛸 노릇이군."

노인은 완전히 사람이 바뀐 것 같은 붉은 전갈단을 보면서 기쁨보다는 정말 새로운 능력을 지닌 괴물이 나타난 것이 아닐까, 혹시 이들이 죽을 때가 된 것은 아닐까 하는 걱정이 앞섰다. 그건 마을 사람들과 상인들도 모두 가지게 된 공통적인 생각이었다.

08. 요정은 괴로워

  센테르 대륙의 중앙이자 수도 세이너트에 있는 다련각 근처 광장에서 허공을 바라보며 한숨을 내쉬는 사람이 있었다. 바로 리리였다.

  '혹시나 도덕성이나 성품이 오르지 않을까, 기대했건만.'

  그녀는 사실 허공이 아닌 상태창을 바라보고 있었다. 리리는 지금 막 시비를 걸었던 놈들의 본거지까지 찾아가 영혼까지 탈탈 털어온 상태였다. 어차피 얼굴을 가린데다 제대로 된 마을도 아니었고 중앙과는 거리가 무척 먼 서쪽 사막 지역이었기에 성력을 사용한다고 해도 그리 큰 문제가 생기지는 않을 듯했다. 그래서 과감하게 능력을 사용했거늘, 수치에는 아무런 변화도 없었다.

  "에잇, 짜증나."

  결국 시간 낭비만 한 셈이었다.

생각해보니 남작을 정화시켰을 때도 도덕성이나 성품의 증가 따윈 없었다. 분명 착한 일이었지만 사람이 같은 사람의 죄를 처벌한다는 자체가 문제인 모양이었다. 어쩌면 처벌하는 과정이 문제일지도 몰랐다.

아무튼 정화 주술을 걸어두고 고통에 몸부림치는 것만 보고 바로 중앙대륙으로 넘어왔기에 시간 낭비는 크게 없긴 했다. 그 뒤로 어떻게 변할지 좀 궁금하긴 했지만 알아보러 가기 위해 위험을 무릅쓸 생각은 없었다.

'물건이나 팔자.'

원래는 남쪽과 북쪽으로 계속 이동해갈 예정이었지만 물건을 판매하는 일이 생각보다 너무 오래 걸리고 또 서쪽을 직접 겪어보니 젤리의 말대로 그리 순탄하지만은 않을 것 같아 결국은 그냥 중앙으로 넘어왔다. 시장으로 이동해온 리리는 본격적으로 장사를 시작했다.

"이게 정말 새디아에서 가져온 물건이란 말이죠?"

"그렇다니까요! 나란 사람, 신뢰 빼고는 시체여! 정 믿기 힘들면 아센 상단에 들고 가서 물어봐요. 맞나, 아닌가."

"에이, 그렇게까지 말한다면야 당연히 믿어야지. 확실히 고급스러워 보이네."

"탁월한 안목이심다. 요거, 그냥 장식품으로 사용해도 그만이에요. 아무 데나 놓아도 그 자체만으로 고급스러운 냄새가 팍팍 풍기니 이 가치를 어찌 돈으로 따질까. 어머, 어딜 가요! 이리 와 봐요. 이게 날이면 날마다 오는 물건들이 아니여! 구경 한번 해봐."

"이건 또 뭐야. 누가 쓰던 것 같은데?"

"아이고, 말도 마요. 이게 그 유명한 「전사의 광검」이라는 거예요. 이 동네에선 찾아볼 수 없는 모양이죠? 당연하지! 이게 서쪽 사막에서 괴물을 사냥하던 전사들이 사용하던 검이니까! 이 검으로 죽인 괴물의 수만 해도……."

리리는 지나가던 사람들을 마구잡이로 끌어들여 화려한 화술을 마음껏 뽐냈다.

심지어는 서쪽 지역에서 털어온 중고 무기들까지 팔아치우는 중이었다. 붉은 전갈단이 쓰던 검은 어느새 전설의 검으로 둔갑하여 경매까지 벌어졌다.

어차피 장사 스킬이 생긴 이상 도덕심이나 성품 깎일 걱정은 하지 않아도 됐다.

문제는 기품이었지만 집으로 돌아가 춤 연습이나 붙잡고 있으면 금세 원상복구 될 터이니 하루만 포기하기로 했다.

그녀가 지닌 말발 하나로 판매하기 시작한 지 얼마나 지났을까. 확실히 가볍게 판매를 했더니 돈벌이 역시 시원치 않았다.

하지만 장사 스킬 숙련도의 증가치는 다른 지역에서 했던 것보다 높은 편이었다.

오로지 그녀가 지닌 화술 하나로 장사를 했기 때문이리라. 새디아에서 가져온 물건을 싸게 사들인 사람들은 그야말로 운이 좋은 편이었고 리리 역시 공돈에다 스킬 숙련도까지 올렸으니 서로 윈윈인 셈이었다.

† 화술이 20 증가했습니다.
† 기품이 5 하락했습니다.

물건을 전부 팔고 나니 시스템창까지 떠올랐다. 별 관심도 가지지 않던 사람들까지 끌어들여 팔아댔더니 그녀의 능력을 인정한 모양이었다.

'아무래도 정말 소질이 있나 봐. 약 하나는 끝내주게 잘 팔겠네.'

리리는 새삼 자신의 화술에 감탄했다. 시장의 요정이라는 것을 들키지 않으려고 주술사 로브를 깊게 눌러쓰고 가리개로 얼굴을 가린채 높은 신발에 탑승하고, 말투는 물론 목소리까지 다르게 내려고 노력한 보람이 있었다. 그녀의 수중에 24골드 87실버라는 거금이 모여 있었다.

'모험은 정말 좋은 거로구나.'

그냥 가서 보이는 족족 온갖 잡동사니들을 주워왔을 뿐인데! 물론 새디아의 왕래가 끊긴 지 십여 년이 흘렀기에 이 정도로 가치가 뛰었다는 것 정도는 잘 알고 있었다.

리리는 가벼운 발걸음을 옮기며 노래까지 흥얼거렸다. 이리 돈을 쉽게 벌 수 있다니 행복했다. 건국제가 끝나고 나면 종종 다녀와야 할 듯했다. 하지만 인간을 용서할 수 없다던 목소리와 죽을 뻔했던 기억 때문에 새디아에 가는 것은 살짝 꺼려졌다.

게다가 좋지 않은 이야기도 들은 터라 더더욱. 그렇다고 노베는 추운데다 눈과 얼음으로 이루어진 바다라고 하니 딱 봐도 힘들 것 같았고 마하엔스는 문제가 많았다.

'옛날 옛적, 존재했었다는 기록만 남아있다던 남쪽 섬이니까.'

만약 마하엔스에 갈 수 있다고 해도 그곳의 물건들은 오히려 값어치가 낮을 수도 있었다. 아예 새로운 물건들일 테니까. 가져와서 마하엔스산이라고 백날 외쳐봤자 아무도 안 믿어주지 않을까. 일단 아무도 가본 적이 없다니까 지도 자체를 구하기가 힘들 것 같았다. 아니, 지도가 있기나 할까. 설사 있다고 해도 그게 진짜인지 가짜인지는 어떻게 구분할까.

'역시 새디아가 최고려나. 아니, 하르빌?'

괴물 사체를 너도나도 사겠다고 경매에 참가하던 모습을 떠올리니 오히려 새디아보다 하르빌의 사막이 돈벌이가 더 될지도 모르겠다는 생각이 들었다.

더구나 이 세계의 무기는 굉장히 비싼 편이었다. 아무리 새디아에 왕래하지 못한 지 오래되어 가치가 높아졌다 하더라도 호박이나 나무토막 따위보단 금속이나 괴물 가죽이 훨씬 비싸게 팔 수 있을 터였다.

'근데 그 괴물……. 괜찮을까.'

게다가 죽음의 사막이라고 불리는 곳이니 가게 되면 새디아와는 비교조차 하지 못할 정도로 험한 여정이 될 것이 뻔했다. 그녀는 잠시 고민하다 이내 고개를 저었다.

'아직 멀었는데 벌써부터 고민할 필요가 뭐 있나.'

나중에, 체력과 근력을 더 키우고 시간까지 널널해졌을 때 생각해봐도 늦지 않았다.

✢

† 주머니를 도둑맞았습니다.

이런저런 생각에 잠겨있던 리리는 갑작스레 떠오른 시스템창을 보고 어리둥절해졌다.

'응? 방금 뭐라고?'

급히 주위를 둘러보니 누군가가 후다닥 뛰어가는 뒷모습이 보였다. 리리의 또래쯤으로 보이는 남자아이인 듯했다. 누군가 다가오는 것도 몰랐는데? 그녀는 워낙 순식간에 벌어진 일이라 잠시 넋을 놓고 있다가 뒤늦게 상황 판단을 마치고 소년을 급히 쫓아가기 시작했다.

그녀의 체력이나 근력은 무시할만한 수치가 아니었으므로 간단하게 거리를 좁혔다. 하지만 워낙 높은 신발을 신고 있다 보니 좀처럼 따라잡을 수가 없었다. 리리는 녀석을 놓칠세라 열심히 뒤쫓아가면서 정보창을 열어 돈을 확인했다.

'어라?'

주머니를 도둑맞았다면서 소지금액은 그대로였다. 많은 사람들의 틈을 쥐새끼처럼 요리조리 헤쳐나가던 녀석이 어느 순간 사라지고 그녀는 미로처럼 엮여 있는 시장 뒷골목을 허탈한 눈으로 쳐다보았다.

그녀는 일단 물건을 확인해보기 위해 아이템창을 열어보았지만 역시나 소지품은 모두 그대로였다. 그녀는 슬그머니 인적이 없는 골목으로 들어가 그 중 평범한 옷과 신발로 갈아 신어 보았다. 순식간에 옷차림이 뒤바뀌었다. 주술사 로브 역시 아이템창에 고스란히 들어가 있었다.

'이게 뭐야. 주머니를 도둑맞았다며. 근데 왜 돈이랑 아이템이 그대로람?'

리리는 답답하게 얼굴을 가리고 있던 가리개까지 보관한 뒤, 시장의 요정으로 돌아와 골목을 헤집고 다니기 시작했다. 시장 근처에 있는 건물들은 워낙 높았고 다닥다닥 붙어 있는 편이라 한낮인데도 어둡게 느껴졌다.

"이런 곳에서 녀석을 찾을 수 있을까."

어차피 모든 소지금과 아이템들이 고스란히 남아 있으니 굳이 찾을 필요는 없었지만 혹시 몰랐다. 녀석이 꺼내 쓸 수 있을지도. 만약 공유라도 되면 골치 아픈 일이었다. 하지만 이미 숨어버린 녀석을 어떻게 찾는단 말인가.

그녀는 문득 품에 안겨 있던 페가수스 인형을 내려다보았다.

'살아있는 생명체도 아니고 후각이 있는 강아지도 아닌데 내가 지금 무슨 생각을 하는 거람.'

하지만 늘 아이템창을 들락거리던 녀석이니 어쩌면 찾아내지 않을까 하는 생각에 페가수스 인형을 들어 올렸다. 스스로 생각해도 어이없긴 했지만 혹시 모르는 일 아니던가. 리리는 결국 명령을 내렸다.

"가방으로 돌아가."

인형은 작은 날개를 파드득거리며 날아올랐다.

"설마?"

리리는 황당함에 실소를 흘리며 인형을 따라가기 시작했다.

페가수스 인형이 향한 곳은 그녀가 헤매던 골목길이 아니라 시장 쪽이었다. 인형이 정말 가방으로 돌아가고 있는 것이 맞나 의심할 때 쯤, 리리는 소란스럽게 물건들을 판매하고 있는 장사치들 뒤편에서 쭈그리고 앉아 주머니를 뒤적거리는 소년을 발견할 수가 있었다.

"오, 페가수스 인형에 이런 기능이 있었을 줄이야. 넌 역시 애완 인형이야."

간단한 명령을 알아듣는다는 건 알고 있었지만, 설마 「가방으로 돌아가」까지 알아들을 줄이야. 그러고 보니 암흑계열 주술이 걸린 인형이어서 리리를 주인으로 따른다고 했었던 것 같았다.

'강시와 스켈레톤들 역시 생명력도, 이성도 없지만 명령은 알아듣지? 왜 이걸 이제야 깨달았을까.'

어쨌든 다행인 일이었다.

그녀는 페가수스 인형의 뒤를 따라 최대한 조심스럽게 소년에게 접근했다. 소년은 주머니를 탈탈 털며 왜 아무것도 없냐고 성질을 내고 있다가 자신에게 날아오는 인형을 보고 멍한 표정으로 굳어 버리고 말았다. 페가수스 인형은 작은 날개를 퍼덕이며 날아가는 터라 속도가 굉장히 느렸지만 소년은 인형이 주머니에 들어갈 때까지도 꿈이냐 생시냐 하는 표정으로 정신을 차리지 못하고 있었다.

그러다가 뒤늦게 인형이 사라져버린 주머니를 구석구석 뒤지며 혼 잣말을 중얼거렸다.

"뭐, 뭐야, 방금! 인형이 어떻게 날아다녀? 아니, 그것보다 이게 어디로 사라졌지?"

소년은 다시금 주머니를 뒤적거리며 페가수스 인형을 찾아봤지만 안에서 아무것도 찾지 못했다. 그 주머니는 오로지 리리만 사용할 수 있는 물건인 듯했다. 리리는 소년이 주머니에 정신 팔려있는 사이 살금살금 다가갔다.

"잡았다, 요놈. 요놈요놈요놈!"

그녀가 붙잡자 깜짝 놀란 소년이 버둥거리며 도망가려고 애쓰기 시작했다. 하지만 리리의 팔힘을 이겨낼 수는 없었다.

"이게 뭐하는 짓이야! 당장 놓지 못해?"

"어쭈? 뭘 잘했다고 이리 당당하시나. 야, 이 도둑놈아. 훔칠 게 없어서 어린 소녀의 코 묻은 주머니를 털어가?"

"내가 언제! 난 분명 동쪽섬……. 읍!"

"시끄러. 도둑주제에 말이 많아. 넌 오늘 죽었어. 이 누나가 말이야, 나름대로 정의롭거든. 도둑놈을 잡았는데 얌전히 넘어갈 수야 없지. 요로코롬 어린 녀석이 벌써부터 나쁜 짓이나 하고!"

녀석의 입에서 동쪽섬이라는 단어가 나오자 리리는 급히 소년의 입을 틀어막으며 꼭 껴안았다. 그리고 일단 녀석을 끌고 인적이 드문 곳으로 장소를 옮겼다. 시장의 요정으로 변한 이상 사람들의 이목을 끌 수도 있었기 때문이었다.

그러면서 이걸 어떻게 처리하면 좋을까, 머리를 빠른 속도로 회전시켰다.

　'그냥 신고한 뒤 포상금을 받는 편이 나으려나. 하지만 이렇게 어린데? 보통 이런 어린아이들의 잘못은 실수로 봐줘야 하지 않나.'

　리리 역시 도둑질을 해본 적이 있었다. 실제 나이 열 살 남짓이었을 때였다. 처음에는 먹고 싶고 가지고 싶은데 돈이 없어서였다. 하지만 걸리지 않고 몇 번 도둑질에 성공하자 꼭 필요하지 않은 것에도 점점 손을 대게 됐다. 아슬아슬한 스릴감도 짜릿했고 어쩐지 절대로 걸리지도 않을 것 같았다.

　하지만 결국 문구점 아주머니에게 걸리고 말했다. 아주머니는 그녀를 문구점 앞에서 손들고 서 있게 했고, 그 뒤로는 완전히 버릇을 고쳤다. 드나드는 손님마다 혀를 차며 리리를 야단쳤는데 그게 어린 마음에 너무 부끄러웠다. 그렇게 한번 크게 혼나고 나니 또 걸릴까 봐, 그런 부끄러운 벌을 받게 될까 봐 겁이나 다시는 저지를 수가 없었다.

　'이 아이도 그 정도의 처벌만 내려주면 되지 않을까.'

　"시장 한가운데서 난 도둑놈입니다. 잘못했습니다. 앞으로 절대 하지 않겠습니다. 뭐, 이런 식으로 외치게 하면 시장 사람들이 네 녀석 얼굴을 외우지 않을까?"

　"읍! 읍읍!"

　"아아, 그건 너무 약한가. 다른 데서 도둑질을 하면 말짱 꽝이잖아. 게다가 솜씨를 보니 한두 번 해본 게 아닌데."

　그녀에게 안겨 있는 소년은 미치고 팔딱 뛸 지경이었다.

'무슨 여자애가 이렇게 힘이 쎄?'

그는 계속 버둥거리며 반항을 해보았지만 리리는 꼼짝도 하지 않았다. 리리는 소년을 꼭 붙잡은 채 어느 것이 이 아이를 위한 길인지 생각에 잠겨 있는데 갑자기 소년의 몸이 떨리기 시작했다. 혹시 겁을 먹었나 싶어 쳐다보니 소년의 커다란 눈에서 눈물이 떨어지는 것이 보였다. 말 그대로 구슬 같은 눈물방울이 뚝뚝 떨어져 내리는 모습에 리리는 크게 당황했다.

'동정심 유발 작전인가? 아니면 방심하게 만든 다음 도망갈 계획?'

"야, 왜 울어. 잘못한 건 아냐?"

"자, 잘못했어요. 한 번만 봐주세요. 흡, 저 끌려가면 안 돼요. 여동생이…… 저 없으면 여동생 혼자……."

소년은 훌쩍거리느라 말도 제대로 잇지 못했다. 리리는 여동생이라는 단어에 인상을 찌푸렸다.

"여동생? 아니, 여동생이 있다는 녀석이 이런 짓을 해? 네 동생이 보고 배우면 어쩌려고?"

"죄송해요. 동생이 몸도 약한데 의원 갈 돈도 없고…… 일단 맛있는 거라도 사주고 싶어서……. 다시는 이런 짓 하지 않을게요."

이건 정말 너무 뻔한 레퍼토리가 아닌가. 죄를 지은 사람이 형량을 낮추기 위해 "부양할 가족이 있으며 몸이 아픈 노모가 있고 세상은 너무나 험하고 무정해 먹고 살 방법이 없었다."라고 하소연하는.

"그럼 돈을 벌 생각을 해야지! 이런 짓을 해서 맛있는 거 사줘 봐야 퍽이나 기뻐하겠다."

"일을 구할 수가 없었어요. 나이가 어리니까 힘쓰는 일도 안 시켜주고……. 근데 동생이 배고파하니 음식은 구해야 하고……. 흑, 흐엉."

결국 소년은 목 놓아 울기 시작했다. 리리는 졸지에 녀석을 꼭 껴안고 토닥여주는 모양새가 되고 말았다.

'아, 이게 뭔일이래.'

혹시나 거짓말은 아닐까, 녀석을 훑어보았지만 정말 서러운지 숨넘어갈 듯 울어 재끼는 모습을 보아하니 또래 아이들보다도 훨씬 순진해 보일 정도였다. 비오는 날 상자 속에 버려져 있는 처량한 강아지의 모습과 겹쳐지며 오히려 그녀가 죄인이 된 기분이 들었다.

"흐엉! 정말 죄송해요, 한 번만 봐주세요. 저도, 흡, 이러고 싶지 않았어요."

그녀는 일단 소년의 사정을 듣고 생각해도 늦지 않겠다는 생각에 일단 엉엉 우는 소년부터 달래기로 했다.

"……그래서 결국 남의 돈을 훔치게 되었단 말이지."

"정말 죄송해요."

리리는 대답 대신 한숨을 내쉬었다.

여전히 울음기 가득한 얼굴로 쉽사리 진정하지 못하겠는지 훌쩍거리며 딸꾹질을 해대는 녀석을 보니 확실히 어리고 순진하게 느껴졌다.

'이 이야기가 사실이라면 참 불쌍하네.'

소년의 이야기에 의하면 그의 가족은 어린 여동생 하나뿐이었다. 원래 엄마가 있었던 모양이지만 녀석들을 버리고 종적을 감춘 지 오래라고 했다. 물론 소년은 최대한 엄마 편을 들면서 이야기를 했지만, 리리는 그 이야기에서 남매의 엄마가 두 아이에게 무관심했다는 사실을 알 수 있었다.

"엄마가 있을 때도 엘은 많이 아팠어요. 그래서 제가 먹을 음식과 약초를 바꿔 먹이곤 했어요. 하지만 음식이 없을 때가 많아서…… 만약 그때 약초를 좀 더 많이 먹었다면 지금 이렇게까지 아프진 않을지도 몰라요."

"엄마는?"

"어, 엄마도 엘이 아픈 건 알고 있었어요. 하지만 종종 음식을 약초로 바꿔오는 걸 못마땅해 했어요…… 아, 그렇다고 막 혼내시는 분은 아니었어요. 음식은 워낙 귀하니까, 우리에게 먹일 음식도 많지 않으니까 그런 거였어요."

엄마를 변호하며 더듬더듬 말하는 소년의 모습이 안타까웠다. 그런 리리의 표정이 좋아 보이지 않았는지, 소년은 한 마디를 더 붙였다.

"어, 엄마는 밤에 일을 나가니까. 바쁘고 힘들어서 그럴 수밖에 없었어요."

밤에 일을 나가던 엄마라, 아무래도 무슨 일을 했었는지 알 것 같았다. 제대로 먹지도 씻지도 못해 퀭한 모습이었지만 그 와중에도 꽤나 그럴듯한 외모를 지니고 있는 소년을 보아하니 엄마라는 여자의 미모 역시 짐작할 수 있었다.

에메랄드빛 눈동자에 오렌지빛이 살짝 도는 적갈색 머리카락은 살짝 관리만 해주어도 여느 또래 소년들에 비해 뛰어난 외모를 뽐내게 될 것 같았다.

'으, 괜히 들었나. 그냥 신고하고 포상금을 챙기는 편이 나았을 텐데.'

무슨 부귀영화를 누리겠다고 소년의 안타까운 속사정까지 듣고 있는 걸까. 그녀의 입장에선 도둑을 잡았으니, 그것도 현행범으로 체포했으니 포상금을 받고 명성을 얻는 편이 나았다. 더구나 불쌍하다고 그냥 풀어주면 먹고 살 길이 없으니 또다시 범죄를 반복할 확률이 높았고, 바늘도둑이 소도둑 된다고 어쩌면 위험한 범죄자로 자라날지도 몰랐다.

하지만 티메는 이제 겨우 열 살 남짓이었다.

'빵 하나 훔쳤다고 감옥살이한 장발장을 또 만드나.'

차라리 그를 구원해준 사제가 되는 편이 낫지 않을까. 녀석이 싹싹 비는 이유 또한 자기 자신이 벌을 받기 싫다는 이유가 아니었다. 만약 자신이 잡혀가면 홀로 남을 동생 때문이었다. 리리의 마음이 점점 약해졌다.

부모 잘 만나 호의호식하고 그 권력을 당연하게 여기며 거드름을 피우던 아이린보다 이편이 훨씬 와 닿았다.

리리 역시 이랬으니까. 챙겨야 할 가족이 없다 뿐이지, 나이가 어리다며 일을 주지 않는 사람들 때문에 얼마나 고생했던가. 리리는 불쌍한 사람을 도와주며 만족하는 취미는 없었지만 지금 소년의 모습은 어쩐지 그녀의 어린 시절을 보는 듯해 마음이 무거워졌다.

네가 잘못한 게 아니라고, 세상이 너무 냉혹하고 무서운 거라고 위로해주고 싶었다.

'어떻게 하지.'

잠시 고민하던 리리는 먼저 한 가지 확인을 해야겠다고 생각했다.

"너, 혹시 무서운 사람들에게 돈을 빼앗기는 것은 아니야? 아니면 다른 사람들이랑 무리 지어 다니면서 다른 범죄까지 저지른다거나."

소년은 고개를 붕붕 저으며 화를 내듯 큰 소리로 대답했다.

"아무리 돈이 없어도 더 이상 동생한테 창피한 꼴은 보일 수가 없었어요!"

"너 지금 도둑질하다가 걸렸거든? 이건 떳떳하니?"

"아니, 그건 아니지만요. 그래도 돈 많은 사람들에게만 접근했어요. 내가 조금 가져간다고 당장 힘들어지는 것도 아니고……. 그 돈이면 엘 약값이랑 며칠분 식량을 살 수가 있으니까……. 아, 그렇다고 잘했다는 건 아니고요! 잘못했어요. 용서해주세요."

그녀는 기가 막혀 실소를 흘렸다. 고개를 푹 숙이고 투명한 에메랄드빛의 동글동글한 눈동자로 이리저리 눈치를 살피는 모습이 정말 주인에게 혼나서 풀이 죽은 강아지 같았다.

'엘이라고 했나, 그 여동생. 이런 오빠가 있으니 행복하겠네.'

소년은 보통 부자들이 지나다니는 광장에서 활동하곤 했는데, 우연히 리리를 보고 돈 많은 상인으로 착각한 모양이었다. 아무래도 소년은 주술사 로브도 알아보지 못한 듯했다.

'아무리 먹고 살기 바쁜 처지라곤 하지만, 그래도 길거리 돌아다니는 녀석이니 눈치가 빨라야 정상 아닌가. 돈 많은 사람들의 냄새를 맡아야 하니 정보도 빠삭해야 하고.'

고개를 갸웃거리던 리리는 이내 그 이유를 알 것 같기도 했다. 일단 소년은 돈이 필요할 때마다 목표를 정한 뒤 뛰어들 뿐 무리 지어 전문적으로 활동하는 소매치기가 아니었다. 그리고 그 외의 시간은 몸이 약한 여동생이 걱정되어 집에 있는 모양이니, 정보를 얻기도 어려웠으리라. 그야말로 생계형 소매치기였다. 리리는 점점 소년의 말이 사실이라는 쪽에 무게를 실어가고 있었다.

'그럼 제대로 소매치기를 배운 적도 없다는 건데.'

그런 녀석이 순식간에 주머니를 훔쳐 달아나다니, 감각과 속도는 타고 난 것 같았다. 그 실력이 안타까웠다. 아직 어리니 제대로만 배우면 범죄가 아닌 다른 쪽에서 재능을 키울 수 있을 텐데.

'에효, 이런 이야기들까지 다 들어놓고 무시하면 도덕성, 성품 대폭 하락하겠지?'

안 봐도 뻔한 일이었다. 그녀는 좋게좋게 생각하자고 마음을 다잡았다. 원래 인생사 밑져야 본전이었다. 비록 그녀가 이 소년을 도울 의무는 없었지만, 이게 사실이든 거짓이든 한 번쯤 착한 일 하는 것도 나쁘지 않을 듯했다.

아니, 사실 도저히 그냥 지나칠 수가 없었다. 이대로 모르는 척했다간 계속 눈에 밟힐 것만 같았다. 어차피 그녀는 지금 무척 행복하고 여유로운 생활을 만끽하고 있으니 조금 나누어주는 것도 나쁘지 않다고 생각했다. 설사 지금 소년이 그녀의 동정심을 유발하는 사기를 치고 있다고 해도 사는 게 다 그런 거지 뭐, 하고 넘길 수 있을 정도로 풍족한 나날을 보내고 있지 않은가.

"너 그럼 일자리 구해도 여동생 때문에 일도 못 하는 거 아냐?"

마지막으로 묻자, 녀석은 힘차게 고개를 저었다. 일자리만 구한다면 여동생을 의원에다 데려다 놓으면 된다고 했다. 어차피 제대로 된 집도 아니어서 더욱 몸이 약해지는 거라며. 사실 리리가 그것까지 신경 쓸 필요는 없었다.

"일단 따라와 봐."

결국 리리는 녀석을 질질 끌며 시장으로 향했다. 소년은 벌을 주려는 줄 알고 버둥거리며 도망가려고 애써봤지만 리리가 어찌나 강하게 붙잡고 있는지 꼼짝도 하지 않았다.

'도대체 무슨 여자애가 이리 힘이 쎄?'

경악스러울 정도였다. 그때 리리를 알아보는 사람들이 인사를 건네왔다.

"어머, 시장의 요정 리리네?"

"오랜만이야, 잘 지냈어? 여긴 무슨 일로 온 거야?"

리리는 요정이라는 호칭이 부끄러운지 대충 맞인사를 해주며 급히 걸음을 옮겼다.

그 모습에 티메의 눈이 휘둥그레지며 잠시 발버둥을 치는 것까지 잊어버렸다.

'시장의 요정이라고? 얘가?'

어쩐지 예쁘긴 예쁘더라. 소년은 새삼스레 리리의 얼굴을 훑어보며 감탄사를 내뱉다가 이내 자신의 여동생이 더 예쁘다는 생각을 하며 투덜거렸다.

'돈만 있었어도 지금처럼 아프지 않았을 테고, 좋은 옷도 사주었을 텐데.'

그러면 동생도 틀림없이 요정이라는 소리를 들을 터였다.

이윽고 두 사람은 어느 한 가게 앞에 도착했다. 바로 리리가 아르바이트를 하던 곳이었다.

"리리! 여긴 웬일이야?"

리리는 반겨주는 가게 주인에게 단도직입적으로 말을 꺼냈다.

"이 아이를 직원으로 써주세요."

"뭐? 에이, 갑자기 무슨 소리니."

"어차피 직원이 필요하잖아요. 얘 좀 써주시면 안 될까요? 제 처음이자 마지막 부탁인데, 설마 매몰차게 거절하시지는 않겠지요?"

"처음 보는 얼굴인데……. 혹시 사고라도 칠까 봐, 원."

가게 주인은 리리가 데려온 소년을 이리저리 살펴보았다. 리리가 갑자기 그만뒀으니 당장 일손이 부족하긴 했다. 하지만 영 탐탁지 않았다. 일단 너무 어렸고 엉망인 옷차림을 보아하니 뒷골목에서 가난하게 사는 아이 같았다.

이런 아이를 어떻게 믿고 가게를 맡기라는 건지. 혹여 물건이나 돈을 훔쳐서 달아나면 어쩌려고. 가게 주인이 망설이자 리리는 빙긋 웃으며 못을 받았다.

"이 녀석, 은근히 말도 잘하고 눈치도 빠른 편이에요. 일이야 가르치면 되고 혹여 사고라도 치걸랑 모든 책임은 제가 질게요. 그러니 일단 한번 믿어 봐요. 제가 추천하는 아이잖아요?"

소년은 꼼짝없이 치안대에 끌려가는 줄 알았다가 의외의 말에 입을 딱 벌렸다. 얼마나 원했던 일자리던가. 더구나 자신이 사고를 치면 책임을 다 진다니. 추천이라니. 소년의 눈에 눈물이 그렁그렁하게 맺혔다. 이제까지와는 달리, 감동의 눈물이었다. 그의 짧은 평생 이런 소리를 들은 적은 단 한 번도 없었기 때문이었다.

"그야 뭐……. 리리가 그렇게까지 하니 한번 믿어봐야지 별수 있겠어?"

결국 가게 주인은 고개를 끄덕이며 내일부터 일하러 나오라고 했다.

"근데 이름이 뭐지?"

"아 그게…… 야, 너 이름이 뭐야?"

"티메에요!"

티메는 반짝거리는 눈빛으로 리리를 바라보며 대답했다. 그녀는 그 눈빛이 부담스럽다는 듯 잠시 어색하게 웃다가 말을 이었다.

"그래, 티메. 내가 어렵사리 일자리 소개해줬는데 허튼 짓거리 하면 알지? 세상 끝까지 쫓아가서 벌 줄 거니까 알아서 해. 그리고 여기 일,

생각보다 엄청 힘들어. 익숙해지기 전까진 혼도 많이 나고 고생 꽤나 할 거야. 이게 내가 주는 벌이니까 내 몫까지 열심히 하도록 해."

"감사합니다. 정말 고마워요."

티메는 연신 고개를 주억거리며 인사를 했다. 그 모습에 리리는 묘한 뿌듯함을 느꼈다.

'이랬는데 고마운 줄 모르고 사고 치면 그건 내가 사람을 잘못 본거지 뭐. 잘 되면 티메 뿐 아니라 여동생의 생활도 바뀔 테니까 두 사람 구하는 거고.'

리리는 가게 주인과 티메에게 인사를 하고 자리를 옮겼다. 그와 동시에 시스템창이 떠올랐다.

   † 화술이 10 증가했습니다.
   † 도덕성이 50 증가했습니다.
   † 성품이 50 증가했습니다.

그녀는 조금 어리둥절해하다가 이내 활짝 웃으며 기뻐했다. 착한 짓 했다고 보상을 주는 모양이었다. 가뜩이나 도덕성과 성품을 올리려고 고민 중이었는데 정말 잘 된 일이었다. 하긴, 이건 그녀가 생각해도 좋은 일이었다. 만약 정말 일이 잘못되면 리리는 자신의 돈으로 가게 주인에게 변상해줄 생각까지 하고 있었으니 말이다. 리리는 역시 사람은 착한 일을 하고 살아야 된다며 그녀답지 않은 생각을 했다.

'방금 나 좀 멋지지 않았나? 히로크 남작의 표현을 빌리면 자애로운 성녀님다운 모습. 크. 응? 잠깐, 히로크 남작?'

갑자기 번뜩이는 뭔가가 리리의 머릿속을 스치고 지나갔다.

'왜 진작 이 생각을 못 했을까.'

히로크 남작은 나름대로 손꼽히는 상단을 꾸리고 있는 상인이었다. 그리고 그는 그녀를 따르겠다고 했다. 딱 제격이지 않은가. 굳이 리리가 사람들의 이목을 피해 새디아의 물건을 판매하려고 고생할 필요가 없었다. 애초에 경매로 판매하는 것도 한계가 있는데다가, 오늘 하루만 해도 붉은 전갈단 같은 불량배들도 만나고 티메 같은 도둑도 만나는 등 시간 소모가 너무 심했다.

그녀는 씩 웃으며 페가수스 인형을 꺼내 들었다. 곧 따스한 바람이 리리를 끌어안고 그녀의 모습을 온데간데없이 지워버렸다.

그녀가 다시 모습을 드러낸 곳은 다름 아닌 안시오 히로크 남작의 저택 앞이었다. 집 안에서 휴식을 취하고 있던 히로크 남작은 갑작스러운 그녀의 방문에 혼이 달아나는 것을 느꼈다.

"뭐? 누구라고 했지?"

하녀는 비명처럼 되묻는 남작의 말에 겁에 질려 고개를 더욱 조아렸다.

"리, 리리라고……."

"갑자기 무슨 일이시지!"

히로크 남작은 화들짝 놀라 급히 뛰쳐나갔다. 문 앞에서 서성이던 리리는 그래도 아는 얼굴이라고 히로크 남작이 헐레벌떡 뛰어오는 모습에 안도감을 느꼈다. 정말이지 예의범절을 좀 배우는 게 좋을 듯했다. 그냥 볼 일이 생겼으니 보러 가야지하는 마음으로 대뜸 남작의 저택에 찾아왔다가 그녀를 붙잡고 그녀가 누군지, 무슨 볼일로 온 것인지 추궁하는 집사 때문에 놀라고 만 것이다.

그나마 다행인 것은 리리가 주술사 외투를 입고 있었기에 문전박대는 당하지 않았다는 점이었다. 혹시나 해서 저택에 들어오기 직전 주술사 외투를 다시 입은 것이 다행이었다.

귀족을 만날 생각이 없으니 예의범절 배우는 것은 좀 미뤄도 되겠거니 막연하게 생각했는데 당장 히로크 남작부터가 귀족은 귀족이니 원.

하지만 일단은 앞으로 볼 일이 있으면 히로크 남작에게 직접 찾아오라고 연락을 취하는 편이 나을 듯했다.

친히 마중 나와 주시는 남작을 본 집사와 하인들의 표정이 심상치가 않았기 때문이었다. 그녀는 작게 한숨을 내쉬었다. 골치가 아파오는 것 같았다.

아무리 그녀가 주술사 로브를 입고 있다지만 그래도 신분 하나 알 수 없는 작은 여자를 직접 마중 나오는 귀족이라니.

'그것도 저런 공손한 태도와 안절부절못하는 표정으로!'

"드, 들어오시지요. 서……. 아니, 리리님."

일단 여기서 타박하느니 최대한 말을 아끼는 편이 나을 것 같아 리리는 작게 고개를 끄덕인 뒤 남작의 안내에 따라 걸음을 옮겼다. 이 세계의 예의범절에 대해 아는 것이 거의 없었기에 말 한마디 쉽게 내뱉기가 어려웠다.

히로크 남작을 따라 길게 늘어진 복도를 걸어가자 제법 그럴듯하게 꾸며진 내부가 눈에 들어왔다. 한 상단의 주인이자 돈으로 귀족 작위를 산 사람답게 이런저런 고급스러워 보이는 장식품으로 화려하게 장식되어 있었다. 사람 사는 곳이 맞나 싶을 정도로 휑하고 깔끔한 페레로가의 저택과는 정반대였다.

'역시 집은 사는 사람의 인품을 드러내는 모양이야.'

그런 리리를 보며 히로크 남작은 민망함에 고개를 들어 올릴 수가 없었다.

'성녀님께서 무슨 생각을 하고 계실까. 진작에 정리 했어야 했는데.'

귀족들에게 이 복도가 가지는 의미는 크다고 볼 수 있었다. 그 사람의 힘과 돈을 나타내어 위압감을 줄 수 있는 장소 중 하나였으니 그역시 최선을 다해 꾸며 놓았다. 하지만 리리를 보니 전에 페레로가에서 보았던 저택 내부에 내심 충격을 받았던 일이 떠올랐다.

'굳이 돋보일 필요가 없다는 당당함을 느꼈었지.'

그에 비해서 화려하기만한 자신의 저택 복도는 허영심과 자만심만으로 가득 차 있었다.

물론 젤리가 들었다면 기가 막혀 콧방귀를 뀌었을지도 모르는 일이었다. 페레로가의 주인과 작은 주인 모두가 그런 것에 일절 관심이 없기에 꾸밀래야 꾸밀 수가 없을 뿐이었으니까.

어쨌건 정신을 차린 뒤 지금까지는 죄를 뉘우치는 방법을 고심하고 행동하느라 미처 복도에까지 신경을 쓰지 못하고 있었으나, 아무래도 조만간 싹 뒤집어야 할 것 같았다.

리리가 응접실 소파에 편히 기대어 앉자 히로크 남작은 저택에 있는 가장 상품의 차를 내올 것을 명한 뒤 리리에게 공손히 고개를 숙였다. 그 후 의자 끝에 조심스럽게 걸터앉았다. 리리는 그 모습을 보며 실소를 흘렸다.

'편히 좀 앉지, 내가 뭐 귀신이라도 되나.'

하지만 그다지 나쁜 기분은 아니었다. 언제 그녀가 이런 대접을 받아보았겠는가.

사람들이 왜 권력에 목숨을 거는지 알 것 같았다. 한번 맛보면 끊을 수 없는, 그녀가 뭐라도 된 듯 치켜세우는 태도에 저절로 어깨에 힘이 들어가는 느낌이었다.

"무, 무슨 일로 오셨습니까?"

"부탁 하나만 하려고요. 듣자하니 상단을 가지고 있다면서요?"

"네? 아, 네! 보잘것없는 작은 상단 하나를 꾸리고 있습니다. 제게 부탁이라니요. 그저 명령만 하시면 됩니다."

히로크 상단은 대륙을 휘어잡는 아센 상단만큼은 아니었지만 그래도 그녀가 일했던 제일 시장에서도 입김이 제법 강한 편으로, 대륙에서도 손꼽힐 정도였다. 그런 상단을 「보잘것없는 작은 상단 하나」라고 칭하는 히로크 남작을 보며 리리는 실소를 흘렸다.

'겸손일까 욕망일까. 앞으로 더욱 큰 상단으로 만들겠다는 의지로 보인다면 너무 비약적일까?'

"아, 여기 사람들은 왜 이렇게 명령들을 좋아한담. 아무튼 새디아라고 알지요? 혹시 새디아의 물건을 판매해 본 적이 있나요?"

"물론입니다. 새디아 섬의 물건이 들어올 당시에도 상단을 꾸리고 있었으니까요."

"그럼 이것 좀 봐줄래요?"

리리는 아이템창에서 새디아에서 주워온 호박과 버섯, 나무 넝쿨을 꺼냈다. 히로크 남작은 신중하게 물건을 검토하기 시작했다. 눈초리부터 달라진 그 모습에 새삼 상인은 상인이구나 싶었다.

"오, 이럴 수가. 정말 새디아에서 들어온 물건이 맞군요."

"그걸 어떻게 알아보지요?"

"왜 모르겠습니까? 예를 들어, 이 호박 말입니다. 중앙 대륙에서 나오는 호박은 이렇게 색상이 예쁘고 깨끗할 수가 없습니다. 기온, 습도는 물론 나무의 종류까지 다르니까요."

히로크 남작은 서랍에서 다른 호박을 꺼내 리리에게 내밀었다.

"직접 비교해보시지요."

처음에는 별 차이를 느끼지 못했지만, 계속 보니 확실히 새디아산 호박이 더욱 맑고 영롱했다. 리리의 눈에도 이런데, 전문적인 사람이 보면 확실히 차이가 날 것 같았다.

그리고 버섯이나 나무 넝쿨도 중앙 대륙에서는 자연적으로 자라날 수가 없는 품종이라고 했다. 센테르 동쪽 지역에서라면 인공적으로 키울 수 있을지도 모르겠지만, 그래도 새디아산에 비해서 더 약해질 거라는 소리였다.

리리는 고개를 끄덕였다. 현실 세계에서 살 때도 자연산은 언제나 더욱 비싸게 팔리곤 했다. 베니카 부인이 중앙 대륙에서 열심히 재배한 포리 열매 또한 새디아산보다 훨씬 약하지 않았던가.

"신기하네. 그럼 이 호박은 얼마나 받을 수 있을까요?"

"이 정도 호박이라면……. 정확한 가격을 측정할 수가 없겠네요. 아무래도 새디아의 왕래가 끊긴 지 오래되기도 했고 이건 일반적인 상품처럼 판매하면 손해만 볼 뿐이거든요."

"그럼 어떻게 판매해야 하는데요?"

"안목이 뛰어나신 분들에게 팔아야지요. 뛰어난 장인이라던가 가치를 알아볼 줄 아는 높으신 분들 말입니다."

그 말은 결국 발품을 팔아야 한다는 뜻이었다. 귀족들에게 직접 찾아가 판매를 하거나 희귀한 물건을 취급하는 곳에 따로 등록하거나 그것도 아니면 장인에게 넘겨 뛰어난 상품으로 재탄생 시킨 뒤 몇 배는 더 비싼 가격으로 팔아치워야 한다는 소리였다.

'내 생각보다 가치가 높았네.'

아무리 작은 호박들이라지만 너무 싸게 판 것 같아 가슴이 쓰렸다.

하지만 어차피 리리는 히로크 남작의 방법대로 팔 재주 따윈 없었다. 무엇보다 새디아에 다녀온 것이 그녀라는 사실을 숨겨야 하는 입장에서 그런 방법으로 팔았다간 일이 꼬여버릴 확률이 높았다.

"이런 물건들이 꽤 많은데, 판매해볼 생각 없어요?"

"네? 저에게 기회를 주신다는 말입니까? 맡겨만 주신다면야 최선을 다해서 팔도록 하겠습니다. 리리님께서 생각하셨던 것보다 훨씬 높은 가격으로!"

무슨 회장 선거라도 나가는 것처럼 선거 공세톤으로 말하는 히로크 남작이었다. 부담스러울 정도로 반짝이는 눈빛을 보아하니 정말 기쁜 모양이었다.

"단, 조건이 있어요. 이 물건들의 출처가 나라는 사실이 밝혀져서는 안 돼요. 이유는 잘 알고 있겠지요?"

"걱정하지 마십시오. 시간이 조금 걸리겠지만 절대 드러나지 않도록 하겠습니다."

홀로 움직이는 상인이면 힘든 요구 조건이겠지만 그는 한 상단을 이끌고 있는 상단주였다.

지역마다 상점이 있고 그만큼 많은 상인을 거느리고 있으니 리리의 조건을 확실히 충족시켜줄 수 있을 터였다. 그 모습이 어쩐지 믿음직스러워 보여 리리는 웃음을 머금었다. 든든한 상인 부하 하나를 얻은 기분이랄까.

좋지 않은 인연으로 만나 히로크 남작에 대한 인식이 바닥을 기고 있었지만 일단 거래를 하기에는 꽤 괜찮은 인물이었다.

상인으로서의 능력도 있는 듯했고, 어디까지 믿어야 할진 모르겠지만 들리는 소문에 의하면 개과천선한 것 같기도 했고. 무엇보다도 리리와 그녀의 뒷배경에 대해 잘 알고 있으니 배신이나 사기를 생각하기도 어려울 터였다.

"7대 3. 이 정도면 적당하다고 생각하는데."

물건의 가치가 높은 듯하니 3 정도만 주어도 큰 이익을 얻겠거니 생각했다. 리리는 혹시 힘들다고 앓는 소리를 하면 6대 4까지는 해줄 의향으로 말을 꺼냈다. 어차피 리리 혼자 파는 것보다 히로크 남작이 팔아서 반값만 줘도 훨씬 높은 이득을 얻을 터였기에 크게 욕심을 부리지 않았다. 하지만 무슨 뜻인지 이해할 수 없다는 듯 뻐끔거리던 히로크 남작이 이내 손을 크게 휘둘렀다.

"어떻게 그럴 수 있겠습니까? 돈은 받지 않겠습니다."

그 반응에 도리어 리리가 당황했다. 상인이 이익을 거절하다니. 더구나 물건 판매에는 상인들을 부리는 돈이 들어갈 터였다. 공짜로 해줄 일은 절대 아니었다.

"말했지요. 난 명령을 내리는 것이 아니라고. 우리는 지금 거래를 하는 거에요. 좋아요. 8대 2. 더 이상은 양보할 수 없어요."

'누가 들으면 이익 분배 때문에 의견이 틀어진 줄 알겠네.'

돈을 받지 않으려는 사람을 붙잡고 이익을 나눠 주려고 애쓰는 모습이라니 뭔가 많이 이상했다. 하지만 히로크 남작은 감동을 받은 듯 눈물까지 글썽였다.

히로크 남작의 눈에 리리는 그야말로 그를 위한 성녀로 보였다.

잘못 산 삶을 바로 잡을 기회를 준 건 물론이요, 거기에 새디아의 물건까지 팔 기회를 주다니.

왕래가 끊긴 지 십여 년이 흐르면서 중앙 대륙 내에서는 새디아의 물건을 찾아보기가 힘들었다. 찾는 사람은 많아도 팔 물건이 없었던 것이다. 그건 대륙 대표 상단인 아센 상단 역시 마찬가지였다. 하지만 이제는 히로크 상단이 그 귀한 물건들을 손에 넣었다. 이는 히로크 상단의 이름을 더욱 드높이게 될 기회였다.

'거기에 돈까지 주신다니, 이건 정말 하늘이 주신 기회가 틀림없어. 역시 성녀님!'

그가 히로크 상단에 가지고 있는 애착은 그 무엇보다도 컸다.

"그렇게 하겠습니다!"

리리는 바닥에 넙죽 엎드리며 외치는 히로크 남작 때문에 황당하다는 듯 웃고 말았다.

'운이 왜 이리 좋나.'

고생은 히로크 남작이 다 할 텐데 이익은 8이나 얻어먹고. 그것도 큰 인심이라도 썼다는 분위기로 말이다. 어쨌든 거래는 성공적으로 이루어졌다. 눈앞에 시스템창이 떠올랐다.

 † 화술이 20 증가했습니다.

혹시나 해서 스킬창을 열어보았더니 하급 장사 스킬의 숙련도도 대폭

상승해 거의 20% 정도 채워져 있었다. 이런 경우 역시 상단과의 거래로 치는 모양이었다.

"음, 장담할 수 없지만 또 가져올지도 몰라요. 이번에 잘하면 그때도 또 맡겨볼게요."

"네, 넷! 최선을 다하겠습니다! 반드시! 제 모든 것을 걸고!"

"아……. 뭐. 그렇게까지 할 필요는 없고요. 더러운 돈은 받기 싫거든요."

그게 무슨 뜻인지 알아챈 히로크 남작의 안색이 잠시 하얗게 질렸지만 이내 그는 경건한 표정으로 고개를 끄덕였다. 감히 성녀님의 물건을 판매하는 입장에서 성녀님께 드려야 하는 돈을 더럽힐 수야 없는 일이었다.

상인으로서 자존심이 걸린 문제기도 했다. 그는 정직한 판매를 이번 목표로 잡았다.

리리는 대부분의 새디아산 물건들을 건네주었다. 생각보다 많은 물량을 본 남작의 표정이 말로 형용할 수 없을 정도로 감동을 받은 듯 보였다.

"맞다. 또 잊을 뻔했네. 혹시 그 사람은 어떻게 됐어요?"

"네? 누구 말씀이신지……."

"그, 왜……. 내게 초대장을 줬던 남자 있잖아요. 내가 알아서 처벌하라고 맡겼던."

"아! 성녀님 말씀대로 했습니다. 똥 치우도록 말입니다."

"잉? 똥?"

이게 무슨 생뚱맞은 소리인가 싶어 되물으니 히로크 남작이 머뭇머뭇 이야기를 꺼냈다. 아무래도 더러운 얘기를 꺼내기가 민망한 듯했다.

"노예로 팔려가 똥을 치우고 있습니다."

이 세계엔 주술이 있지만 모든 사람이 주술의 편리함을 사용할 수 있는 것은 아니었다. 즉 리리가 사용하는 화장실처럼 깨끗한 곳이 있는가 하면 아주 옛날 시대처럼 더럽고 불편한 화장실이 있기도 하다는 얘기였다.

그런 곳에는 당연히 노동력이 필요할 터. 돈을 받고 일하는 사람들도 있었지만 계급사회인 만큼 그런 곳에서 강제로 일하는 노예들도 있는 모양이었다. 그리고 그 남자는 후자의 경우가 된 모양이었다. 즉, 히로크 남작은 전에 리리 입에서 나온 똥꼬 빨던 놈이니 똥칠하게 만들라는 말을 그대로 실행한 것이다. 리리는 어이가 없어 할 말을 잃어버렸다.

'뭐. 나쁜 건 아닌가? 내가 한 말 그대로 따른 거니 뭐라 할 수도 없고.'

어쨌든 새로 온 것으로 보이는 집사는 나름 깐깐하고 예의 바른 중년으로 보였으니 그녀로선 더 이상 신경 쓸 필요가 없었다. 그 뒤 리리는 히로크 남작과 몇 마디를 더 나눈 후 집으로 돌아갔다. 참으로 다사다난하고 길게 느껴진 하루가 끝나가고 있었다.

리리는 커튼 틈새로 스며든 햇살이 방 안을 차츰차츰 밝히는 모습을 침대 위에 누워 바라보다가 몸을 일으켰다. 그녀는 자리에서 일어나 창문가로 다가가 커튼을 걷었다. 그렇지 않아도 톡, 톡 창문을 두드려대는 소리에 온 신경이 가 있었다. 해가 뜨고 있는 모양인지 하늘이 어스름하게 밝아지고 있었지만 평소와 달리 무채색이었다.

　"비 오네. 농작물에 물을 주지 않아도 된다고 베니카 부인이 기뻐하겠다."

　리리는 비 내리는 도시의 전경을 감상하며 입술을 비죽거렸다.

　'일요일에 오면 좀 좋아? 그러면 일거리가 줄어들 텐데.'

　아쉽게도 오늘은 금요일이었다. 하긴, 일요일에 비가 오면 우비를 입은 채 농장일을 해야 할 거고, 그러면 체력 소비가 더 심할지도 몰랐다. 리리는 창문을 열어 촉촉한 아침 공기를 만끽하다가 준비를 하기 위해 몸을 돌렸다.

　"아가씨, 신전 일은 할만하십니까?"

"어우, 아니. 죽을 맛이야."

"네? 시장에 소문이 자자하시던데요. 신의 사랑을 크게 깨달아 가르침을 얻기 위해 직접 찾아가셨다고……."

"하, 내가 그럴 사람으로 보이니?"

젤리는 아니라고 대답하고 싶은 것을 꿀꺽 삼켰다. 실제로 그의 작은 주인님은 신의 사랑이니 깨달음이니 그런 것과는 거리가 매우 멀었고, 그걸 스스로도 잘 알고 계신 듯했다.

"그런 곳엔 갈 일이 없을 줄 알았는데. 아, 생각만으로도 미치겠다. 내 손발이 사라지기 일보 직전이야."

리리는 식사하다 말고 진저리를 쳤다.

젤리는 보통 사람들과는 반응이 너무나 다른 아가씨를 이해할 수가 없었다. 어째서일까. 그 좋은 곳에서 좋은 이야기만 듣고 좋은 것만 볼 텐데 어째서 손발이 사라지기 일보 직전이라는 것일까.

하지만 리리의 생각은 달랐다.

'진짜 도덕성이나 성품이 아니었으면 갈 일이 없었는데. 게다가 2실버 밖에 안주잖아?'

어째서 자신이 아니라 남을 위해 애써야 한단 말인가. 착해 봐야 손해 보는 것은 자신이었다. 리리는 자신이 착해빠지진 않았지만 그렇다고 이익을 얻기 위해 다른 사람에게 상처를 줄 정도로 나쁜 성격도 아니라고 생각했다.

그래서 딱 좋다고 여겼는데, 왜 굳이 도덕성이니 성품이니 하는 걸 올려야 하는지 모르겠다.

정말, 나 먹고살기도 바쁜 와중에 다른 사람들까지 신경 써야 한다니 참으로 오지랖이었다.

배려, 희생, 헌신, 봉사라니. 그런다고 세상이 알아주나. 물론 리리는 시스템이 알아줘 수치로 보상을 주었기 때문에 꾹 참는 중이었다. 만약 능력치 중에 「인내심」이 있었다면 폭풍 증가했으리라.

그래도 신전 아르바이트가 마냥 나쁜 것은 아니었다.

비록 보고 듣고 겪는 것만으로도 그녀의 손발이 사라질까 봐 걱정될 정도로 오그라들었고, 봉사를 하자며 길거리를 청소해야 했으며, 사람들의 고민들을 자애로운 표정으로 성심성의껏 들어줘야 했지만 분명 좋은 점도 있었다.

일단 일이 무척 쉬웠다.

아무래도 자원봉사자들이 많다 보니 그녀가 하는 일이라곤 청소하는 척 돌아다니거나 신관들의 잡다한 심부름을 하고, 다른 사람들의 고민을 잘 들어주는 척하며 속으로는 딴생각을 하는 것 정도였다. 그리고 속의 생각이야 어쨌든 시간만 채우다 보면 저절로 도덕성과 성품이 증가했다.

물론 간간이 신의 사랑과 가르침에 대해 이야기를 하자며 붙잡고 늘어지는 신관만 아니었어도 훨씬 평화로운 곳이었을 것이 분명했다. 이렇게 어린 소녀가 신의 사랑을 깨닫다니 기특하다며 자꾸만 뭔가를 알려주려는 신관 덕분에 스트레스가 훌쩍훌쩍 올라가곤 했기 때문이었다.

'상태창.'

† 체력	337	† 근력	315
† 지력	143	† 감수성	105
† 매력	427	† 기품	251
† 도덕성	198	† 성품	242
† 스트레스	0		
† 전투기술	217	† 명성	510
† 공격력	118	† 방어력	108
† 주술력	190	† 주술(무속성)	344
† 성력	???		
† 예의범절	10	† 화술	285
† 예술	198	† 요리	126
† 가사	73		

그간의 변화가 한눈에 들어왔다. 신의 사랑을 외쳐대는 신전에서
버틴 지 약 한 달 정도가 흘렀기에 도덕성과 성품은 처음에 비해 많이
높아졌다. 하지만 여전히 매력이 너무 높아 수치 간의 격차를 줄이기
위해서라도 한동안은 더 다녀야 할 듯했다.

'이제 곧 신전 스킬도 생기려나?'

요 근래 최고 관심사는 바로 이것이었다. 신전 아르바이트는 원래
없던 걸 만들어냈을뿐더러 아무리 생각해도 관련 스킬을 떠올릴 수가
없어 더욱 궁금했다.

'설마하니 선교 스킬이 생긴다거나······.'

정말 쓸모없는 스킬이 아닐 수가 없었다. 유일종교인데다 신보다는 황제를 믿는 세계에서 선교가 웬 말일까.

그렇게 이런저런 생각을 하다 리리는 문득 얼마 전에 있던 일이 생각났다.

"젤리."

"네, 아가씨."

"나 뒷골목 아이를 봤어. 그런 아이들이 많아?"

"많은 편입니다. 이곳은 굉장히 평화롭지만 하루하루 사는 것이 전쟁인 사람들도 존재하니까요. 원치 않게 아이가 생겨 도저히 키울 엄두가 나지 않아 버리는 사람들이 많은 모양입니다."

그런 아이들은 어떻게 사냐고 물어보려다가 이내 입을 다물고 식사에 집중했다. 어떻게 살든 말든 무슨 상관이란 말인가. 무얼 하든 먹고 살겠지. 그녀가 그러했던 것처럼 말이다. 아무래도 삶이 여유로워지더니 다른 곳에 시선이 돌아가는 듯했다. 아니면 신전에서 주입식 교육을 받듯 하도 들으니까 세뇌가 되었든가.

'이런 나에게 성력이라니, 참 알다가도 모를 일이야.'

리리에겐 성력(聖力)보다는 마력(魔力)이 더 잘 어울릴지도 몰랐다. 그녀에겐 세상이 마냥 차갑고 각박하기만 했다. 그래서 그녀도 점차 그렇게 변해갔었다. 아마 이 세계에 떨어진 지 얼마 되지 않았을 때 티메를 만났다면 그녀의 옛 모습이 겹쳐지든 말든, 울부짖든 말든 무조건 끌고 가 치안대에 넘겼으리라.

하지만 지금은 누군가에게 대가 없는 도움을, 아니 혹시라도 손해를 볼지도 모르는데 그걸 감수하고 도움을 줄 정도로 변했다. 자신이 이렇게까지 변하다니 참 신기했다. 그건 아마 로쉐와 젤리의 덕분일 것이다.

언제나 사랑받고 있다는 확신이 있으니 아무래도 주변을 둘러볼 여유가 생겼다. 사랑받고 자란 아이들의 성격이 괜히 밝고 다정다감한 것이 아니었다.

"참, 젤리. 언제나 고마워."

새삼 그 마음을 표현하고 싶어 감사 인사를 했지만, 젤리의 반응은 예상과 달랐다. 그는 뭔가 잘못 들었나 싶은 표정을 짓더니 당황하며 물어왔다.

"예? 아가씨, 갑자기 왜 그러십니까."

"고마우니까 고맙다고 하지, 그 반응은 대체 뭐야?"

"아, 아가씨……. 신전에서 일하시더니 변하신 것 같습니다."

그 모습이 정말 의외의 것이라도 보는 표정이라 리리는 순간 욱했다.

"뭐? 신전 아니어도 늘 고마워하고 있었거든? 맛있는 음식 해줘서 고맙고, 요리 가르쳐줘서 고맙고, 나 챙겨줘서 고맙고, 바쁠 텐데 신경 써줘서 고맙고, 다정한 말투와 목소리 고맙고, 예쁜 얼굴 고맙고, 다 고마워, 고맙다고!"

젤리는 멍하니 있다가 이내 감동을 받았는지 황금빛 눈동자가 눈물로 크게 일렁이기 시작했다.

리리는 어쩐지 낯간지러워져 급히 일어났다.

하지만 자신 때문에 저렇게까지 감동을 받는 젤리를 보는 건 꽤 기분 좋은 일이었다. 그녀는 얼굴에 가벼운 웃음을 걸친 채 일정을 실행하기 위해 검술 교실로 이동했다.

오늘은 비가 내리고 있었기에 내부 수련장에서 수업을 받았다. 그런데 갑작스럽게 시험을 시작한다는 말이 들렸다. 하지만 리리는 당황하기는커녕 기대에 찬 눈빛을 빛냈다. 어차피 무용 학원에서 이미 기습 시험을 겪어본 적도 있었기에 슬슬 시험을 보지 않을까 예상하고 있었기 때문이었다. 더구나 이 시험이 끝나면 스킬이 생기지 않을까?

시험 방식은 대련이 아닌 이제까지 배운 검술을 혼자서 펼쳐 보이는 것이었다. 리리는 모든 남학생들의 시선을 한몸에 받으며 당당하게 시험을 치렀다. 그녀가 검을 휘두를 때마다 여기저기서 감탄사가 터져 나왔다. 남학생들의 눈에는 검이 꽃으로, 수련복이 드레스로 보였으니까. 리리는 그런 시선에 익숙해졌기 때문에 아랑곳하지 않고 차분히 시험을 볼 수 있었다.

그녀가 지금껏 배운 것을 별 탈 없이 뽐내자 베드로가 흐뭇한 미소를 떠올리며 말했다.

"리리, 실력이 많이 늘었군."

"넷, 감사합니다. 앞으로도 잘 부탁드리겠습니다."

"기초는 충분히 다져진 것 같으니 이제부턴 본격적으로 검술을 익혀야겠지. 지금까지와 달리 힘들 텐데 괜찮겠나?"

"괜찮습니다!"

50번 이상의 수업도 들었겠다, 베드로 사범의 인정도 받았겠다 활짝 웃고 있는 그녀의 눈앞에 시스템창이 떠올랐다.

'역시!'

리리는 신이 나 속으로 방방 뛰었다.

> † 하급 검술 스킬
> :: 한번 다루어본 무기는 스킬에 등록되어 언제든 능숙하게 사용할 수 있으며, 보다 강한 공격력을 발휘할 수가 있다. 전투가 벌어지는 동안에는 공격력과 방어력이 10% 증가한다. 「숙련도 0.23%」

이제 스킬이 생겼으니 검술 수업을 그만두고 다른 일정을 짜야 할까 잠깐 생각해봤지만, 아무래도 계속 배우는 게 나을 것 같았다.

'10월에 열릴 무투회에 참석이라도 하려고 노력해봐야 하지 않겠어? 상금이 얼만데.'

리리는 뿌듯한 미소를 지었다.

리리는 정보창에 떠올라 있는 27골드 13실버를 바라보며 흐뭇한 미소를 지었다. 수치 증가도 쏠쏠했지만 역시 돈 모으는 게 제일 재밌었다. 현실에선 백날 뼈 빠지게 일해 봐야 돈이 통장을 스쳐 지나갈 뿐이었는데 이 세계에선 어쩜 이리 착착 모이는지 정보창을 볼 때마다 흐뭇했다. 내 집 마련이니 사업이니 하는 거창한 꿈이 있는 것도 아니었건만 한이라도 맺혔었는지 악착같이 모으게 되었다. 더구나 히로크 남작에게 맡긴 물건을 전부 판매하고 나면 많은 돈이 들어올 것이 뻔했다.

'그러니까 작은 성의 표시 정도는 해도 되겠지.'

리리는 아침에 감사 인사 하나로 감동 받았던 젤리를 떠올리며 괜시리 머리카락을 만지작거렸다. 정해져 있는 일정대로라면 신전 아르바이트를 마친 다음 집으로 돌아가는 것이었지만, 살 물건이 있으니 시장 좀 들렸다 가겠다고 페가수스 인형을 통해 젤리에게 미리 말해 둔 상태였다.

리리가 시장 근처 광장으로 이동하자 주위를 지나가던 사람들이 술 렁거렸다.

이동 주술이 신기해서가 아니라 그녀의 외모에 놀란 것이다.

"저기 봐. 마치 인형 같아."

"어쩜 저렇게 곱지?"

남녀노소 할 것 없이 모두가 반쯤 넋을 놓고 바라보는 바람에 리리 는 부끄러워져 고개를 푹 숙인 채 바삐 발을 놀렸다.

'허어. 이러면 머리카락 색하고 눈동자 색을 바꾼 보람이 없잖아.'

예전에 은발과 자색 눈동자를 지녔을 때와 비슷한 반응이었다. 단 지 그때는 흔치 않은 색상에 신기해하는 반응이었고 지금은 그녀가 지닌 매력에 감탄하는 분위기라는 차이가 있을 뿐이었다.

리리의 매력 수치는 어느덧 500을 향해 가고 있었다. 만약 최대치 가 999라면 벌써 절반이나 채운 것이다.

나이가 어려서 그런지 여자로 쳐다보는 것이 아닌 요정으로 여기는 시선이어서 그나마 다행이었다.

'다른 사람들의 수치를 볼 수가 없으니 원. 내가 가진 수치가 어느 정도 수준인지 알 수가 있어야지.'

바깥에 따로 나올 일이 거의 없어 심각성을 못 느끼고 있었는데, 앞 으로 매력이 더욱 높아지면 어떻게 감당하나. 막막함에 저절로 한숨 이 새어 나왔다.

'역시 가리고 다니는 편이 나을까.'

어차피 다양한 옷차림이 뒤섞여 있는 곳이었고 면사나 베일 등으로 얼굴을 가리는 여인들도 쉽게 찾아볼 수 있었기에 나쁘지 않을 듯했다. 옷차림에 대해 심각하게 고민하며 걸음을 옮기던 리리는 와글와글 모여서는 서로를 밀쳐내며 물건을 사려 애쓰는 사람들의 모습을 보며 퍼뜩 정신을 차렸다. 어느새 시장까지 온 모양이었다.

"그나저나 뭘 사야 하나."

선물이라니. 리리에겐 굉장히 생소한 단어였다. 게다가 선물 받는 상대가 남자라는 사실에 막막함까지 느껴졌다.

'도대체 무얼 주어야 기뻐할까?'

끙끙거리며 이것저것 떠올려 봤지만 마땅한 것이 없었다. 게다가 저도 모르게 시장으로 오고 말았다. 아무리 그래도 선물인데 시장표는 좀 너무한가? 하지만 서로 부담되지 않을 정도로 작은 선물을 사려고 했으니 주술각이나 그 주변에 있는 호화찬란한 가게로 갈 수는 없었다. 그 정도를 살 정도로 능력이 좋지도 않았다.

리리는 아예 팔짱을 낀 채 인상을 구기며 생각에 잠겼다. 하지만 그 사이 그녀를 알아본 시장 사람들이 여기저기서 인사를 건네 왔다.

"시장의 요정 아니야?"

"오랜만이네, 잘 지냈어?"

"아, 네. 그동안 잘 지내셨죠?"

"우리야 뭐 늘 똑같지. 네가 시장일을 그만두는 바람에 손님이 조금 줄어들기는 했어. 그래도 뭐, 그전보다는 낫지."

"근데 리리, 뭘 사려고?"

"싸게 해줄게! 시장의 요정인데 바가지 씌울 수야 없지!"

아직 뭘 사야 할지 결정도 하지 못했는데 여기저기서 붙잡아대니 난감했다.

"어, 저 그냥 구경 왔어요. 아! 티메! 티메가 어떻게 일하고 있나 볼 겸."

그녀도 티메의 이름을 팔았다. 아르바이트생으로 꽂아주었으니 어떻게 하고 있나 보러 오는 게 이상한 일은 아니었으니까. 그리고 막상 말해놓고 보니 정말 잘하고 있나 궁금해지기도 했다.

그 뒤로 한 달가량 흘렀으니 계속 일을 하고 있다면 이미 적응되었으리라.

'온 김에 슬쩍 볼까. 게다가 남자애니까 선물 추천을 받을 수도 있고.'

리리가 옛날에 일했던 가게까지는 금방이었다.

"오, 제법이네."

저 멀리 얼굴 한가득 웃음을 떠올린 채 일을 하고 있는 소년이 보였다. 전에 봤을 때와 다르게 윤기가 흐르는 적갈색의 화려한 머리카락이 눈에 확 들어왔다. 투명한 에메랄드 빛 눈동자 또한 햇빛에 반사되어 반짝이고 있었고 살짝 처진 눈꼬리가 사랑스러운 이미지까지 더해주고 있었다.

누나누나 하며 물건을 파는 모습 역시 귀여웠다.

"누나, 이건 어때요? 잘 어울릴 것 같은데."

"그건 너무 유치한 것 같은데?"

"에이, 누나. 요즘은 이런 게 인기가 더 많아요. 그리고 뭐, 누나에겐 딱인데? 봐봐요."

그 모습이 겨우 한 달 남짓 일한 소년치고는 꽤 능숙해 보였다. 특히 장난기가 묻어나는 소년다운 미소에 손님들까지 덩달아 웃음을 머금었다.

'역시 내 눈이 정확했어.'

일자리를 안겨주면 생계형 범죄자가 되지 않겠거니 생각했던 것도 있었지만 굳이 시장 아르바이트생으로 꽂아준 것은 그가 바로 남녀노소 할 것 없이 귀여움을 받을만한 소년이라고 생각했기 때문이었다. 티메의 깨끗한 눈동자나 강아지 같은 인상은 꽤 순수해 보였다. 오죽했으면 소매치기당한 리리가 오히려 자신이 잘못한 것 같다는 감정까지 느꼈겠는가. 저 인상이 손님들에게 신뢰를 줄 터이니 점원으로 딱이라고 생각했다.

티메가 상대하던 손님이 물건을 사가자 그는 나머지 물건을 정리하기 위해 고개를 푹 숙였다. 리리가 가까이 다가가자 티메는 계속 물건을 정리하며 입으로만 인사했다.

"어서오세요!"

리리는 그 모습이 웃겨 키득거리며 말했다.

"안녕? 할만해?"

녀석이 빼꼼 고개를 들어 올려 확인하더니 이내 눈이 동그레져서는 외쳤다.

"어! 시장의 요정이다!"

"뭐야, 너까지."

티메는 리리가 눈썹을 살짝 찡그리자 씨익 웃었다.

그 모습이 무척 귀여워 리리의 얼굴에도 반사적으로 미소가 떠올랐다. 겨우 한 달 정도 지났을 뿐인데 무슨 일을 겪은 건지 전보다 활기차고 밝아져 있었다.

티메가 시장의 요정이라고 외치자 가게 안에 있던 페니 부인은 물론이고 주위 점원들까지 인사를 하며 다가왔다.

"리리! 오랜만이네, 잘 지냈어?"

"앗, 리리! 어쩐 일이야!"

"그동안 뭘 했길래 얼굴 보기 힘드나 몰라."

"안녕하세요, 잘 지내셨어요? 그동안 너무 바빠서……."

리리는 어설프게 웃으며 말끝을 흐렸다. 페니 부인은 그마저도 귀여운지 미소를 짓다가 괜히 과장되게 입술을 비죽거리며 투덜거렸다.

"아무리 그래도 인사하러 올 시간도 없을까!"

"너무 그러지 말어. 바쁘다잖아."

"섭섭해서 그렇지, 섭섭해서."

목소리에도 섭섭함이 묻어나왔다. 리리는 살짝 미안해졌다. 하긴 자신을 진심으로 생각해준 시장 사람들이다. 앞으로도 종종 들려줘야 하나 고민을 하는데 티메가 끼어들었다.

"이모! 나 잠깐 쉬면 안 돼요?"

"뭐? 지금 한창 바쁠 땐데 쉬긴 뭘 쉬어!"

"아, 나 죽을 것 같아요. 다리도 쑤시고 허리도 아프고……. 에구구, 이러다가 제 명에 못 살지. 나 죽으면 이모는 어린아이 혹사시켰다고 욕 바가지로 먹을 텐데 감당할 수 있겠어요?"

"으이그, 말이나 못하면. 잠깐만이야! 리리 때문에 봐주는 줄 알아."

"에이, 무슨 그런 섭한 말씀을. 암튼 고마워요!"

못살겠다는 듯 툴툴거렸지만 가게 주인의 얼굴에도 가벼운 미소가 걸려 있었다. 이게 티메의 매력인 듯했다. 장난꾸러기, 미워할 수 없는 소년.

티메는 앞치마를 벗으며 투덜거렸다.

"아, 시장일 힘들어, 힘들어. 왜 이게 벌이라고 했는지 알만 하다니까."

"그래서 불만이야? 제대로 된 벌이라도 줄까?"

"그럴 리가! 아주 고맙다구. 덕분에 돈도 벌고 엘 역시 의원에서 제대로 된 치료도 받을 수 있게 됐어. 한시름 덜었지 뭐야."

"시장에서 일하더니 말투가 완전 아줌마스러워 졌는데?"

"아줌마라니! 그렇지 않아도 요즘 엘도 놀리는데."

리리의 장난 어린 말에 티메는 입술을 비죽 내민 채 투덜거렸다. 그 모습까지 굉장히 귀여워 보였다. 가게 주인인 페니 아주머니가 마음에 들어 하는 까닭을 알 것 같았다.

리리가 어린아이의 가면을 쓴 채 스물네 살 능숙한 사회인의 태도로 시장 사람들을 사로잡았다면 티메는 제 나이다운 순수함과 뻔뻔함으로 사랑을 독차지하는 모양이었다.

"여긴 웬일이야? 한 달간 한 번도 안 오더니만. 나 잘하고 있나 감시하려고?"

"뭐, 겸사겸사? 살 것도 있고."

"뭐 사려고?"

"음, 선물. 뭘 줘야 할지 막막하네. 추천 좀 해줄래?"

"누구한테 줄건데?"

"남자 두 명에게 줄 선물인데……. 음, 한 사람은 10대 중후반 정도고, 또 한 사람은 20대 후반 정도?"

"그래? 뭐가 좋을까……. 아, 넌 몇 살이야?"

"너보단 많으니까 누나라고 부르렴."

"그래, 누나."

반쯤 장난으로 말한 얘기였는데 누나라는 호칭이 생각보다 쉽게 나와 도리어 리리가 당황했다.

'생각보다 기분 좋은데? 근데 얜 무슨 자기 또래로 보이는 나에게 선뜻 누나라고 부르나 몰라.'

알고 보니 쿨한 녀석이었다.

"아, 그렇지 않아도 오늘 새로 들어온 물건들이 있는데 보러 갈래? 하르빌 사막에서 물건이 들어왔거든."

"하르빌? 붉은 사막? 그런 곳의 물건이 이 시장에도 들어와?"

그녀의 되물음에 티메는 그것도 모르냐는 듯 한심하다는 표정을 지었다. 리리는 욱했지만 그냥 뻔뻔하게 나가기로 했다.

"모를 수도 있지, 뭐."

"이리와 봐."

녀석을 따라가자 많은 사람들이 모여 있는 가게가 보였다. 그의 말대로 하르빌의 물건을 파는 가게였다.

티메의 설명으로는 본래 다른 지역 물건들은 상단에서 독점 판매하거나 광장 근처의 고급 상점에서 비싸게 판매한다는데 가끔 이런 식으로 시장에 흘러들어오기도 하는 모양이었다.

"저쪽에 가면 남쪽 지역에서 들어온 물건들을 판매하는 가게도 있고 노베에서 잡은 짐승 가죽으로 만든 신발을 판매하는 가게도 있어. 내 생각엔 선물로 펜이나 손수건 같은 물건이 좋을 거 같은데, 어때?"

펜과 손수건이라니, 실용적이기도 하고 주는 사람이나 받는 사람이나 부담도 적을 듯했다. 리리는 고개를 끄덕이며 말했다.

"괜찮네. 너 적응 빨리했다? 벌써 시장 내부에 뭐가 있는지, 어떤 것들이 들어오는지 파악한 거야?"

"당연한 거 아니야? 이왕 할 거면 열심히 해야지."

뿌듯한 모양인지 씨익 웃는 녀석 때문에 리리의 기분 역시 좋아졌다.

'착한 일 하길 잘했네.'

꿈도 희망도 없이 먹고살기 위해 소매치기를 하던 소년이 이렇게 달라진 모습을 보니 뿌듯했다. 게다가 지금 리리는 오히려 도움까지 받고 있지 않은가. 역시 사람 일은 어떻게 될지 몰랐다.

티메의 도움을 받아 리리는 하르빌 사막에서 가져온 것이라는 검푸른 색 작은 보석이 박힌 펜 하나와 남쪽 지역에서 수작업으로 만들어졌다는 손수건 하나를 샀다. 장사 스킬로 시세를 파악한 리리가 뛰어난 화술을 마음껏 활용했다.

"에이, 이게 어떻게 그 가격이람. 두 개에 55실버!"

"아이고, 나도 먹고살아야지."

"이건 20실버에 팔아도 남고 손수건은 10실버에 팔아도 남겠구만. 55실버면 유통비 등등을 다 빼도 순이익이 엄청 남잖아요?"

"좋아, 58실버! 더 이상은 안 돼."

"에이, 봐줬다. 대신 예쁘게 포장해줘요."

"포장 값은 원래 따로 받지만, 시장의 요정이니 내 특별히 공짜로 해줄게."

"고마워용!"

그녀의 후려치기 기술을 본 티메의 표정이 어쩐지 묘해지는 것 같았지만 리리는 신경 쓰지 않은 채 물건들을 보며 뿌듯해했다. 58실버면 꽤 출혈이 컸지만 만족스러웠다. 열심히 일하는 로쉐와 눈물이 많은 젤리에게 잘 어울리는 선물 같았다.

"덕분에 선물 잘 샀다. 고마워."

"겨우 이런 걸로 뭘."

선물도 다 샀겠다, 이제 그만 돌아가 볼까 하는데 갑자기 주변의 웅성거림이 묘하게 조용해지는 것 같더니 어디선가 커다란 덩치를 지닌 남자들 몇 명이 리리에게 다가왔다. 그녀는 인상을 찌푸렸다.

'설마하니, 또?'

이상한 문양이 새겨져 있는 검은색 옷을 입은 그 무리들은 리리에게 다가와 어쩐지 익숙한 대사들을 말하기 시작했다.

"예쁜데?"

"크면 여럿 홀리겠어."

"역시 눈썰미가 좋으시다니까."

"키우는 재미가 쏠쏠하겠군."

어쩜 다들 이리 똑같은지. 더구나 이런 대낮에, 그것도 시장 한가운데에서 이딴 짓거리라니. 기가 막혔다. 무슨 틀에 박힌 이벤트도 아니고.

"요즘에는 시장에서 보기가 힘들더군, 시장의 요정님께서 말이야."

"시장의 요정이 나타났다는 얘기를 듣고 직접 찾아와야만 했다고."

"돈 좀 벌었나 보지?"

시장에서 일할 당시에는 히로크 남작 일을 제외하고는 오히려 별일이 없었는데 어째서 그만두니까 더 귀찮게 구는지 알 수 없었다.

'역시 매력이 높아질수록 골치 아픈 일이 생기는 건가.'

그야말로 미녀는 괴로워가 아닌 요정은 괴로워였다. 다음부터 나올 때는 정말 면사로 얼굴을 가리든 해야 할 것 같았다. 리리가 그들을 무시하며 벗어나려고 슬쩍 걸음을 옮기니 남자들이 그녀를 둘러싸며 조금 더 가까이 왔다.

"아, 성격 참 급하네. 눈웃음 살살 치며 일할 때와는 영 딴판인걸."

"우리도 바쁘신 몸들이라고, 더 오래 있을 생각도 없어."

"바쁘신 몸들이 이렇게 떼로 몰려와 어린 소녀 하나 둘러싸? 그것도 이런 벌건 대낮에. 창피하지도 않나."

그녀가 톡 쏘아붙이자 남자들이 웃음을 터트렸다. 괜히 소동을 벌이면 귀찮아지니 조용히 넘어가려 했건만 눈웃음이라는 단어 하나에 욱하고 말았다.

'너네 좋아서 헤실거린 줄 아니? 아오, 사람들만 아니었어도.'

마음 같아서는 성력이든 주술이든 서쪽 지역의 붉은 전갈단처럼 혼내주고 싶지만 그럴 수 없다는 것이 답답할 뿐이었다. 더구나 상대는 리리가 시장의 요정이라는 걸 아는 사람들이 아닌가.

'참자, 참는 자에게 복이 오나니.'

리리는 속으로 참을 인 세 번을 써 삼켜야만 했다.

"우리 검은 폭풍단의 무서움을 모르는구나, 꼬마 아가씨."

"두목이 찜하지만 않았어도 무사하지 못했을 거야."

리리의 눈이 휘둥그레 해졌다. 얼마 전에는 붉은 전갈단이라는 오그라드는 이름의 도적단을 소탕했었는데 이번에는 검은 폭풍단이란다.

'무슨 이름이 저래, 진짜 미치겠다! 검은 폭풍단이라니! 으악!'

리리는 단지 이름이 너무나도 유치해 소름이 끼쳤을 뿐인데 그 모습에 겁을 먹었다고 생각했는지 남자들은 만족스러운 미소를 지었다.

"두목이 널 예뻐라 해주고 싶다더군. 언제든 찾아와도 좋다."

"암, 우리 두목은 능력이 좋으시거든."

"얌전히 초대해줄 때 찾아오는 편이 좋을걸."

부하들이 이 모양 이 꼴이니 두목이라는 자는 안 봐도 비디오였다. 하지만 당장 이 자리에서 해코지를 할 생각은 없는 것 같았다. 그래서 리리는 일단 조용히 넘어가기로 했다.

"언제든 찾아가도 좋다고요?"

그녀가 생긋 웃어주자 남자들은 잠깐 멈칫했다.

이내 큼지막하게 웃으며 대답했다.

"그럼, 그럼."

"꽤나 귀여운걸."

얼굴이 살짝 붉어진 것을 보아하니 리리의 미소가 먹힌 모양이었다.

'언제 기회 되면 조용히 찾아가 싹 털어줘야겠네. 자, 이제 얼른들 가보셔요.'

그런 속마음을 알 리가 없는 남자들은 기분이 좋은 모양인지 낄낄 웃어댔다.

그렇게 상황이 대강 정리되었다고 생각하던 그때였다. 비록 벌레 씹은 표정을 짓고 있었지만 나름대로 얌전히 있던 티메가 갑자기 버럭 소리를 질렀다.

"누나, 왜 웃어? 기분 나쁘지도 않아? 게다가 찾아가도 좋냐니! 제정신이냐고!"

순식간에 주위가 얼어붙었다.

"너……. 갑자기 무슨……."

하지만 티메는 아랑곳하지 않고 리리 앞에 처억 나서서는 그 자그마한 몸으로 그녀를 지키겠다는 듯 양팔을 벌려 그녀를 감쳤다.

"그 더러운 손을 어디에 뻗어! 이렇게 어린 여자애에게 무슨 짓을 하는 거냐고!"

검은 폭풍단이라는 창피한 이름을 당당하게 말하던 남자들의 표정이 점차 일그러졌다.

"너 우리가 누군지 모르냐? 진짜 죽고 싶어서 환장했나."

"우리는 저 꼬마 아가씨에게 볼일이 있었을 뿐이야. 얌전히 있을 것이지, 이걸 확!"

"나도 검은 폭풍단이라는 건 알고 있거든? 리리 누나에게 접근하지 마!"

'귀여운데, 날 지키겠다고 앙앙거리는 모습은 참으로 귀엽고 기특한데……. 난 너의 도움을 받을 만큼 약하지가 않단다. 아, 얌전히 있어주길 바랐는데.'

리리는 험악해지는 분위기를 느끼며 한숨을 내쉬었다. 이 상황을 어떻게 처리해야 할까.

그때였다. 침 삼키는 소리까지 들릴 정도로 조용하게 가라앉은 시장 바닥에 걸걸하고 호탕한 목소리들이 울려 퍼졌다.

"이야, 저 꼬맹이. 제법 쓸만하구만."

"그러게 말입니다. 우리 애들도 이런 상황에 저러기가 힘들 것 같은데 말이죠."

"우리 애들 무시하냐? 남자라면 당연히 저래야 하는 거 아니야? 게다가 요정이잖아, 요정! 지켜야 하는 사람이!"

어째 어디서 많이 들은 목소리였다. 리리는 그쪽으로 고개를 돌렸고 다른 사람의 시선 역시 모조리 목소리의 주인들에게 꽂혔다.

"여어, 썩은 폭풍단! 오랜만이다? 여기서 다 보다니 신기하네! 감히 겁도 없이 우리 구역을 넘봐?"

"뭐?! 썩은 폭풍단? 어디서 감히!"

"야! 그만둬! 큰일 나고 싶어?"

"뭐? 뭐야?"

멀리서도 커다란 덩치 때문에 눈에 확 튀는 남자, 베드로 사범이었다. 리리는 생각지도 못한 인물의 등장에 어안이 벙벙해졌다.

'게다가 뭐야, 검은 폭풍단인지 썩은 폭풍단인지 반응들이 왜 저래?'

금방이라도 덤벼들 것처럼 으르렁거리던 녀석들이 갑자기 꼬리를 감추고 연신 눈치만 보는 것이 아닌가. 그러더니 이내 티메를 가리키며 "두고 보자!"라는 악당다운 대사를 남긴 채 순식간에 도망치기 시작했다. 티메 역시 리리 못지않게 넋을 잃은 듯 가만히 서 있었다.

"어……. 베드로 사범님? 여긴 어쩐 일로……."

"아, 썩은 폭풍단 녀석들이 나타났다는 소리가 들려서 말이야. 혼쭐을 내주려고 왔지. 근데 그럴 필요도 없었네."

베드로는 들고 있던 목검을 어깨 위에 걸치며 아무것도 아니라는 듯 말했다.

사실 베드로와 그 제자들은 야외 수업을 마치고 배가 고파 시장에 왔다가 사람들이 모여 있는 것을 보고 궁금해져 다가왔을 뿐이었다. 단지 예전에 리리를 보러 왔을 때 검은 폭풍단 녀석들이 주변을 맴도는 걸 보고 혼내준 뒤 쫓아낸 일이 있긴 했다. 그렇다고 베드로가 직접 찾아가 소탕할 정도로 정의롭고 시간이 넘쳐나는 사람은 아니었기에 두목과 정식으로 부딪친 적은 없었다.

리리는 볼을 긁적이다가 어색하게 인사를 건넸다.

"어쨌든 감사해요. 덕분에 이 녀석이 살았네요."

"뭐야, 난 단지 누나를 지키려고……."

"야! 힘도 없는 녀석이 지키긴 뭘 지켜! 그 상황에선 조용히 있어주는 편이 나았거든?"

"누나가 그딴 더러운 놈들한테 웃음을 날리고 그걸로도 모자라서 찾아간다는 식으로 말하니까……."

"내가 미쳤냐! 거기 갈 생각하게. 그냥 빨리 보내버리려고 그렇게 둘러댄 거지."

"그, 그래도!"

리리는 말문이 막힌 모양인지 뭐라고 하려다가 입만 뻐끔거리는 티메의 모습에 실소를 흘렸다. 대화를 가만히 듣던 베드로가 끼어들었다.

"너! 쥐뿔도 없는 녀석이 괜히 나서면 일이 더 커질 수도 있다는 것을 왜 모르나! 싸워서 이길 수 있었나? 아니면 리리를 데리고 녀석들의 시선이 닿지 않는 곳으로 도망갈 수 있었나? 게다가 그 녀석들에게 얼굴까지 찍혔는데 앞으로 감당할 자신도 있는 건가?"

"아, 아니요."

리리는 베드로 사범의 호통에 고개를 푹 숙이며 기어가는 목소리로 대답하는 티메의 모습에 터져 나오려는 웃음을 꾹 참아야만 했다.

"누군가를 지키려면 그만한 힘이 있어야지! 자, 따라 오거라!"

"네……. 네?"

"수련장의 요정을 지키려던 너의 용기가 마음에 들었다. 용기에 걸맞은 힘을 키워주지!"

"아, 저 지금 일하던 중이었는데요."

"언제 끝나는데? 아니, 됐다. 같이 가지."

베드로 사범은 결국 녀석을 질질 끌고 가기 시작했다. 가게 주인과 시간 조정을 해보는 것이 좋겠다는 이유에서였다. 리리는 입을 떡 벌리고 있다가 급히 소리를 질렀다.

"야, 티메! 고마웠어!"

질질 끌려가는 터라 균형을 못 잡고 휘청거리면서도 손을 흔들어주는 티메의 모습에 리리는 결국 웃음을 터트렸다. 그러고 보면 티메는 리리를 보며 얼굴을 붉히는 일이 없었다.

'눈이 높은가?'

아마 그래서 편하다고 느낀 모양이었다. 깔끔하니까.

어쨌든 잘된 일이었다. 베드로 사범 눈에 들다니. 아주 확실하게 호신술 정도는 배울 수 있을 터였다.

곧 주변 사람들이 리리에게 다가오며 많이 놀랐냐고 위로해줬다. 하지만 이번에는 별로 화가 나지가 않았다.

'히로크 남작이나 붉은 전갈단을 소탕해봐서 그런 건지, 정말로 성품이나 도덕성이 증가해서 변한 건지. 어쩌면 신전 일을 하면서 능력치에는 없지만 인내심이 급증해서 별 감흥 없는 걸 수도 있고.'

일단 초대해주었으니, 그것도 이리 시끌벅적하게 초대해주셨으니 기회 되면 한 번쯤 찾아가주는 것도 나쁘지 않을 듯했다. 그녀는 성력을 사용해도 귀찮아지지 않고 그녀의 뒤가 잡히지 않을만한 방법을 떠올려 봐야겠다고 생각하며 일단 집으로 돌아가기 위해 페가수스 인형을 꺼내 들었다.

토요일, 리리는 식사를 하면서도 연신 로쉐와 젤리를 힐끔거렸다. 그녀는 조용히 식사를 하는 로쉐를 바라보다가 새삼 속으로 감탄사를 내뱉었다.

'어째 볼 때마다 잘생겨지는 것 같기도 하고.'

일주일 만에 보는 얼굴이어서 반갑기도 했다. 그사이 머리카락이 조금 더 자란 모양인지 얼굴에 길게 드리워져 있었다. 리리는 앞머리 사이로 드러난 긴 속눈썹에 잠시 넋을 놓고 보고 있다가 그와 눈이 마주치자마자 허둥지둥 식사하는 척을 했다.

'이제 웬만한 남자들은 잘생겼다고 느끼지도 못하겠네.'

실제로 그녀가 만났던 사람 중 꽤 미남이라고 할 사람들도 많았지만 별다른 감흥이 일어난 적이 없었다. 아무래도 그녀의 눈 자체가 무척 높아진 모양이었다. 그녀는 그렇게 시답잖은 생각을 하며 떨리는 마음을 진정시키려고 애썼지만 쉽지 않았다.

그 모습을 바라보던 로쉐와 젤리는 복잡한 심정이었다. 특히 일주일 만에 집으로 돌아온 로쉐는 더했다.

어째서인지 뜨거운 눈빛으로 그를 노려보았다가 급히 시선을 돌리며 한숨을 내쉬었다가 하는 리리 때문에 식사에 집중을 할 수가 없었다.

'내가 무슨 잘못을 저지른 것인가.'

그의 머릿속이 재빠른 속도로 회전하기 시작했다.

그동안 뭘 했었는지 어떤 말을 내뱉었는지, 그 안에 리리가 화낼만한 일이나 상처받을만한 일이 있었는지 아주 사소한 점도 하나하나까지 되짚어 보았다.

젤리 또한 식은땀으로 가득한 손으로 불끈 주먹을 쥐며 상황을 지켜보았다. 이런 분위기가 형성되면 가장 긴장되는 것은 바로 그였다. 혹시라도 문제가 생기면 밑도 끝도 없이 우울해지는 주인님을 위로해 드려야 했고 걷잡을 수 없이 몰아치는 리리 아가씨의 폭풍 또한 이겨내야 하니까.

"저어기……."

"그래, 무슨 일이지?"

차라리 말로 해주렴. 로쉐는 간절한 눈빛을 담아 리리를 바라보았다.

잠시 머뭇거리던 리리가 무언가를 꺼내 들었다. 포장지로 예쁘게 감싼 물건 두 개였다.

"자, 이건 젤리 꺼."

"이게 뭔가요, 아가씨?"

"별거 아니야. 그냥 생각나서 샀어. 부, 부담 갖지는 말고! 진짜 별거 아니니까."

아무 말 없이 선물과 리리를 번갈아가며 보는 두 사람 때문에 그녀의 양 뺨이 붉게 달아올랐다.

굉장히 이상한 기분이었다. 간질간질하기도 하고 뭔가 오그라드는 것 같기도 하고, 기쁜 건지 부끄러운 건지.

"좋은 거 해주지 못해서 미안해요……. 그리고 잘 해주셔서 감사합니다. 늘 고마워요. 최, 최고예요! 으윽, 잘 먹었습니다. 저 먼저 가 있을게요."

더 다정다감하고 길게 얘기하고 싶었지만 이게 한계였다. 평소답지 않게 버둥거리며 온몸으로 대화를 시도하던 그녀는 주술 연습실로 도망가듯 걸어갔다. 어차피 오늘은 로쉐에게 개인 과외를 받는 날이었으니 금세 다시 마주하게 될 터였다.

두 사람은 그녀가 사라진 뒤로도 그 자리에 미동도 없이 얼어있었다. 이내 선물을 들고 있던 손이 바들바들 떨리기 시작했다. 둘 다 주체할 수 없는 감동 때문에 폭발하기 일보 직전이었다. 젤리는 이미 눈물을 뚝뚝 흘리고 있었고 로쉐는 남아있는 한 손으로 입과 턱을 꾹 누르며 터져 나오려는 신음을 막고 있었다.

"……이럴 수가."

"주, 주인님, 이게 꿈은 아니겠지요?"

"나도 모르겠군."

둘은 떨리는 손으로 혹시나 생채기라도 날까 조심스럽게 포장지를 뜯었다. 로쉐에겐 작은 보석이 박혀 있는 펜이, 젤리에겐 깔끔하게 수놓인 손수건이 들어있었다.

결국 로쉐의 눈동자 역시 촉촉하게 젖어들었다. 젤리는 손수건을 꼭 쥔 채 소리 없이 흐느꼈다.

두 사람 머릿속에는 오로지 하나의 생각밖에 없었다.

'고이고이 모셔놓고 절대 사용하지 말아야지.'

보고 또 봐도 감격스러웠다. 죽을 때까지, 아니 죽어서도 가져가야 하는 보물이었다.

오늘은 그들에게 보물 1호가 생겨난 기념적인 날이었다.

다음 권에서 이어집니다.

외전. **로쉐**

"각주님, 들어가겠습니다."

나니에는 가볍게 노크를 한 뒤 문을 열었다. 방 안은 커튼 사이로 희미하게 스며드는 빛만이 전부였기에 약간 어둡게 느껴졌다. 하지만 다련각의 각주, 로쉐는 커튼을 걷거나 하다못해 주술등을 킬 생각조차 하지 않은 채 책상 앞에 앉아 서류를 보고 있을 뿐이었다.

새삼스러운 광경도 아니었기에 나니에는 문을 조심스럽게 닫은 뒤 로쉐의 대답을 기다렸다.

보고 있는 서류가 중요한 것인 모양인지 그는 대답조차 하지 않았다. 어쩌면 서류에 시선만 둔 채 깊은 생각에 잠긴 걸 수도 있었다. 어느 쪽이든 간에 일단 정리가 되어야 시선을 돌린다는 사실을 알고 있었기에 그녀는 가만히 기다렸다.

방 안이 어두운 탓에 로쉐의 머리카락은 검은색에 가까워져 있었다. 속눈썹과 눈동자 역시 마찬가지였다. 나니에는 그 오묘하고 신비로운 색상이 마치 그가 사용하는 암흑 속성 주술과 같다고 생각하며 바라보고 있었다. 하지만 한참이 지나도 미동조차 없는 그 모습에 의아함을 느끼고 막 입을 열려던 참이었다.

"나니에."

"네, 각주님."

그 뒤로도 말은 한참이나 이어지지 않았다. 그는 평소와 다름없는 무표정한 얼굴이었지만 그녀는 그의 기분이 별로 좋지 않다는 사실을 알아챌 수 있었다.

"고민이 있으신가 보군요."

로쉐는 깊은 한숨을 내쉬며 고개를 끄덕였다. 나니에는 가까이 다가가 책상 앞에 놓여있는 작은 의자에 걸터앉았다. 그녀의 지정석이었다. 이런 일이 자주 벌어지다 보니 아예 가져다 놓았기 때문이었다. 언제부턴가 나니에는 로쉐의 개인 조수뿐만 아니라 양육 상담까지 도맡게 되었다.

"무슨 일 때문에 그러시는 거지요?"

그는 나니에의 질문에 머뭇거리며 입술을 달싹이다가 이내 작은 한숨을 내쉬며 말을 내뱉었다.

"놀러 가고 싶다."

"네?"

그녀는 갑자기 이게 무슨 소린가 싶어 눈썹을 찌푸렸다.

휴가를 가고 싶다는 뜻인가? 일이 너무 많아서 지치신 건가? 뜻을 알 수가 없어 의문이 꼬리를 무는 가운데 다행히도 그의 말이 이어졌다.

"리리와 놀러 가고 싶다."

그 말을 듣고 나서야 그녀는 그가 왜 이렇게 심란한 표정이었는지 알 수 있었다. 이전에도 똑같은 일로 고민한 적이 있기 때문이었다.

'이미 한번 겪어보셨으면서 또 고민하시다니. 그게 그리도 어려우신가.'

나니에는 웃음이 터지려는 것을 간신히 꿀꺽 삼켰다. 그녀에겐 쉬운 일일지 몰라도 그에게는 있는 용기, 없는 용기 모두 다 짜내야 하는 일이라는 사실을 이미 알고 있기 때문이었다.

"어쩌면 리리 양도 놀러 가고 싶은데 말을 하지 않고 있을 수도 있어요. 아마 각주님이 먼저 권해주길 기다리고 있을지도요. 전에도 굉장히 기뻐했다면서요."

나니에의 말에 로쉐의 안색이 조금 밝아졌다. 그녀는 웃음을 머금으며 말을 이었다.

"리리 양도 각주님도 워낙 바쁘니까 시간이 맞지 않을 수도 있지만 그러면 다른 날에 가자고 미루는 한이 있더라도 아예 거절하지는 않을 것 같은데요?"

"그런가."

로쉐는 스스로의 생각을 믿지 못해 계속 의심을 품는 타입이기에, 자신의 말을 듣고 누군가 그렇다고 말해줘야 마음을 놓는 편이었다.

그래서 나니에와 젤리가 이야기를 들어주고 고개를 끄덕여주곤 했다. 별것 아닌 것 같았지만, 그것만으로도 로쉐에게는 충분했다.

'그래도 예전에는 꽤 오래 걸렸었는데.'

지금은 말 한마디로 충분하다니 확실히 성격이 많이 변하긴 했다.

"어디로 가는 것이 좋을까."

"바다는 갔다 왔으니까 이번에는 산이나 초원 쪽으로 가보는 게 어떨까요?"

"저택이 산에 있으니 초원이 나을 것 같군."

"괜찮네요. 남쪽보다는 동쪽이 좋을 듯해요. 풀도 더 우거지고 사람들도 평화롭고. 무엇보다 동물을 키우는 곳이 많으니까요."

로쉐는 나니에의 말에 고개를 끄덕였다. 농장은 남쪽에도 많았지만 탁 트여 청량한 바람과 신선한 풀내음을 맡을 수 있는 동쪽이 더 좋을 듯했다. 리리 역시 사람이 많은 곳을 좋아하지 않는 편이었으니 한가로이 거닐며 푹 쉬다 오자고 하면 괜찮을 것 같았다.

하지만 곧 수많은 생각이 그를 괴롭혔다. 동물을 좋아할까, 전에 바다를 보고 싶다고 했었는데 이번에도 바다에 가는 편이 좋지 않을까, 주말마다 농장일을 하는데 또 초원에 가는 건 싫어할지도……

나니에는 그의 생각을 알 것 같아 난감하다는 듯 볼을 긁적이다가 곧이어 떠오른 생각에 눈을 반짝이며 말했다.

"각주님, 거기 어때요? 왜, 혹시 기억하시려나 모르겠는데 저와 처음 만났던 마을 있잖아요. 루더니아요. 거기는 사람도 적고 평화로워서 리리 양이 좋아할 것 같은데요."

"아, 루더니아 말인가."

로쉐는 그녀의 말에 이전에 가본 적 있던 루더니아를 떠올렸다. 원래 주위에 별 관심이 없는 편이지만 그곳은 나니에를 처음 만난 장소였다. 그 만남 자체가 워낙 강렬한 기억이었기에 그 마을 또한 어렵지 않게 떠올릴 수 있었다. 마을 한쪽에는 꽤 커다란 깨끗한 호수가 있었고 그 주위는 꽃과 나무, 유리알 같은 돌멩이로 아기자기하게 꾸며져 있었다. 하지만 조금만 벗어나면 탁 트인 초원과 드문드문 자리 잡은 그림 같은 집, 여유롭게 놀고 있는 동물들이 있어 마음까지 평화로워지는 장소였다.

확실히 괜찮을 것 같다는 생각에 로쉐는 고개를 끄덕였다. 리리는 종종 센테르의 전경을 내려다보며 감탄하곤 했었으니 그런 풍경 또한 좋아할 것 같다는 생각이 들었다.

"그 호수가 참 좋았는데 말이지요. 내가 묻어두었던 하얀 돌이 아직도 남아 있으려나."

"찾아가면 되지 않나."

나니에는 로쉐의 말에 잠시 뜸을 들이다가 대답했다.

"못 가겠어요."

나니에는 미소는 굉장히 쓸쓸했다.

"칸나랑 여기저기 잘 돌아다니면서도 유독 거기는 못 가겠더라고요. 언제쯤 괜찮아질까요."

로쉐는 뭐라 위로의 말이라도 건네고 싶었지만 어설픈 위로는 독이 되리라고 생각해 안절부절못했다.

나니에는 그의 모습을 보고 가벼운 웃음을 터트리며 말했다.

"그때는 각주님께서 이런 성격일 거라곤 상상도 못 했는데 말예요. 처음 알았을 때 어찌나 황당하던지."

"어떻게 보였길래?"

리리 못지 않게 솔직한 나니에는 꾸밈없이 털어놓았다.

"음, 굉장히 어둡고 날카로워 보였어요. 마치 저를 경멸하는 듯한? 신경 써줄 가치도 없는 하찮은 것을 바라보는 시선이었다고 해야 할까."

그녀의 말이 이어질수록 로쉐의 안색은 새하얗게 질려갔다. 그가 입을 꾹 다문 채 하염없이 바닥만 바라보고 있자 나니에는 서둘러 손을 휘두르며 위로했다.

"하지만 지금은 아니에요. 그리고 그때는 오해도 있었으니까."

로쉐는 창백한 안색으로 고개를 끄덕였다. 나니에가 걱정스러운 표정으로 바라보았지만 사실 그녀가 그렇게 느꼈을 수도 있다 싶었다. 자신이 생각하기에도 당시의 그는 세상 모든 것을 경멸하고 있었으니까.

그는 처음부터 주술각에 있던 것이 아니었다. 상급 주술사였을 때까지만 해도 센테르의 가장 어두운 곳에서 일했다. 그곳은 세상 모든 정보를 알 수 있는 곳이었고 거의 대부분의 암흑 속성 주술사들이 일하던 장소였다.

상급 주술사는 몇 없었기에 로쉐는 그곳에서도 이미 꽤 높은 자리에 있었다. 그래서 그는 소심하고 여린 속을 감추기 위해 무던히도 노력했다. 다행히 타고난 이미지 덕에 수월하게 넘어갔지만 문제는 그렇지 않아도 쓸쓸한 그에게 다가오는 사람이 아무도 없었다는 점이었다.

심지어 그에 대한 잘못된 소문이 돌고 사람들은 그 소문만을 듣고 그를 피해 다니거나 도망치기까지 했다.

그렇지 않아도 업무상의 일로 세상의 어두운 면과 추악함을 누구보다도 잘 알고 있던 로쉐는 없는 소문을 만들어내고 보이지 않는 흉기를 휘두르는 사람들에게 정이 떨어졌다. 원래부터 사람과 거리를 두던 그는 점점 더 심해졌고, 엎친 데 덮친 격으로 지주 때문에 큰 상처를 입는 사건이 일어나기도 했다.

하지만 우연인지, 운명인지 그는 리리를 만났다. 동시에 신성계열 주술력을 가지게 되어 황궁 주술사라는 직위도 내려받았고 모든 것을 맡길 수 있는 믿음직스러운 집사, 안젤리노도 만났다. 그전까지는 자신이 무얼 하든, 어디에 있든 신경 쓸 사람이 없었지만 딸이라는 존재가 생긴 이상 그래도 최소한의 아빠 도리는 해야 한다고 생각했다. 인형처럼 감정도, 표정도, 의사표현도 없는 딸이었지만 책임감이라는 것이 생겼다. 그래서 그는 원래 일하던 곳에서 빠져나와 다련각 각주와 황궁 주술사 일에 최선을 다했다. 그러나 황궁에서도 귀족들의 행동들을 보며 사람에 대한 불신은 더욱 심해졌다. 여전히 세상은 암흑뿐이었다.

그러던 어느 날, 그는 늘 하던 대로 농작지에 축복을 내리기 위해 동쪽 어느 작은 마을에 들렀다. 갑자기 한 여인이 그에게로 뛰어들었다. 물론 그에게 다가오기 전에 호위와 다른 주술사들에게 막혔지만, 충분히 목소리가 들릴만한 거리였다. 그녀는 커다란 목소리로 울부짖었다.

"내가, 내가 도와달라고 했는데! 살려달라고, 제발 살려달라고! 내가 줄 수 있는 건 뭐든 줄 테니, 내 목숨이라도 원한다면 줄 테니 살려달라고 그토록 부탁했는데!"

"뭐지."

로쉐는 호위들이 곧바로 쫓아내려고 하는 걸 눈짓으로 막고 여자에게 다가갔다. 짙은 보라색 머리카락과 눈동자를 지닌 그 여인에게서는 주술력이 느껴졌지만 처음 보는 얼굴이었다. 원래는 제법 미인이었을 것 같은 여인이 초췌해진 몰골로 분노와 원망을 담아 그를 노려보았다.

"이제야 그 귀한 얼굴을 보여주시는군요. 제가 그렇게 애원할 때는 듣는 척도 하지 않더니."

독기 어린 말은 로쉐의 여린 가슴을 할퀴었다. 도대체 무슨 일이길래 이렇게까지 적의를 드러내는지 알 수 없었다. 충격에 아무 대답도 하지 못하고 있는데 그녀의 말이 이어졌다.

"이토록 태연하다니, 일말의 동정심도 없나 보군요. 결국 그이는 죽었어요. 네, 저도 알아요. 사람은 언젠가 죽을 수밖에 없다는걸. 그래도 사랑하는 이를 조금이나마 붙잡고 싶은 건 어쩔 수 없지 않나요? 그런 간절한 마음을 그렇게까지 무시하셨어야 했나요? 저 역시 같은 주술사인데. 아니, 주술사가 아니어도 어쨌든 죽어가는 사람 좀 치료해달라는데! 그래요, 치료까진 못 해줄 수 있어요. 하지만 힘들다는 말 한마디 해주기도 어려웠나요?"

로쉐는 무슨 말을 해야 할지 알 수가 없었다.

그는 무작정 입을 열었지만 아무런 말이 나오질 않았다. 여인이 짧은 웃음을 내뱉자 그는 결국 한걸음 물러섰다. 여자는 그대로 호위에게 끌려갔다. 로쉐는 그때까지도 꼼짝할 수 없었다.

그리고 그때, 나무 뒤에서 소녀 하나가 나타났다. 아직 어린, 예닐곱 살 정도의 예쁘장한 아이였다.

허리춤에는 장난감으로 보이는 검을 차고 있었다. 호위들은 막아야 하나 말아야 하나 고민하는 것 같았다.

"아저씨가 황궁 주술사인가 뭔가 하는 그거야?"

소녀는 굉장히 귀여운 얼굴이었지만 표정만큼은 무뚝뚝하기 짝이 없었다. 로쉐는 문득 집에 있는 자신의 딸아이가 떠올랐다. 소녀는 말도 하지 않고 인형같이 가만히 있는 딸아이와 어딘가 모르게 닮아있었다. 나잇대가 비슷해서 그런 건지, 표정이 없어서 그런 건지는 알 수 없었다.

"감히 무례하게! 예의를 갖추지 못하겠느냐!"

소녀의 건방진 질문에 호위들의 호통이 터졌다.

"맞구나."

소녀는 로쉐를 올려다보다가 재빠르게 허리춤에서 검을 꺼내 들었다. 그 검은 진짜였다. 단지 소녀의 키에 맞춘 모양인지 짧아서 장난감으로 모인 모양이었다. 게다가 자세나 표정을 보니 검을 다루는 것이 제법 익숙한 듯했다. 겨우 예닐곱 살 소녀의 검이 무서워 봐야 얼마나 무섭겠냐만은, 소녀의 침착함과 묘한 분위기가 어우러져 긴장감을 자아냈다.

로쉐는 도무지 이해할 수 없는 상황이었지만 일단 소녀를 달래는 것이 우선이라는 생각에 검을 뽑아드는 호위들에게 눈짓을 한 뒤 입을 열었다.

"검을 내려놓거라."

"안 돼."

"왜지?"

"아저씨가 미우니까. 엄마의 이야기를 들어주지 않은 아저씨가 미워."

소녀는 그 말을 끝으로 검을 든 채 로쉐에게로 달려들었다.

"어딜!"

"붙잡아!"

나이답지 않은 속도와 몸놀림이었지만 호위에겐 역부족이었다. 순식간에 제압당해 주술로 붙잡힌 소녀는 그 짧은 순간에 어찌나 심한 반항을 한 건지 크고 작은 생채기가 가득 생겨 있었다. 하지만 소녀는 기가 죽거나 체념을 하는 대신 독기 어린 눈동자로 로쉐를 노려봤다. 호위에게 억지로 고개가 숙여지면서도 끝끝내 시선을 돌리지 않았다.

자신을 왜 그런 눈으로 바라본단 말인가. 가슴이 아팠다. 소녀의 모습이 자신의 딸과 겹쳐지며 더욱 서글퍼졌다.

"당장 끌고 가라!"

감히 황궁 주술사를 해하려 한 죄는 바로 즉결 처분이었다. 로쉐는 반쯤 넋을 놓은 채 포박당해 호위들에게 끌려가는 소녀의 뒷모습을 바라보다가 서둘러 이동 주술을 이용해 그 앞을 막아섰다.

호위들은 뒤에 있던 로쉐가 갑자기 앞에서 모습을 드러내자 당황했다.

"주, 주술사님?"

"왜 그러십니까!"

로쉐는 여전히 무표정한 얼굴로 자신을 올려다보는 소녀에게 시선을 둔 채 말했다.

"두어라."

"하, 하지만!"

"내가 알아서 하지. 안되는가?"

"그럴 리가요! 알겠습니다."

호위들은 소녀를 붙잡고 있던 팔을 놓아주었다. 로쉐는 일단 소녀를 데리고 숙소로 데리고 왔다. 그리곤 밧줄을 풀고 상처도 치료해주고 먹을 것도 잔뜩 가져오게 했다. 밧줄을 풀자마자 달려들 거라는 그의 예상과 달리 소녀는 어리둥절한 표정으로 가만히 앉아있을 뿐이었다.

"왜 화를 내는지 알 수 없다. 이유를 알려주었으면 좋겠군."

소녀는 멀뚱히 그를 쳐다보다가 입을 열었다.

"아빠가 죽어가고 있었어요. 어떤 약도 통하지 않았어요. 그래서 엄마가 치료 능력을 지니고 있다던 주술사님을 찾아갔는데 만나주지 않았어요. 편지도 보내고 찾아가기도 하고 소리도 질렀다고 했어요. 하지만 얼굴은커녕 목소리조차 듣지 못했다고 했어요."

"몰랐다. 그런 일이 있으리라고는……."

로쉐는 당혹스러움을 감추지 못했다. 그렇지 않아도 그는 굉장히 바쁜 사람이었다.

황궁 일과 다련각 일로 인해 잠잘 시간조차 부족했다.

그래서 그는 조수를 두고 있었다.

자신이 미처 파악하지 못한 일들을 정리해 알려줄 수 있도록, 세상이 돌아가는 이야기를 들려주도록.

그는 대가를 받지 않는 대신 병원에서도 가망이 없다고 하는 위급한 사람들만 치료를 해오고 있었는데, 생각해보니 그는 귀족이나 부호들은 치료해준 적이 있었지만 평민들은 치료해준 적이 없었다. 그런 요청 자체가 들어오지 않았으니까.

결론은 빨랐다. 아마도 그 조수가 뇌물을 받거나 해서 치료 요청을 걸러 받은 모양이었다. 그는 이를 악물었다. 그래도 신뢰할만한 조수라고 생각했는데. 더구나 자신이 사람을 잘못 고른 대가로 이 아이의 아버지를 죽게 하다니.

"내가 죄를 지었군. 정말 미안하다."

소녀는 말간 눈동자로 로쉐를 바라보고 있었지만 아무런 말도 하지 않았다. 로쉐는 복잡한 심경에 뭐라 말을 해야 할지 알 수가 없었다. 한동안 가만히 앉아있던 소녀의 입이 열렸다.

"저기, 우리 엄마는요? 어디 있어요?"

로쉐는 그제야 자신에게 소리를 지르던 여인이 끌려가도록 그냥 두었다는 사실을 기억해냈다. 그는 서둘러 호위에게 여인을 데리고 오라고 지시했다.

"지금 당장!"

그리고 얼마 안 가 숙소 밖이 소란스러워졌다.

"제발 용서해주세요. 제가, 제가 대신 벌을 받겠습니다. 어린아이가 뭘 알겠습니까!"

아무래도 그녀의 딸이 이곳에 잡혀있다는 얘기를 들은 모양이었다. 로쉐가 문을 열고 모습을 드러내자 여인은 눈물로 흠뻑 젖은 얼굴로 바닥에 엎드린 채 애원했다.

"죄송합니다. 정말 죄송합니다. 부디 용서해주세요. 제게는 딸아이밖에 남지 않았어요. 불쌍한 여인 하나를 구해주세요."

여인은 딸을 구하기 위해서 증오해 마지않는 남자에게 애원하고 있었다. 로쉐는 그 모성애에 묘한 기분을 느꼈다. 자신은 아빠가 되었음에도 크게 느끼지 못하는 자식에 대한 사랑이었다. 이런 엄마와 딸이라니 부럽기도 했다.

그는 여인을 황급히 일으켜 세운 뒤 방 안으로 데리고 들어왔다. 일단 딸이 무사하다는 사실을 알려줘야 진정할 것 같았다.

여인은 로쉐의 방 안에서 입안 가득 음식을 욱여넣고 우물거리고 있는 소녀를 보고는 외쳤다.

"칸나!"

"어? 움마!"

입속에 있는 음식 때문에 제대로 발음도 하지 못하는 소녀는 자신의 엄마를 보고는 해맑게 웃었다.

그간 무표정했던 소녀답지 않았다. 그 표정을 본 여인은 급히 달려가 소녀를 품에 안았다. 그리고 어리둥절함을 감추지 못하는 표정으로 로쉐를 바라보았다.

엄마의 의문점을 느낀 건지, 아니면 원래 엄마 앞에선 재잘거리는 편인 건지 소녀는 음식을 꿀꺽 삼키고는 말했다.

"저 주술사님이 치료도 해주고 맛있는 음식도 잔뜩 시켜줬어. 그리고 내 검술 실력 좋다고 칭찬도 해주고 나 아프게 한 사람들도 혼내줬다? 그리고 미안하대. 엄마와 나한테 죄를 지었대. 엄마, 사과했으니 잘못을 용서해줘야 하는 거 맞지?"

"그, 그게 무슨."

여인은 당혹스러운 눈빛으로 로쉐를 바라보았다. 그는 의자에 앉아 바닥을 가만히 내려다보다가 이윽고 입을 열었다.

"미안하다."

"네?"

로쉐는 오른쪽 손바닥으로 자신의 눈을 가리며 말했다.

"전혀……. 전혀 몰랐다. 그런 일이 있으리라고는."

그의 손이 잘게 떨리고 있었고, 목소리 또한 미약하게 흔들렸다. 진정하려고 애썼지만 소용이 없었다.

자신의 잘못을 어떻게 용서받아야 할지 알 수가 없었다. 천천히, 조심스럽게 말을 이었다.

"아무도 얘기해주지 않았다. 내 눈과 귀가 가려져 있었다. 진작 알았다면……. 그랬다면 칸나가 아빠를 잃지는 않았을 텐데. 정말 미안하다. 내가 뭘 어떻게 해줘야 할지. 사랑하는 이를 잃은 그 슬픔은 무엇으로도 위로가 되지 않겠지만 그래도 갚을 기회를 주었으면 좋겠군."

로쉐는 고개를 들어 올려 딸을 꼭 안고 있는 여인을 바라보았다. 가만히 이야기를 듣고 있던 칸나가 여인의 옷을 잡아당기더니 이내 조용히 속삭였다.

"전혀 안 그래 보이는데, 되게 소심하다? 꼭 우리 아빠 같아."

조그맣게 속삭이고 있었지만 로쉐가 못들을 리가 없었다. 그는 소심하다는 그 말에 심장이 쿵 내려앉았다. 티를 내지 않기 위해 노력했는데. 아니, 지금껏 그 사실을 알아챈 이라고는 집사밖에 없는데 어떻게 눈치챈 것인가. 하지만 잠시 고민하던 여인이 또렷한 목소리로 대답을 해오는 바람에 깊이 생각할 틈이 없었다.

"갚을 기회를 달라고요?"

"그래."

여인은 싸늘한 표정으로 말했다.

"무엇이든? 무엇이든 되는 건가요?"

그 말이 가지는 힘은 너무나 큰 것이기에 로쉐는 선뜻 대답할 수가 없었다.

"남편을 살려달라 말하면 들어줄 수 있는 건가요?"

죽은 자를 살릴 수 있을 리가 없었다. 그의 힘을 모조리 쏟아 붓는다고 해도 불가능했다. 로쉐는 자신의 무능력함이 절실히 느껴져 흐린 눈빛으로 바닥만 응시했다.

"안 되겠지요. 저 사실 그 미안하다는 말을 믿지 못하겠어요."

자신이었어도 그랬으리라. 로쉐는 고개를 끄덕이며 말했다.

"그렇겠지."

"정말 미안하다면, 죄를 갚을 기회를 가지고 싶다면, 우리를 책임져 줄 수 있나요?"

"뭐?"

로쉐는 당황해선 고개를 들어 올렸다. 여인은 여전히 딸을 꼭 껴안은 채 흔들림 없는 시선으로 그를 바라보고 있었다.

"남편이 없는 상태로 애를 보면서 일하기가 힘들어요. 약값이니 뭐니 있는 돈을 다 쓰는 바람에 당장 먹고 살기도 힘들고요. 아마 이미 알고 계시겠지만, 전 주술사예요. 하지만 고작 하급일 뿐이라서 그리 큰돈은 벌 수가 없고 구할 수 있는 일자리도 아이를 돌보면서 다닐만 한 게 아녜요."

"그래서?"

"일자리를 주세요. 돈 벌면서 아이를 키울 수 있는 여건이 되도록 만들어주세요. 황궁 주술사라면 그 정도는 어렵지 않은 일이겠지요."

로쉐는 잠시 고민하다가 되물었다.

"아이를 키울 수 있는 여건을 원한다면 굳이 일자리가 아니어도 얼마든지 가능하다. 가능한 범위 내에서라면 원하는 만큼 돈을 줄 수도 있고……. 그편이 아이를 키우기에는 더욱 좋을 텐데?"

여인은 아무 말 없이 자신의 딸을 내려다보았다. 그러다가 말했다.

"아뇨. 일을 하고 싶어요. 제 능력을 사람들을 위해 쓰고 싶어요. 저는 아직 하급 주술사에 불과하지만, 이것만으로도 충분히 도움이 될 거라고 생각해요. 저 같은 사람이 더 이상 없도록, 적어도 이야기는 들어줄 수 있도록."

로쉐는 이렇게 솔직하고 거침없는 여인이라면 적어도 앞과 뒤가 다르지는 않을 것 같다는 생각이 들었다. 물론 지금껏 신뢰하던 조수 역시 그러리라곤 상상도 못 했기에 충격을 지울 수가 없었지만, 어차피 새로운 조수를 구해야 한다면 차라리 앞에 있는 여인이 낫지 않을까 싶었다.

"그럼 내 곁에서 일하겠나?"

일을 하지 않아도 될 정도로 돈을 준다는데 그걸 거절하고 사람들을 위해 일을 하고 싶다는 말을 했다. 그러면 믿어봐도 좋지 않을까.

"내 곁에서 사람들의 이야기를 들어주고 내 도움이 필요한 사람들에게 힘을 사용할 수 있도록 도와주었으면 좋겠군.

결국 로쉐는 여인에게 그의 조수 자리를 제의했다. 한참을 생각하던 여인 역시 그의 제안을 받아들였다.

그 이후 그녀는 계속 그의 곁에서 일했다. 처음에는 솔직하고 거침없는 그녀의 말에 충격을 받기도 했지만, 반면 눈치 빠르고 따뜻한 여인이기도 해서 생각보다 빨리 적응할 수 있었다. 무엇보다 그녀는 편안했다. 늘 쓸쓸하게 홀로 있던 로쉐에게 유일한 지인이자 조수이자 이제는 상담사가 되어있었다.

로쉐와 마찬가지로 나니에 또한 그를 처음 만났을 때를 떠올리고 있었다. 사실 로쉐는 자신에게 미안해할 필요가 없었다. 나니에게 원망할 상대가 있다면 로쉐가 아니라 그의 눈과 귀를 막았던 그때의 조수였다.

    물론 그는 엄벌을 받았기에 오히려 로쉐가 그녀의 원수까지 갚아준 셈이었다.

    그 외에도 그녀가 그에게 받은 것은 않았다. 그의 아낌없는 지원과 가르침 덕분에 젊은 나이에 중급 주술사로 올라설 수 있었다. 무엇보다 칸나를 마음껏 가르칠 수 있는 환경까지 제공해주었다. 그녀는 그에게 평생 갚지 못할 빚을 진 것과 다름없었다.

    "아, 이제 와 하는 말이지만, 각주님 참 미워했었는데. 그런 저를 이렇게 받아주신 각주님이 신기할 뿐이네요."

    나니에의 충격 고백에 로쉐의 표정이 눈에 띄게 경직되었다. 그녀는 자신의 말에 깜짝 놀라 황급히 손을 휘두르며 수습하려 애썼다.

    "아, 아니. 그때요, 그때. 오해가 있었잖아요. 지금은 물론 아니고요."

    "그랬지. 하지만 계속 미안하게 생각하고 있다."

    "아니에요! 미안하긴요. 각주님이 잘못하신 것도 아닌데. 아, 제가 미쳤나 봐요."

    "괜찮다. 이해하니까."

    나니에는 붕붕 휘두르던 손을 멈추고 멍한 표정으로 로쉐를 바라보았다. 상처받고 충격받아서 어쩔 줄 몰라 하는 모습을 예상했는데 그는 단지 고개만 끄덕이고 있었다. 달라졌다, 달라졌다 생각은 해왔지만 이 정도로 여유롭고 강인해지셨을 줄은 몰랐다.

    그녀는 손을 무릎 위에 다소곳이 내려놓으며 물었다.

    "각주님, 그거 아세요?"

    나니에의 질문에 그의 시선이 그녀에게 꽂혔다.

여전히 무표정하지만 눈빛이, 표정이, 말투가, 행동이, 분위기가 부드러워져 있었다. 어둠으로 빚어낸 조각품 같던 그가 조금은 따뜻해져 있었다.

"각주님, 정말 많이 변하셨어요."

"나도 그렇게 생각한다."

"많이 용감해지고 긍정적으로 변하셨어요."

"모두 리리 덕분이지."

쑥스럽다는 듯 희미하게 웃는 로쉐의 모습에 나니에의 입가 역시 예쁘게 말려 올라갔다. 그는 어지러이 늘어져 있는 서류를 대강 정리한 뒤 몸을 일으켰다. 그리고 주술복을 걸치며 말했다.

"그럼, 일단 젤리에게 리리의 일정을 물어봐야겠군. 괜히 부담 줄 수는 없으니."

"네. 다녀오세요."

로쉐는 활짝 웃는 나니에에게 고개를 끄덕여준 다음 밝은 빛에 휩싸였다.

하지만 모습을 감추는 대신 갑자기 몸을 돌려 책상으로 향했다. 그는 서랍에서 뭔가를 챙기고는 곧바로 나니에에게로 다가왔다.

"받아라."

"네?"

나니에는 로쉐가 건네주는 것을 얼떨결에 받았다. 손바닥 위에 놓인 것은 다름 아닌 나뭇잎이었다. 그녀는 길고 가느다란 잎을 들어 올리며 이게 무어냐고 눈으로 물었다.

"리리가 알려준 나뭇잎인데 꽤 재밌더군. 종종 터트리곤 하지. 네 딸도 좋아할 것 같은데 한번 가져가 봐라."

그리곤 잎 하나를 도로 가져가더니 손가락으로 꾹꾹 누르며 터트리기 시작했다. 뽁뽁거리며 소리가 새어나왔다. 나니에는 손바닥 위에 가득 놓인 잎을 자세히 살펴보았다. 뒷면에 공기주머니가 가득했다. 손가락으로 꾹 누르니 경쾌한 소리와 함께 터졌다.

그녀는 다시 시선을 올려 진지한 표정으로 잎을 터트리고 있는 로쉐를 바라보았다. 굉장히 어울리지 않는 모습이었지만 한편으로는 묘하게 자연스러웠다.

"이게 중독성이 있다."

"아⋯⋯. 네."

"그럼 가봐야겠군."

"아, 네. 다녀오세요."

로쉐는 터트리던 잎을 나니에에게 도로 준 뒤 밝은 빛과 함께 모습을 감췄다. 홀로 남은 나니에는 들고 있던 잎을 가만히 내려다보다가 결국 웃음을 터트렸다.

"정말 많이 변하셨다니까."

게다가 이전에는 암흑 속성 주술로만 이동하더니 요즘엔 신성 주술을 많이 사용하기도 했다. 신성계열 주술사임에도 빛을 별로 좋아하지 않던 로쉐였는데 이 또한 많이 변한 점 중 하나였다. 그녀는 이렇게까지 변화시킨 리리가 대단하다고 생각하며 서둘러 방을 정리를 시작했다.

토요일 아침, 로쉐는 식사를 하고 있는 리리를 바라보며 숟가락을 쥐고 있는 손에 힘을 꾹 주었다. 어쩐지 식은땀이 흐르는 것 같았다. 입도 바싹 말라 결국 물을 들이켰다. 식사를 시작한 지 십여 분이 흘렀건만 계속 이런 상태였다. 자신의 몫으로 담아놓은 음식은 건들지도 못해 여전히 처음 그대로였다.

슬쩍 시선을 돌리니 젤리가 단호한 표정으로 고개를 끄덕였다. 어쩐지 낯익은 상황이었다. 하지만 겪어도 겪어도 떨리는 건 어쩔 수가 없었다.

그런 로쉐의 눈치를 살피던 리리가 말을 꺼냈다.

"혹시 맛이 없어요?"

그는 화들짝 놀라 급히 음식을 집어 먹으며 답했다.

"그럴 리가. 아주 맛있다."

누가 해준 요리인데 맛이 없단 말인가. 그제야 안심한 듯 배시시 웃는 딸아이의 미소에 그는 다시금 녹아내렸다. 그는 괜히 걱정을 끼치지 말자고 생각하며 결국 말을 꺼냈다.

"저기……. 리리."

그는 수많은 별을 품고 있는 리리의 밤하늘 같은 눈동자를 잠시 바라보다가 큰 용기를 내어 입을 열었다.

"같이 여행을 갔으면 좋겠군."

로쉐가 용기를 내자 마찬가지로 한껏 긴장하고 있던 젤리가 맞장구를 치며 그를 도왔다.

"그래요, 아가씨. 요즘 너무 바쁘게 지내셨잖아요? 놀러 간 지 오래 되기도 했으니 이번 기회에 여행을 갔다 오시는 게 어떨까요?"

전혀 예상하지 못한 듯 잠시 머뭇거리는 그녀의 모습에 로쉐와 젤리의 가슴은 까맣게 타들어 갔다.

특히 로쉐는 역시 힘든 얘기였나, 괜히 부담을 준 것은 아닌가, 다음에 가자고 말해봐야 하는 건가, 그때도 좋아하지 않으면 어쩌나 하는 생각에 빠져들었다.

"좋아요!"

하지만 리리의 경쾌한 목소리에 서둘러 고개를 들어 올렸다. 그녀는 해맑게 웃고 있었다. 뽀얀 뺨이 통통하게 부푸는 그 사랑스러운 모습에 가슴속이 절로 기쁨으로 차올랐다.

"아가씨, 정말요?"

"그래. 나도 놀러 가고 싶었어. 이번엔 어디로 갈까? 아, 재밌겠다. 전처럼 즐거운 여행이 될 거야, 그치?"

"그럼요, 아가씨. 이번에는 동쪽으로 가실 예정이라고 하십니다. 작은 마을인 루더니아는요……."

들뜬 표정으로 이런저런 이야기를 주고받는 두 사람의 이야기가 들려왔지만 그의 시선은 오로지 반짝반짝 빛나는 리리에게 향해 있을 뿐이었다.

따뜻했다. 그리고 달콤했다. 이렇게 즐겁고 들뜰 수 있다니.

자신이 이토록 행복해질 수 있을 거라곤 상상도 못 했는데 리리를 만나면서 그의 모든 것이 달라졌다.

"널 만나서 정말 다행이다."

로쉐의 얼굴에 흐릿한 미소가 떠올랐고 그 모습을 본 리리 역시 활짝 마주 웃어주었다.

외전 완결.

지은이 후기

2권이 무사히 나와서 행복합니다!

이번에도 아리따운 삽화로 제 두 눈을 즐겁게 해주신 나래님 감사하고요, 낮과 밤 따로 없이 교정봐주신 기자님 고생하셨습니다! 이제부디 미뤘던 영화관람을 하실 수 있기를! 그리고 즐겁게 글을 쓸 수 있도록 도와주는 오빠님, 힘이 되어준 혜도링님 사랑합니당♥

마지막으로 카르페디엠을 읽어주시는 독자님들께 감사의 절을 올리며 이만 줄이겠습니다(꾸벅).

3권에서 또 봐요♥

2014년 2월

메르비스

일러스트 작가 후기

안녕하세요^^ 벌써 또 이렇게 후기를 쓰는 시간이 왔습니다!

우선 읽어 주시는 독자님들께 감사의 인사를 드립니다!

그리고 이번에도 힘내주신 작가님과 편집부 여러분들께도 감사인사 드립니다!

마감의 마감의 마감까지 작업을 한 저는ㅠㅠㅠ

그림 후기를 하고 싶었으나 시간 부족으로 잘 쓰지 못하는 글로 후기를 쓰게 되었습니다.

아……. 이번 마감은 정말 일찍 끝내려고 했는데 말이죠……. 일찍 끝나고 와아~ 하고 놀려고 했다고요…….

하지만 역시 마감이란…… 마지막까지 그려야 마감(?).

그리고 후기 글 쓰는 건 여전히 어렵습니다ㅠㅠㅠ

다음엔 정말 일찍 마감하고 놀 수 있기를……, 여유로운 마감이 되기를! 바라며.

2014년, 다가오는 봄같이 따뜻한 한 해 되셨으면 좋겠습니다.

2014년 2월

나래

카르페디엠 2

초판 1쇄 발행 | 2014년 3월 1일

지은이 ⓒ 메르비스 2014
일러스트 ⓒ 나래 2014

교정교열 | 김혜랑
본문편집 | 김미리
타이틀/목차 디자인 | 나래
캘리그라피 | 김덕수
표지 디자인 | 니시
표지 편집 | 서유미

펴낸이 | 김혜랑
펴낸곳 | 메르헨 미디어
등록일자 | 2012년 6월 27일
등록번호 | 제 2012-000141 호
ISBN 978-89-98328-39-9 04810
ISBN 978-89-98328-34-4 (세트)

nabinovel@nabinovel.net
http://nabinovel.net

🌸 나비노블은 머른엔 판타지 브랜드 입니다.

타임리스 타임 Timeless Time
박미경 저, 김유빈 그림

국내 라이트 노벨 최초 태국 수출작품.
20세, 사고로 이른 죽음을 맞은 유진이
사신(死神) 이안과 함께 생과 사의 경계에서 들려주는
시간의 계약 이야기.

마르는 빛

케얄 저, 나시

접촉하는 사람을 죽이는 저주에 걸린 환
그에게 떨어진 저주가 통하지 않는
그들의 달콤한 로맨스 판

사고 후 눈을 뜨니 다른 세계,
다른 사람의 몸이었다!
말도 배워야지 새로운 몸에
적응도 해야지 바쁜데,
미친 살인마가
자꾸 창문으로 침입해온다!
타칭 병아리,
한겨울의 유쾌한 로맨스 판타지!

병아리

권사나겨 저, 신사고 그림

장민정 저, 하운 그림

푸른 사막의 달

사막에 떨어진 그녀는
노예상에 억류되었다.

그녀를 붙잡으려는 남자들,
자유를 원하는 민아,

푸른 사막에서
서서히 싹트는 로맨스 판타지.

그냥 아르바이트하다가
소일거리를 찾았을 뿐인 24세 아가씨.
오랜만에 추억의 게임을 했는데,
열 살짜리 꼬마 소녀가 주인공인
게임 속에 들어와 버렸다.

카르페디엠 CARPEDIEM
메르베스 저, 나래

정령과 요정이 숲과 들에 떠돌고 바다엔 인어가 헤엄치는
마법사의 심장은 몸 밖에서 저
마법사 여라와 심장을 지키는 잿빛 늑대가 펼
아름답고 환상적인 메르헨 판

여라의
잿빛 늑

이야기꾼 저, 장예록